KB273669

인형의 정원

인형의 정원

서미애 장편소설

엘릭시르

차례

프롤로그 **7**

1장 **27**

2장 **83**

3장 **177**

4장 **273**

5장 **359**

에필로그 **391**

작가의 말 **395**

프롤로그

2001년 7월. 서울.

지하를 빠져나온 전철이 한강 위를 달리기 시작한다.

그가 전철을 탄 뒤로 벌써 다섯번째다. 유리창에 빗방울이 흘러내리는 걸 보니 아직도 비가 오는 모양이다. 한쪽 구석에 앉아 창밖을 보던 그는 다시 승객들에게 눈길을 돌렸다.

서울 지하철 2호선은 순환선이다. 서울의 동서남북을 관통하며 48.8킬로미터를 도는 동안 수많은 사람이 타고 내린다. 매일 이 순환선을 타는 승객이라고 해도, 지하철 2호선이 도시 철도로는 세계에서 가장 긴 순환선이며 한 바퀴 도는 데 한 시간 이십칠 분이 걸린다는 것을 아는 사람은 많지 않다. 단지 그들이 아는 것은 자신이 탄 곳과 내릴 곳, 두 가지뿐이다. 하긴 그것만 알면 충분할지도 모른다. 목적지 없이 지하철에 올라탄 사람만이 다른 곳으로 눈을 돌린다.

문이 열리고 사람들이 올라타면서 지금과는 다른 냄새가 밀물처럼 밀려들어왔다.

비 오는 날의 지하철은 온갖 냄새가 뒤섞여 그의 신경을 자극한다. 콘크리트와 시멘트의 먼지가 수분을 빨아들이면 오래된 소파 같은 퀴퀴한 냄새를 풍긴다. 타고 내리는 승객을 따라 땀냄새와 담배냄새, 향수냄새가 밀려왔다 사라진다.

비가 오면 그의 후각은 더 예민해진다. 어쩌면 습기 찬 공기가 냄새를 흠뻑 빨아들이기 때문인지도 모른다.

도시는 며칠 동안 구름 한 점 없었다. 장마가 지난 뒤 하늘에서 구름이 완전히 사라졌다. 태양은 날이 갈수록 뜨거워졌고 눅진해진 콘크리트는 사람들의 발걸음을 힘들게 했다. 아침부터 숨이 턱턱 막히는 날씨가 계속되자 도심의 건물마다 에어컨을 틀어댔고, 실외기의 뜨거운 열풍이 기온을 더욱 상승시켰다.

보름 넘게 도시를 바싹 말리던 열기는 동지나해를 건너온 저기압을 만나면서 겨우 기세가 꺾였다. 바다를 건너며 수분을 잔뜩 머금은 구름떼가 전날부터 모여들더니 아침부터 비를 뿌려대기 시작했다.

비는 하루종일 내리며 콘크리트의 열기를 식혔다.

퇴근 시간이 막 지난 7시쯤 집을 나설 때는 팔에 닿는 빗방울이 차갑게 느껴질 정도였다. 역으로 걸어가는 동안 그의 머리도 한결 개운해졌다.

며칠 동안 그의 기분은 전자레인지에 돌린 달걀처럼 폭발 직전이었다.

무엇인가 뇌 속에서 부글부글 끓고 있었다.

머릿속 가득 검은 피가 엉겨붙어 있는 불쾌한 느낌. 살아서 힘차게 흘러가는 선홍빛 피가 아니라 죽어가는 검은 핏덩어리들이 뇌 속 신경마다 달라붙는 것 같았다. 할 수만 있다면 벽에 머리를 박아서라도 안에 든 검은 피를 모두 쏟아내고 싶었다. 그러면 한결 머리가 가벼워질 것 같았다.

하루종일 내리는 비를 보다가 옷을 챙겨 입고 집을 나섰다.

볼일이 있는 것도, 목적지가 있는 것도 아니다. 의식이 깨닫기 전에 본능이 먼저 그를 이끌었다. 그는 줄에 매달린 꼭두각시처럼 그저 움직였다. 다행히 비를 맞으며 그의 머릿속에 가득찼던 답답함이 조금씩 가라앉았다.

지하철을 타러 가는 동안 역을 빠져나와 집으로 향하는 사람들과 어깨를 부딪쳐야 했다. 집으로 돌아가는 사람들의 거대한 물결을 헤치고 앞으로 나아가는 일이 쉽지는 않았다. 그는 자신이 꼭 폭포를 거슬러올라가는 연어 같다는 생각이 들었다.

연어는 본능이 시키는 대로 자신이 할 일과 있어야 할 곳을 찾아간다.

그는 자신을 지나치는 사람들의 얼굴을 쳐다보았다.

그가 찾는 것은 없었다. 직감으로 알 수 있다. 자신이 무엇을 찾는지도 모르면서 그것이 없다는 것을 어떻게 알 수 있을까? 하지만 폭포를 거슬러오르며 긴 여행의 목적을 깨닫고 본능으로 할일을 마치는 연어처럼, 그도 이 여행의 끝에서 뭔가 발견해내리라는 것을 어렴풋이 느낄 수 있었다.

지하철 안은 지나칠 정도로 바람이 차가웠다.

반팔 차림의 승객들은 계속 살갗을 비비며 에어컨 바람을 참아냈다. 그 역시 피부에 소름이 돋는 게 느껴졌다. 한동안 퇴근하는 사람으로 붐비던 지하철은 9시가 넘어서면서 한산해졌다가 11시가 가까워지자 다시 사람들로 북적거리기 시작했다. 친구를 만나거나 회식을 마치고 귀가하는 사람들이 몰려드는 시간인 것이다. 모처럼 내리는 비를 핑계로 술자리를 가진 사람들이 많았는지 지하철에 올라탄 사람들 대부분의 얼굴이 술기운으로 불그레했다.

직장 동료로 보이는 여자 넷이 한꺼번에 지하철에 탔다. 문이 닫히기 전에 아슬아슬하게 지하철에 탄 여자들은 재잘거리며 그의 앞으로 다가와 섰다. 여자들의 손에 들린 우산에서 빗물이 툭툭 떨어져 그의 바지를 적셨다.

그는 인상을 찡그리며 여자들을 올려다보았다. 누구도 그의 시선을 느끼지 못한 듯했다.

누군가 한마디하자 한꺼번에 까르르 소리를 내며 웃었다. 그중 한 여자가 빗물 때문에 바닥이 미끄러웠는지 중심을 잡지 못하고 비틀거렸다. 여자는 그의 어깨를 잡고 간신히 다시 일어섰다. 가볍게 그를 향해 고개를 숙이며 뭐라고 중얼거렸지만 제대로 들리지 않았다. 그 바람에 여자의 몸에서 풍겨오는 갖가지 냄새가 그의 콧속으로 들어왔다.

비와 땀에 젖은 머리, 거기에 회식 자리에서 배어왔을 술냄새와 담배냄새가 그의 후각신경을 자극했다. 여자는 자신이 지하철의 공기를 얼마나 끔찍하게 만들고 있는지 모르는 듯했다.

그는 얕은 숨을 내쉬며 가급적 그들의 냄새를 피했다. 온갖 냄새를 지우려 향수를 쏟아부었는지 여자들의 몸은 참을 수 없이 역한 냄새를 풍겼다. 향수냄새를 피하려고 고개를 돌렸지만 옆자리는 더 지독했다.

50대 남자가 입을 벌리고 자고 있었다.

구겨진 양복을 입은 남자는 피곤과 술기운에 지쳐 고개도 제대로 가누지 못하고 지하철의 진동에 몸을 맡긴 채 졸고 있다. 그의 입에서는 시궁창보다 더 끔찍한 냄새가 풍겨나왔다.

들어가고 나오는 숨결에 역겨운 냄새가 실려온다. 담배로 찌들어버린 폐와 독한 술로 망가져버린 위장에서 올라오는 냄새는 참을 수 없을 만큼 역겹다. 다른 사람만 없었다면 그의 목구멍으로 우산대를 쑤셔넣고 싶었다.

그의 어깨로 남자의 머리가 기울어지자 그는 더 참지 못하고 거칠게 손가락으로 그 머리를 밀어냈다. 기척을 느끼고 깨어난 남자는 기분이 상했는지 인상을 쓰며 고개를 돌렸다. 시비라도 걸려는 듯 입을 연 남자는 그의 눈빛을 보더니 곧 입을 다물었다.

남자는 이내 손으로 얼굴을 쓸어내리며 그의 시선을 피했다. 남자는 그의 눈빛을 보고 본능적으로 알아차린 듯했다.

함부로 건드리면 안 되겠구나.

남자는 담배냄새와 술냄새에 찌든 만큼 세상에서 살아남는 방법을 터득한 듯하다. 이길 수 없는 상대는 건드리면 안 된다. 아니, 섣부르게 덤볐다간 낭패를 보는 정도가 아니라 목숨이 위험할 수도 있다. 동물적인 본능이 50대 남자를 일깨웠다.

남자는 서둘러 자리에서 일어나 출입문 쪽으로 걸어갔다. 문 앞에 멈춰 선 남자는 빨리 내릴 수 있기를 바라는 듯 초조하게 창밖을 기웃거렸다. 그러다 뒤를 돌아보고는 자신도 모르게 부르르 몸을 떨었다. 남자는 그의 시선을 통해 느꼈던 서늘함을 털어내려는 것 같았다.

그는 자신을 힐끔거리며 서둘러 지하철에서 내리는 남자를 보다가 곧 고개를 돌렸다. 남자에 대한 일말의 관심은 그가 풍기던 냄새와 함께 금방 사라졌다.

남자가 내린 자리에 어느새 다른 사람이 앉았다. 조금 전 비틀거리던 여자다.

그는 숨을 멈추고 자리에서 일어났다. 그가 걸음을 채 옮기기도 전에 그 여자의 일행이 자리에 얼른 다리를 들이밀었다. 냄새만큼이나 역겨운 여자들이었다.

그는 천천히 다른 출입문을 향해 걸었다.

다음 정거장을 알리는 안내방송이 나왔지만 지하를 통과하며 나는 굉음에 묻혀 역명이 분명하게 들리지 않았다. 어디든 상관없었다. 걸음을 옮기던 그는 문득 창에 비친 자기 모습을 바라보았다. 유리창 너머 지하의 어두운 벽들이 휙휙 지나가는데 거기에 유령처럼 한 남자가 서 있다. 자신의 모습이 낯설었다. 그 낯선 남자는 어둠 속으로 빨려들어가고 있는 듯했다.

그때 문득 코끝에 와닿는 낯선 향기를 느꼈다.

향기를 따라 시선을 돌리니 열일고여덟 정도 되어 보이는 여고생이 이어폰을 끼고 흘러나오는 음악에 고개를 까딱거리며 리듬을 타고 있었다. 핑크빛 립글로스를 발라 반짝이는 입술, 군데군데 노란 블리치를 넣은 머리는 소녀가 입은 교복과 어울리지 않았다. 어서 어른이 되고 싶은 소녀에게선 지하철과 어울리지 않는 사과향기가 풍겼다.

그는 홀린 듯 소녀를 바라보았다. 옆자리에 서 있던 소녀는 유리창에 비친 자기 모습을 바라보며 머리를 매만지다가 그의 시선을 알아챘는지 고개를 돌렸다. 그는 가만히 자신을 향하는 소녀의 눈을 들여다보았다.

그와 시선이 마주친 소녀는 아무렇지 않은 듯 고개를 돌렸지만, 그는 알 수 있었다.

소녀는 그를 보자마자 겁을 먹었다. 무심하던 눈망울에 얼핏 두려움이 스쳤다.

소녀를 바라보던 그는 가만히 눈을 감고 깊게 숨을 들이마셨다. 조금이라도 더 소녀를 느끼고 싶었다. 숨을 더 깊게 들이켰다. 소녀의 영혼을 들이마실 것처럼 온몸으로 그 향기를 빨아들였다. 소녀의 몸에서 풍기는 냄새는 몇 시간 동안 지하철의 역한 공기를 고통스럽게 참아내며 한 그의 순례를 보상해주었다.

그는 가만히 눈을 뜨고 소녀를 바라보았다.

태연한 척 그의 시선을 외면하고 서 있던 소녀가 힐끔거리며 뒤로 물러서는 모습을 보자, 그는 비로소 깨달았다. 무작정 집을 나와 자신이 찾아 헤맨 것이 무엇이었는지 이제 느낄 수 있었다. 소녀는 허둥거리며 다른 출입문을 향해 걸음을 옮겼다.

귀에 꽂았던 이어폰도 빼서 가방에 집어넣었다. 낯선 사람을 경계하는 것이 온몸으로 느껴졌다. 그 모습을 보자 가벼운 흥분이 일기 시작했다.

소녀가 메고 있는 가방 주머니에 매달린 미키 마우스 인형이 눈에 들어왔다. 검은 머리에 빨간 장갑을 낀 쥐는 뭐가 그리 즐거운지 얼굴이 찢어질 듯 입을 벌리고 있었다. 허공에서 흔들리는 미키 마우스를 보며 그는 한 발 한 발 소녀에게 다가갔다.

그가 다가오는 것을 본 소녀는 다시 걸음을 옮겨 다른 출입구로 향했다. 그는 태연히 소녀의 뒤를 따라 걸어갔다. 지하철이 서서히 승강장으로 들어서고 있었다. 속도가 느려지고 사람들이 출입문으로 모이기 시작하자 소녀는 그들 틈을 헤집고 출입문 앞쪽에 섰다.

지하철이 역에 섰다.

문이 채 다 열리기도 전에 소녀는 황급히 지하철을 빠져나갔다.

그는 서둘러 소녀의 뒤를 따라갔다. 내린 역이 어딘지도 모르고 그저 소녀만 눈으로 좇았다. 11시가 넘은 시간이었지만 승강장에는 여전히 사람이 많았다. 부딪치는 사람들을 밀쳐내며 소녀를 놓치지 않기 위해 걸음을 서둘렀다.

소녀의 모습이 보이지 않았다. 그의 온몸으로 퍼지던 사과 향기도 사라져갔다. 빠르게 주위를 둘러보았다. 어디에도 소녀의 모습은 보이지 않았다. 아니다. 이렇게 쉽게 도망칠 수는 없다. 그는 마음을 가라앉히고 차분히 개찰구로 향하는 계단을 쳐다보았다. 얼핏 소녀의 교복 치마가 보였다.

그는 계단을 몇 개씩 건너뛰며 올라갔다.

계단 끝에 올라서는데 개찰구를 통과하는 소녀의 모습이 보였다.

그는 적당한 거리를 두고 사람들 사이에 몸을 숨겼다. 소녀는 서둘러 역 출구로 향했다. 서두르지 말자, 겁을 먹고 멀리 달아나게 만들면 안 된다. 안전하다고 느낄 때까지 다가가지 않기로 마음먹었다.

그는 소녀에게 시선을 떼지 않은 채 일정한 간격을 유지하며 뒤를 따랐다. 그녀의 머리카락에서 풍기던 사과향기가 아직도 코끝에 남아 그를 자극했다.

소녀와 눈이 마주치던 순간, 그는 뇌 속 신경들이 빛의 속도보다 더 빨리 전달한 메시지를 받았다. 비 오는 거리로 무작정 나선 이유를 비로소 깨달았다.

연어가 자신의 몸이 너덜너덜해질 때까지 헤엄친 뒤에야 긴 여행의 목적을 깨닫듯, 소녀를 발견한 그는 그제야 오랫동안 자신을 충동질하던 욕망의 실체를 만났다.

그것은 먹이였다.

배고픔을 달래줄 먹이. 미치도록 그를 괴롭히던 설명할 수 없는 허기를 채워줄 먹이. 소녀의 존재를 느낀 순간, 소녀의 냄새를 맡는 순간, 소녀의 겁먹은 눈망울을 보는 순간 그는 충격과 희열로 몸을 떨었다. 찾았다.

눈앞을 가로막던 장벽이 걷히고 정신이 번쩍 드는 것 같았다. 마치 소나기가 내린 뒤 투명해진 공기 속에서 사물을 보듯 의식이 선명하고 또렷해졌다. 눈으로, 손으로, 냄새로 전해지는 감각이 너무나 생생해서, 온몸의 신경이 그대로 의식을 관통하는 것 같았다. 그의 눈앞에 있는 소녀는 깨끗이 닦아놓은 유리처럼 맑고 투명하다. 그의 먹이로는 안성맞춤이다.

전철역을 빠져나온 소녀는 다급히 걸음을 멈췄다.

전철역에서 쏟아져나온 사람들이 각자의 집으로 발걸음을 옮기며 뿔뿔이 흩어지자 혼자 걷는 게 두려워진 것 같았다. 소녀는 주위를 경계하며 어디론가 전화를 걸었다. 그는 소녀의 시선이 자신을 향하고 있음을 느꼈다.

그는 소녀를 의식하지 않는 척 그대로 그 앞을 지나갔다. 뒤돌아보고 싶었지만 참았다. 어차피 소녀는 이 길을 걸어올 것이다.

사람은 습관의 동물이다. 보통 자신의 목적지와 가장 가까운 출구로 나오게 되어 있다.

소녀가 선택한 길도 집으로 가는 가장 빠른 길일 것이다. 만약 가까운 거리라면 그대로 내달렸을 테지만, 그녀는 걸음을 멈추고 전화를 걸었다. 집까지는 거리가 있다는 얘기다.

그는 자신의 판단을 의심하지 않았다. 모든 상황을 동물적인 감각으로 한순간에 파악했다.

앞쪽에 공원이 보였다.

그는 일부러 걸음을 빨리해 공원으로 향했다. 길게 늘어선 나무들이 비바람에 흔들리고 있었다. 그는 얼른 우산을 접고 나무 뒤에 몸을 숨겼다. 그리고 어둠 속에서 먹이가 다가오는 것을 기다렸다.

역에서 나온 사람 몇이 공원을 지나쳐갔다. 그런데 소녀의 모습은 보이지 않았다.

전화를 걸던 소녀의 모습이 떠올랐다. 어쩌면 역 출구에서 마중나오는 가족을 기다리는지도 모른다. 그래도 상관없다는 생각이 들었다. 그녀를 뒤따라가 집을 알아두면 언제고 기회는 올 것이다. 오늘만 날은 아니다.

쏟아지는 빗줄기가 옷을 적시고 몸 안으로 파고들었다. 머리카락 끝에 맺힌 물방울이 얼굴로 툭툭 떨어졌다. 그 빗방울 하나하나가 선명하게 그의 머리와 살갗을 때리며 의식 속으로 파고들었다. 이렇게 기분좋게 비를 맞아본 적이 없다.

한동안 빗소리와 도로를 질주하는 자동차 소리만 들렸다.

그는 나뭇잎에 떨어지는 빗소리를 들으며 바닥에 던져놓은 우산을 바라보았다.

'얼마나 더 기다려야 하지?'

소녀를 놓친 게 아닐까 조바심이 일었다. 갑자기 발끝으로 몸 안의 피가 한꺼번에 싹 빠져나가는 것 같았다. 이대로 놓칠 수는 없다. 그는 손으로 얼굴의 물기를 훔쳐냈다.

서둘러 걸음을 옮기려는데 인도 쪽에서 사람의 발소리가 들렸다. 얼른 나무 뒤로 몸을 숨기고 인도 쪽을 바라보았다.

소녀가 걸어오는 모습이 보였다. 혼자였다.

그는 온몸에 요동치는 아드레날린을 간신히 진정시키고 잠시 나무 뒤에서 기다렸다.

눈을 감고 발소리를 들으며 소녀가 다가오는 모습을 머릿속에 그려보았다. 조금만 더, 조금만.

소녀의 발소리가 자신의 곁을 지나자 그는 어둠 속에서 걸어나왔다.

내리는 빗소리에 자신의 기척을 숨기고 한 마리 짐승처럼 먹이에게 다가갔다. 그는 순식간에 소녀를 낚아채 어둠 속으로 끌고 들어갔다. 오 초도 걸리지 않았다.

인기척을 느끼지 못한 채 걷던 소녀는 무방비로 그에게 잡혔다.

차갑고 매끄러운 그의 손이 소녀의 입을 막았다. 다른 손은 소녀의 목을 감싸쥐었다. 소녀는 생각보다 훨씬 가볍고 연약했다.

그는 한순간의 틈도 주지 않고 나무 뒤로 소녀를 쓰러뜨렸다. 겁에 질린 소녀는 비명을 지를 의지도 없어 보였다. 커다란 눈망울 가득 공포를 담고 그를 쳐다볼 뿐이었다. 그는 소녀의 몸 위로 올라타 힘껏 목을 졸랐다.

그의 심장이 빠르게 요동쳤다.

소녀의 목을 감싸쥔 그의 손에 빠른 맥박이 느껴졌다. 그녀의 몸을 타고 흐르던 혈관의 리듬이 그대로 그의 심장으로 흘러들었다. 그는 소녀의 심장소리에 맞춰 몸을 흔들었다. 얼굴을 두드리는 빗줄기도, 도로의 자동차 소리도, 자신의 존재도 순식간에 사라졌다. 그의 몸은 거기 있었지만 그의 의식은 더 이상 세상에 존재하지 않았다. 손끝으로 느껴지는 소녀의 감촉만 있었다.

공포와 두려움으로 흔들리던 소녀의 눈이 고통으로 더욱 커졌다.

그의 무릎에 눌린 두 팔이 힘차게 버둥거렸다. 그는 상체를 기울이고 체중을 실어 소녀의 몸을 눌렀다.

안간힘을 쓰던 소녀의 팔이 그의 무릎을 빠져나왔다. 허공을 허우적거리던 그 팔은 그의 오른쪽 팔을 움켜쥐었다. 목을 조르던 그의 팔을 떼어내려 했지만, 소녀의 힘으로는 역부족이었다. 빗물에 몇 번이나 손이 미끄러진 소녀는 손톱을 세워 그의 팔을 움켜쥐었다. 소녀의 손톱이 그의 살을 파고들었지만, 그는 아무것도 느끼지 못했다. 그는 남은 한 방울의 정액까지 다 쏟아내는 연어처럼 마지막 힘을 다해 소녀를 집어삼켰다.

어느 순간 떨어지는 꽃처럼 툭 하고 소녀의 팔이 땅 위로 떨어졌다. 한순간 아무것도 들리지 않던 그의 귓가에 다시 쏟아붓는 듯 거친 빗소리가 들렸다. 격렬하게 뛰던 심장소리도, 거친 숨소리도 차츰 잦아들었다.

그는 그제야 정신을 차리고 자신이 벌인 짓을 내려다보았다.

소녀의 몸 위로 굵은 비가 쏟아지고 있었지만, 소녀는 움직이지 않았다. 그는 소녀의 입을 막고 소녀의 목을 감싸쥐었던 자신의 두 손을 가슴 근처까지 들었다. 가만히 손바닥을 내려다보다가 손을 코끝에 대고 냄새를 맡았다. 소녀의 체취가 남아 있으리라 생각했지만 아무 냄새도 나지 않았다.

그는 소녀 위에 몸을 포갰다. 머리부터 발끝까지 온몸으로 소녀를 감싸안았다.

소녀의 맥박을 다시 느끼고 싶었다. 사과향기를, 두근거리는 심장소리를 듣고 싶었다. 하지만 생명은 이미 소녀의 몸속을 떠났다. 힘차게 뛰던 소녀의 맥박은 멈추었고, 뜨겁던 소녀의 체온도 빠르게 식어갔다. 남은 한 줌의 생명을 찾기 위해 그는 더욱 몸을 밀착했다. 그는 소녀의 몸에 희미하게 남아 있던 생명의 연기가 빠져나가는 마지막 순간을 온몸으로 느끼며 떨었다.

그것은 섬광처럼 강렬한 빛이었다.

한순간 머릿속이 하얗게 지워지는 것을 느꼈다. 한번도 느껴본 적 없는 경험은 그를 미치게 만들었고, 그 순간의 희열만큼 갑작스럽게 밀려오는 공허는 너무나 컸다.

모든 게 너무나 빨리, 쉽게 사라졌다.

소녀를 가지며 느꼈던 충족감은 빠르게 그의 손가락을 빠져나갔다.

소녀를 만나기 전보다 더 큰 허기가 밀려들었다. 갈증을 달래려고 마신 바닷물이 더 큰 갈증을 불러오는 것처럼 그의 목마름은 더 심해졌다. 그것은 열지 말아야 할 판도라의 상자였다.

갑자기 두려움이 밀려들었다.

이미 상자는 열렸고, 첫 경험을 치른 욕망은 다음 먹이를 찾아 나설 게 분명했다. 오늘의 경험이 자신을 어디로 어떻게 이끌어갈지 두려워졌다.

그는 자리에서 일어나 소녀를 내려다보았다.

생명이 사라진 소녀는 그에게 아무런 욕망도 불러일으키지 않았다. 더이상 이곳에 있을 이유가 없었다.

걸음을 옮기다 소녀의 가방이 발에 걸렸다. 가방을 들어 한쪽으로 던지려다, 가방에 매달린 미키 마우스 인형이 눈에 들어왔다. 그는 고리를 풀어 인형을 주머니에 넣었다. 오늘을 기억할 기념품 하나는 가지고 싶었다.

부러진 나뭇가지에 가방을 걸고 돌아선 그는 자신의 우산을 챙겼다.

공원을 나와 비를 맞으며 몇 정거장이나 되는 거리를 걸었다.

주머니에 손을 넣고 인형을 만지작거리며 몇 번이고 소녀의 몸에 닿았던 감촉을 되살려보았다. 모든 게 꿈처럼 느껴졌다. 꿈이 아니라고 그를 일깨워주는 것은 주머니 속에 든 인형밖에 없었다. 그러다 문득 자신이 얼마나 무모했는지 깨달았다.

오늘은 운이 좋았다.

오늘밤 같은 행운은 다시 오지 않을 것이다. 앞으로는 신중해져야 한다.

사냥을 하다 자신이 먹이가 될 수는 없다. 가까이 다가가도 먹이가 안심할 수 있는 존재가 되어야 한다. 가장 안전하게, 누구의 의심도 받지 않고 먹이를 구하는 방법은 무엇일까? 그는 조심스럽게 자신의 발톱을 숨기는 방법에 대해 생각하기 시작했다.

1장

악마는 보통 평범한 모습이다.
우리와 함께 잠을 자며,
우리와 함께 밥을 먹는다.

항상 사람이 악마다.

-W. H. 오든

1

투명한 유리로 빚어놓은 인형처럼 소녀의 얼굴은 창백했다.

두 손은 가지런히 배 위에 놓였고 얼굴은 하늘을 향해 있었다. 쏟아지는 비만 아니었다면 소녀는 잠이 든 것처럼 보였을 것이다.

전철역에서 불과 100여 미터 떨어진 근린공원. 사람들이 지나다니는 인도와 공원을 나누듯 심어진 가로수 아래, 시선이 닿지 않는 사각지대에 소녀는 그렇게 죽어 있었다. 마치 누군가 숨겨놓은 보물처럼.

우산을 쓰고 사건 현장으로 터덜터덜 걸어가는 강지훈 형사는 며칠째 집에도 들어가지 못해 온몸이 근질거렸다. 땀으로 젖었다가 마르기를 반복한 셔츠 옷깃에서 조금만 움직여도 역한 냄새가 올라왔다.

망할 '범죄와의 전쟁'으로 다들 만신창이가 되어 있었다.

휴식이 주어지지 않는 병사에게 언제 끝날지 모르는 전쟁은 지옥이나 다름없다. 모두가 지옥에서 사는 게 익숙한 듯 행동했지만 쌓이는 피로를 숨길 수는 없었다. 피곤에 찌들면 얼굴은 무표정해지고 작은 일에도 신경이 날카로워진다. 구겨진 점퍼 안에 묵혀 있던 불만이 슬슬 터져나오고 있었다.

그래도 성과는 있었다. 관내의 범죄 발생률이 줄었다. 묵묵히 자기가 해야 할 일을 하는 형사들 덕분이었다. 책임감 강한 형사들은 오늘도 어딘가에서 분명 전쟁을 벌이고 있겠지만, 강 형사는 아니었다.

잠복근무를 나가면 자동차에서 부족한 잠을 보충했다.

언제 올지 모르는 놈을 기다리며 그 좁은 공간에 몸을 구기고 있다보면, 아무것도 안 하고 멍하니 한곳만 봐야 한다는 게 고문이나 다름없다는 걸 알게 된다.

강력반 생활 6년. 그에게 남은 거라곤 요령과 눈치뿐이었다.

어젯밤 사무실 소파에서 웅크리고 자는 게 아니었다.

이번에야말로 집에 다녀오겠다고 마음먹고 있었지만 줄기차게 쏟아지는 소나기에 포기했었다. 단 몇 시간 쉬자고 몸을 적시기는 싫었다. 결국 하루 더 사무실에서 잠을 청했다. 하지만 밤새 쏟아지는 빗소리에 잠도 설쳤는데 이 새벽에 빗속으로 끌려나오고 말았다. 어찌 되었든 비를 맞아야 할 운명이었던 것이다.

사건 현장에는 이미 관할 지구대 경찰차가 경광등을 번쩍이며 서 있었고 정복 차림 경찰들이 웅성거리며 맴돌았다.

미처 털어내지 못한 하품을 하며 걸어가는 강 형사를 누군가 알아보고 인사를 건넸다.

그는 손을 들어 사건 현장을 가리켰다.

강 형사는 그의 손이 가리키는 나무를 향해 걸어갔다.

나무 아래에 도착한 강 형사는 잠시 주위를 둘러보았다.

그녀가 누워 있는 곳 바로 앞은 사람들이 지나다니는 인도였고 차들이 다니는 도로였다. 손만 뻗으면 누군가 달려와 도와줄 수 있는 곳에서 소녀는 살해당했다.

그는 공원의 잔디밭에 누워 있는 소녀를 내려다보았다. 죽은 소녀의 몸 위로 쏟아지는 빗줄기를 보다가 허리를 숙였다. 그리고 소녀의 얼굴에 달라붙은 머리카락을 치우기 위해 손을 뻗었다.

손가락에 소녀의 차갑고 축축한 피부가 느껴졌다.

머리카락을 걷어낸 강 형사는 소녀의 얼굴을 빤히 쳐다보았다. 어디선가 본 듯한 얼굴. 갑자기 온몸에 소름이 돋는다. 누군가에게 뺨이라도 한 대 맞은 듯 충격이 밀려든다. 얼굴에 남아 있던 잠기운은 이미 가시고 없다.

눈을 감은 소녀의 얼굴은 어딘가 낯이 익다. 그는 눈을 뜬 소녀의 얼굴을 상상해본다. 교복 입은 소녀를 만난 기억은 없다. 하지만…… 그제야 소녀의 얼굴이 떠오른다. 청바지에 미키 마우스가 그려진 흰 티를 입고 있던 소녀의 모습.

"도와주세요, 아저씨. 무서워 죽겠어요."

소녀는 그렇게 말했었다. 정말 죽을 거라고는 생각하지 못했다.

갑자기 온몸의 기운이 쭉 빠져나갔다. 손에 들었던 우산은 어느새 저만큼 떨어져 있다. 쏟아지는 비는 금세 강 형사의 얼굴을 적시고 옷 속으로 스며들었다.

비를 맞으며 소녀의 얼굴을 쳐다보던 강 형사는 참담한 심정으로 얼굴을 쓸어내렸다.

그의 얼굴도 소녀만큼이나 차갑고 축축해졌다. 다시 소녀의 얼굴을 볼 용기가 나지 않았다. 시선을 돌리며 자리에서 일어났다.

몸을 돌려 걸음을 옮기려는데 가방이 눈에 띄었다.

누군가 나뭇가지에 가방을 걸어두었다.

강 형사는 그 가방이 소녀의 것임을 한눈에 알아볼 수 있었다.

가방에 미키 마우스 인형이 매달려 있었다.

손으로 인형을 툭 건드려보았다. 미키 마우스는 한 바퀴 빙그르르 돌다가 강 형사가 있는 쪽에서 멈췄다. 마치 자신의 의지로 멈춘 듯했다.

물끄러미 보다 돌아서려는데 갑자기 미키 마우스가 강 형사를 향해 윙크를 했다.

귀엽던 미소는 간데없었다. 한쪽 입가를 올린 채 차가운 비웃음을 날렸다.

'살인자, 살인자, 살인자……'

미키 마우스의 얼굴을 타고 흐르는 빗줄기가 눈물처럼 보였다.

눈을 떠보니 이신우 형사가 어깨를 흔들고 있었다.

잠이 덜 깼는지 이 형사의 얼굴 위로 미키 마우스의 잔상이 흔들거렸다.

"미키…… 마우스?"

"미키 마우스? 갑자기 미키 마우스는 뭐예요?"

"……뭐야?"

강 형사는 잠기운이 가득한 목소리로 물었다. 일어나기 싫다. 만사가 귀찮았다. 이 형사가 키득거리며 담요를 잡아당기는 바람에 정신이 들었다. 겨우 눈을 비비고 이 형사를 쳐다보왔다. 그제야 그의 얼굴 위로 아른거리던 미키 마우스가 사라졌다. 미키 마우스를 닮은 구석이라곤 검은 머리밖에 없는 놈. 짜증이 밀려왔다.

강 형사는 한 손으로 이 형사가 쥔 담요를 빼앗아 어깨까지 덮고 돌아누웠다.

"깨우지 말라고 했지? 한 번만 더 방해하면 그땐 죽는다."

"일어나세요. 사건이라고요. 살인사건."

끙 소리가 절로 나왔다. 어쩐지 꿈에 미키 마우스가 보인다 싶었다. 아무리 몸이 천근만근이어도 일어날 수밖에 없다.

도저히 떠지지 않는 눈을 비비며 침대에서 일어나 앉았다. 채근하는 이 형사의 손을 어깨로 밀치며 자리를 털고 일어났다.

"어딘데?"

"홍제동이요."

강 형사는 벗어둔 점퍼를 챙겨 이 형사를 따라 복도로 나갔다. 계단을 내려가는데 앞서가던 이 형사가 돌아보더니 걸음을 멈추고 그를 빤히 쳐다본다.

"뭐?"

이 형사가 턱으로 강 형사의 발을 가리켰다. 슬리퍼를 신고 있었다.

이 형사는 혀를 끌끌 차며 계단을 내려갔다.

강 형사는 아직 잠이 덜 깬 것뿐이라고 중얼거리며 얼른 사무실로 향했다. 사무실에는 역시 당직인 지윤수 검시관이 출동 준비를 하고 있었다.

"계 탔네?"

"그러게요. 그나마 가까우니 다행이죠."

핸드폰을 꺼내 시간을 확인했다. 4시 50분.

그래도 세 시간은 잤다.

신발을 갈아 신은 강 형사는 남아 있는 잠기운을 털어버리려는 듯 있는 대로 입을 벌려 하품을 하다 자신을 빤히 보고 있는 지 검시관과 눈이 마주쳤다.

"왜?"

"일부러 그러는 거 같아서요."

"뭐가?"

"껄렁껄렁, 나 이런 놈이니까 건드리지 마. 이런 기운 풍기고 다니잖아요?"

"하품 한번 하고 별소리 다 듣네."

지 검시관과 함께 주차장으로 나오니 이 형사가 자동차 옆에서 기다리고 있었다.

다른 자동차와는 달리 그의 차는 빗방울이 말끔하게 닦여 있었다. 강 형사를 기다리는 동안 차의 물기를 닦은 모양이었다. 이 형사 덕분에 분석실은 먼지 하나 없이 깨끗하다. 그는 결벽증처럼 주변 정리를 하고 확대경을 들이대며 걸레질을 했다. 분석실의 필수 요건이긴 하지만 지나치다 싶은 감이 없지 않다. 더구나 너무 부지런한 놈이 옆에 있으면 피곤한 법이다.

주차장 여기저기에 물이 고여 있었다.

강 형사는 혹시라도 낡은 구두에 물이 스며들까 싶어 물웅덩이를 피해 걷는다는 게 그만 발이 엉켜버렸다. 비틀거리며 중심을 잡느라 발을 내디딘 곳은 물이 가득 고인 웅덩이였다.

"젠장……"

입에서 욕이 절로 튀어나왔다.

뒤따라오던 지 검시관이 푸 하고 웃음을 터뜨렸다. 강 형사는 한 손을 자동차에 대고 구두를 벗으며 지 검시관을 향해 툴툴거렸다.

"남 일이라고 웃음이 나오지?"

"덕분에 잠은 다 깨셨잖아요? 좋게 생각하자고요."

지 검시관과 이 형사가 눈을 마주치며 낄낄거렸다.

'그래, 짜증내면 뭐하나, 말을 안 해서 그렇지 이 새벽에 출동하는 기분은 다 같을 텐데……'

강 형사는 입을 다물고 구두를 떨어냈다. 다행히 속까지 물이 차지는 않았다.

저녁부터 내리던 비는 어느새 그쳤다. 아마 자는 사이 그친 모양이다. 지난밤 빗소리를 들으며 잠들었던 기억이 났다. 어쩌면 그 때문에 그날의 꿈을 꾼 것인지도 모르겠다는 생각이 들었다.

소녀가 나오는 꿈을 꾼 날이면 한참을 일어나지 못하고 잠자리에서 뒤척였다.

그나마 오늘은 일어나자마자 할일이 있으니 다행이라는 생각이 들었다. 하지만 자꾸만 가라앉는 기분은 어쩔 수가 없다.

사건 현장으로 가는 동안 강 형사는 내내 꿈에서 본 미키 마우스를 떠올렸다.

운전대를 잡은 이 형사가 옆에서 계속 뭐라고 떠들어댔지만, 강 형사는 아무런 대꾸도 하지 않고 창밖으로 지나치는 도시의 어두운 거리를 바라보았다.

"……얘기 듣고 있어요?"

이 형사가 팔을 툭 치자 정신이 들었다.

강 형사는 이 형사의 수다가 귀찮은 듯 손을 뻗어 라디오를 켰다.

약속이나 한 듯 라디오에서 5시 시보를 알리는 아나운서의 목소리가 들렸다.

기싸움이라도 하겠다는 건지 이 형사가 슬쩍 라디오를 껐다. 그러면서 곁눈질로 강 형사를 쳐다보았다.

'자식, 쫄기는.'

현장도 얼마 남지 않았으니 이 형사의 얘기를 들어주기로 했다.

"뭔 얘긴데?"

"피살자요, 꽤 유명한 사람인가봐요."

"유명한 사람 누구? 가수? 탤런트?"

뒷자리에 묵묵히 앉아 있던 지 검시관이 호기심어린 눈으로 상체를 일으켜세우며 물었다.

"근데 누군지 말을 안 해주네. 와서 확인하라고 하던데요?"

"어쩨 이상하다 했다."

"뭐가요?"

"이 새벽에 현장에 불려가는데 구시렁거리지 않길래……"

"에이, 왜 그러세요? 제가 얼마나 투철한 직업정신을 가지고 있는데요."

"누굴까? 다른 얘긴 없었어?"

지 검시관이 들은 얘기를 더 풀어내라는 듯 이 형사의 어깨를 건드렸다.

"딴 얘긴 없었다니까요. 홍제동에 사는 연예인이 누가 있지?"

투철한 직업정신을 가진 이 형사는 현장에 도착할 때까지 계속 지 검시관과 객쩍은 소리를 늘어놓았다. 하지만 강 형사는 그들의 호기심어린 대화에 낄 마음이 없었다. 오히려 앞으로 어떤 일이 생길지 눈에 보이듯 훤해서 머리가 지끈거렸다.

유명인이 살해당했다.

어느 정도의 유명세를 치러야 할지 모르지만 여러 가지 귀찮은 일들이 생길 것이다. 신문이며 방송에서 수십 명의 기자가 벌떼처럼 달려들어 수사 진행 상황에 대해 꼬치꼬치 캐물을 것이다. 당연히 사건은 공개수사 형식으로 진행될 수밖에 없다.

진행 속도가 조금이라도 미진하다 싶으면 경찰의 무능을 힐책하는 기사를 써댈 것이고, 경찰이 미처 알아내지 못한 사실들까지 찾아내어 뒤통수를 후려치는 일도 생길 것이다. 수많은 억측 기사와 부풀려진 소문들이 수사에 혼선을 줄 가능성도 있다. 수사와는 상관없는 일들로 여러 사람이 휘둘릴 게 뻔하다.

강 형사는 지그시 눈을 감았다.

앞으로 어떤 일이 벌어질지 모른 채 떠들고 있는 이 형사와 지 검시관이 오히려 부러웠다.

2

자동차는 무악재를 넘어 홍제사거리에서 좌회전해 안산 쪽으로 올라갔다.

일행이 도착한 곳은 안산에 인접한 아파트였다. 무악재를 사이에 두고 맞은편으로 인왕산이 보인다.

안산에는 약수터와 전망대가 있어, 인근 주민들이 자주 산을 오른다.

안산으로 향하는 골목길은 가게와 빌라가 쭉 이어지는데 산 쪽으로 갈수록 대단위 아파트 단지가 들어서 있다. 그 아파트 입구에서 조금만 걸어올라가면 바로 등산로다.

아파트 입구에 다다르자 한쪽에 세워진 경찰차가 보였다.

이 형사는 경찰차 뒤에 자동차를 세웠다. 입구에서 담배를 피우고 있던 서대문경찰서 소속 서 형사가 강 형사를 보고 고개를 끄덕이며 인사를 했다.

"날 추운데 고생 많다."

"일인걸요 뭐, 그런데 좀 피곤하게 생겼어요."

"얘기 들었어. 연예인이라며?"

"연예인인가? ……아무튼 가봐요."

서 형사는 뭐라고 설명하려다 그대로 올라가 확인하라며 길을 내준다. 자신은 남은 담배를 피우고 가겠다고 했다.

서 형사가 내뱉은 담배 연기가 새벽안개와 섞여 공기 중에 흩어졌다.

강 형사는 서 형사의 담배냄새를 맡으며 그가 처음 담배를 태우던 날을 떠올렸다.

서 형사가 처음 담배를 피운 것은 유영철 사건 때, 암매장된 시체를 발굴한 날이었다.

서울 지역 경찰서 네 곳과 서울시경이 합동으로 수십 명의 인원을 동원해 신촌 봉원사 뒤쪽 산을 모조리 팠었다. 시신들은 산 여기저기에 묻혀 있었다. 조각난 채 검은 비닐봉지에 담겨 있거나, 그대로 땅에 묻혀 있었다. 땅속에 묻힌 비닐봉지를 꺼내면 일정한 크기로 잘린 시신 조각이 차곡차곡 들어 있었다.

등산로 한쪽 평평한 길에 흰 천을 깔아놓고 조각난 시신과 비닐봉지를 한데 모았다. 그렇게 한나절을 파낸 시신 일부는 수십 조각이 넘었다.

서 형사는 모아둔 비닐봉지를 풀고 시신 조각을 꺼내 한쪽에 늘어놓은 다른 조각들과 맞춰보며 부위별로 정리하는 작업을 했다.

봉지를 열 때마다 퍼져나오는 역한 냄새는 작업을 더욱 힘들게 했다. 시신들은 이미 썩어버려 형체를 알아보기도 힘들었다. 그 끔찍한 조각들을 꺼내고 옮기며 이를 악물고 작업하던 서 형사는 결국 근처 나무로 달려가 토악질을 했다. 속에 있는 것을 모조리 게워내고 돌아서다가 강 형사와 눈이 마주쳤다.

강 형사는 그가 강력반에 들어온 지 얼마 안 된 신출내기라는 것을 한눈에 알아챘다.

사실 대부분의 형사는 이런 시체와 마주칠 일이 거의 없다. 온전한 시체를 봐도 등골이 서늘할 판인데, 아직 이 일에 면역도 안 생긴 신참이 오래되어 부패한, 더구나 조각난 시체를 만지려니 견디기 힘들었을 것이다.

강 형사는 입을 닦으며 계면쩍어하는 그에게 담배를 내밀었다. 하지만 그는 손을 저으며 담배는 안 피운다고 했다.

"코끝에서 그 냄새를 지우고 싶으면 피우는 게 좋을 거야."

그 말에 결국 서 형사는 장갑을 벗고 강 형사가 내미는 담배를 받았다.

둘은 묵묵히 담배를 피우며 야산 여기저기에서 땅을 파고 있는 형사들의 등을 바라보았다. 짧은 시간이었지만 담배를 피우는 동안 안정이 되었는지 그는 다시 묵묵히 조각난 시신을 맞추기 시작했다.

그뒤로 서 형사는 사건 현장에서 시체를 마주할 때마다 딱 한 대씩 담배를 피운다고 했다. 유영철 사건 이후로 그는 몇 개비의 담배를 태웠을까?

강 형사는 뒤에 오던 이 형사와 지 검시관에게 손짓해 먼저 올려보냈다.

시신은 등산로 입구에서 조금 올라간 곳에 있다고 했다. 아직 이른새벽인데도 등산로를 찾은 주민이 있었는지 일찍 발견된 것이었다.

주머니에서 담배를 찾아 꺼내 물자 서 형사가 라이터를 내밀었다. 강 형사는 묵묵히 서 형사가 내미는 라이터로 담배에 불을 붙였다. 차가운 새벽공기와 함께 매캐한 담배 연기가 폐

안으로 가득 들어왔다.

"선배한테 속았어요."

"……?"

"담배를 피우면 냄새가 가실 거라고 했죠? 샤워를 하고 비누로 박박 닦았는데도 지워지지 않던데요? 괜히 담배만 배우고."

"이미 그 냄새를 기억해버려서 그래. 뇌 속에 한번 달라붙으면 절대 안 떨어지지…… 그건……"

그래서 첫 경험이 무서운 것이다. 시간이 지나도 절대 잊을 수 없다.

강 형사 역시 그런 시절이 있었다.

살인사건이라는 정보만 듣고 달려간 여관방 욕실에서 그는 누구도 본 적 없는 끔찍한 장면을 목격했다. 발가벗겨진 여자는 욕실 바닥 가득 내장을 쏟아낸 채 죽어 있었다. 인간의 몸속에 장기가 그렇게 많다는 것을 그때 처음 알았다. 그 역시서 형사처럼 밖으로 달려나가 아침에 먹은 걸 모두 게워내야 했다. 위가 뒤집힐 정도로 신물이 올라와도 토악질이 멈추지 않았다. 같이 일하는 고참이 데리러 왔을 때 그는 찔끔 눈물까지 흘리고 있었다.

그날 밤부터 자려고 누우면 천장 가득 여자의 몸에서 쏟아져나온 내장들이 꿈틀거렸다. 범인을 잡고 사건을 해결한 뒤에도 악몽은 한동안 계속됐다. 그 기억을 지운 것은 어이없게 도 다른 사건들이었다. 더 끔찍한 경험들이 그의 신경을 무디 게 만든 것이다.

강 형사는 폐 속에 시커먼 담배 연기를 잔뜩 집어넣고 미뤄 둔 숙제라도 하려는 듯 성큼성큼 등산로로 걸음을 옮겼다. 서 형사도 강 형사를 따라 입에 물었던 담배를 얼른 끄고 그의 뒤 를 따랐다.

여전히 어두운 숲길, 나무 사이로 형사들의 모습이 보였다. 그들은 손전등 불빛을 한곳으로 모으고 있었다.

이렇게 어두운데, 더구나 낙엽에 덮인 시체를 용케도 발견 했다 싶었다. 강 형사의 생각을 읽었는지 서 형사가 뒤에서 말 을 꺼냈다.

"동네 노인이 신고를 했어요. 이른새벽마다 개를 데리고 다 니면서 밤사이 나온 쓰레기에서 빈병이나 고물 같은 걸 줍는 데, 개줄이 풀리는 바람에 여기까지 올라온 모양이에요."

그제야 이해가 갔다.

간밤에 내린 비로 등산로는 미끄러웠다. 거기다 날이 어두 워 등산로에 사람이 다닐 시간도 아니었다. 주인 따라 나왔던 개가 냄새를 맡지 않았다면 날이 밝은 다음에나 발견되었을 것이다. 차라리 일찍 발견된 게 다행이라는 생각이 들었다.

날이 밝아 사람들이 깨어나고 등산로를 지나는 시간이 되면 이미 시신은 치워지고 없을 터였다. 무슨 일이 있었는지는 몇 몇 사람밖에 모를 것이다. 이 형사의 차를 타고 오는 동안 걱정했던 소동은 잠시 미룰 수 있겠다 싶었다.

강 형사의 그런 바람은 불과 채 오 분도 되지 않아 틀어졌다. 기자들을 너무 만만하게 봤다. 사건 냄새 맡는 귀신이 바로 기자들이라는 것을 잠시 잊고 있었다. 지 검시관이 시체를 살피고 이 형사와 함께 주변을 수색하는 동안 벌써 등산로 아래쪽에서 누군가 인기척을 내며 올라오고 있었다.

손전등을 비추자 시경에서 몇 번 본 얼굴이 드러났다. 어느 신문인지는 기억나지 않았지만 아무튼 아직 수습 딱지도 못 뗀 기자였다. 한편으로 조금 안심이 되었다.

기자는 손전등 불빛이 눈부신지 얼굴을 찡그리며 한 손을 들어 빛을 가렸다. 형사들은 그의 얼굴에서 불빛을 거두지 않았다. 눈치 없는 기자는 잠시 망설이다 형사들에게 다가오려 걸음을 옮겼다.

강 형사가 얼른 내려가 그의 앞을 막아섰다.

"어허, 폴리스 라인이라는 것도 모르나?"

"아, 죄송합니다."

현장에서 어떻게 기사를 따야 하는지 아직 잘 모르는 수습은 금세 기세가 꺾였다. 조금만 구슬리면 조용히 내려갈 것도 같았다. 얼른 보내놓고 초동수사를 마무리지어야겠다는 생각에 강 형사는 말을 이었다.

"내려갑시다. 내려가서 얘기하지."

하지만 기자는 강 형사의 손짓을 무시하고 현장 쪽을 바라보았다.

"살인사건이죠?"

"그거야 수사해봐야 아는 거지."

"검시관까지 대동하고 출동했으니 시신이 있는 것은 분명하고…… 자살이라면 이렇게 앞을 가로막을 이유가 없겠죠?"

그래도 몇 개월 기자 밥을 먹었다고 쉽게 물러서지 않는다. 수습이라 해도 선배들이 만들어놓은 매뉴얼은 외우고 있다. 현장에서 한번 밀리면 얕보이기 때문에 순순히 물러나지 말고 기싸움을 하라고 배운다.

강 형사는 자신도 모르게 한숨을 내쉬었다. 지금 수습기자 한 명과 실랑이할 시간이 없다. 이렇게 시간을 끌다보면 곧 기자들이 들이닥칠 것이다.

"지금 이거 공무집행 방해인 거 모르시나?"

강 형사는 짐짓 인상을 쓰며 기자를 쳐다보았다. 기자는 어떻게 할지 잠시 머뭇거렸다.

"그러지 말고 얘기 좀 해주시죠? 이 새벽에 여기까지 올라온 성의를 봐서라도 말이에요."

"다 좋은데, 우선 현장보존하고 감식할 시간은 줘야지. 현장

봐야 좋을 것도 없고, 우선 내려가서 해장국이라도 한 그릇 하고 오지 그래? 빈속이라 추울 텐데.”

“그냥 보기만 하면 안 되겠습니까?”

“아니, 뭘 봐? 그러다 범인 족적이라도 훼손되면 책임질 거요?”

기자는 끝내 길을 터주지 않는 강 형사와 기싸움을 하다가 결국 알았다는 듯 두 손을 들었다. 강 형사 같은 베테랑을 상대하기에는 아직 스킬이 부족하다. 그런 재주는 매뉴얼로 얻어지는 게 아니다. 몇 년이라는 시간과 경험이 있어야 비로소 만들어지는 것이다.

“좋아요, 그럼 이렇게 합시다. 일단 위에 올라가서 일 마무리하고 다시 내려올 테니까 그때 봅시다. 그때 나도 취재에 협조할 테니까 지금은 아래 가서 좀 기다려요.”

“약속하신 겁니다?”

강 형사는 피식 새어나오는 웃음을 참고 고개를 끄덕였다.

기자는 강 형사에게 약속을 받아내고서야 물러섰다. 하지만 아파트 단지 쪽으로 내려가지는 않았다. 등산로 입구에서 지켜볼 심산인 모양이다.

그 정도로도 다행이라는 생각이 들었다. 수습이 와서 다행이다. 의욕은 넘쳐도 아직 능숙하게 먹이를 채갈 줄은 모른다. 조금만 노련한 기자였다면 느물느물하게 강 형사에게 들러붙어 결국 특종을 잡았을 것이다.

강 형사는 얼른 사건 현장으로 돌아와 지 검시관 곁으로 다가갔다.

낙엽에 덮여 있던 시신은 어느새 모습을 고스란히 드러내고 있었다. 시신의 목 부위를 살피던 지 검시관이 강 형사를 올려다봤다.

"누군지 알겠어요?"

"……모르겠는데?"

지 검시관이 손전등으로 여자의 얼굴을 비췄다.

여자의 목에는 전선을 묶을 때 사용하는 흰색 케이블타이가 감겨 있다. 집에 있다가 잠시 나왔는지 여자는 트레이닝바지에 체크 셔츠, 그 위에 후드 점퍼를 걸친 간편한 차림이다. 여자의 입술에 붙은 낙엽을 강 형사가 조심스럽게 떼어냈다. 벌어진 입안에 물이 가득 고여 있었다.

"이미란이라는 앵커예요. WNN."

케이블방송의 뉴스전문채널. 방송을 몇 번 본 기억도 있지만 여자는 기억나지 않는다.

사실 뉴스채널 같은 건 취미가 없다. 볼 시간도 없지만 직접 만나는 사건만 해도 골치가 아픈데, 텔레비전에서까지 뉴스채널 같은 걸 보고 싶지는 않다. 설령 텔레비전에서 봤다고 해도 이렇게 시체가 되어버린 얼굴은 왠지 다른 사람 같다.

"사인은 역시 교살인가?"

"그런 것 같네요. 뒤에서 목에 끈을 걸었어요. 얼마나 단단히 잡아맸는지 살을 파고들었어요."

케이블타이는 여자의 손에도 묶여 있다. 그것도 앞으로 모은 양손에 단단히 고정되어 있다.

강 형사는 어떻게 여자가 여기까지 끌려오게 되었는지를 머릿속으로 그려보았다.

대중에게 얼굴이 알려진 사람이 이런 차림으로 나왔다면 물건을 사러 나온다거나 하는 잠깐의 외출일 것이다.

"범인은 두 사람이겠죠?"

"……?"

"손과 목을 동시에 묶는 건 힘들잖아요?"

"두 사람이라면 굳이 손을 묶을 필요가 없지. 다른 놈이 목을 조르고 있는 동안 붙들고 있는 걸로 충분할 거야."

"……네."

지 검시관은 자신의 추리가 맞지 않자 침울해졌다. 그녀는 가끔 검시관이라는 자신의 직책을 잊고 형사처럼 굴 때가 있다. 그럴 때 이 형사는 핀잔을 주곤 하지만, 강 형사는 사건을 향한 관심이라 생각하고 받아주었다. 상황을 제대로 파악한다면 검시에도 훨씬 도움이 될 거라는 생각에서였다.

"한 사람이라면 손과 목, 어느 쪽을 먼저 묶었을까요?"

"당연히 손이겠지. 목을 먼저 졸랐다면 죽은 뒤에 굳이 손을 묶을 이유는 없을 테니까."

손을 묶은 것은 저항을 막기 위해서였을 것이다. 하지만 여자의 두 손은 마치 범인에게 내밀어 스스로 묶이기라도 한 듯 빈틈이 없었다. 손을 묶는 동안 아무런 저항도 하지 않았다는 증거다.

여자는 왜 저항하지 않았을까? 자신을 죽이려는 사람에게 순순히 손을 내미는 사람은 없다. 저항할 수 없는 상황이었을까?

"상처난 곳은 없어?"

"글쎄요, 눈으로 보기에는 없는 것 같은데요?"

아무리 초광학 LED가 있다고 해도 어두운 곳에서 손전등에만 의지하는 것은 무리가 있다. 자세히 관찰하려면 더 넓고 환한 장소가 필요하다.

결국 시신은 가까운 병원으로 옮겨 다시 검안한 뒤 국과수에 부검을 의뢰하기로 했다.

몸을 돌려 등산로 입구 쪽으로 내려가려던 강 형사는 아래쪽에서 기다리고 있을 기자를 떠올렸다. 강 형사는 지 검시관을 돌아보았다.

"보디백 있지? 얼굴 안 보이게 하라고."

"그 정도쯤은 안다고요."

등산로를 통해 아파트 단지 입구로 내려가는데 개줄을 잡고 있는 노인과 이야기하고 돌아서는 기자의 모습이 보였다. 바쁘게 손을 움직여 수첩에 뭐라고 적더니 얼른 핸드폰을 꺼내 들었다. 아차 싶었다. 노인을 돌려보내지 않은 게 실수였다.

강 형사는 일부러 소리 높여 기자를 불렀다.

기자가 강 형사를 돌아보더니 잠시 망설이다 핸드폰을 주머니에 집어넣었다.

"해장국은? 안 했으면 같이 합시다. 나도 슬슬 배가 고프네."

"일부러 그러신 거죠?"

"뭐가?"

"피해자, 이미란이라면서요? WNN 앵커. 일부러 감추신 거 잖아요?"

역시 노인을 통해 피해자의 신원을 확인한 모양이다. 그는 현장 근처에도 못 오게 한 이유를 혼자 알아냈다는 자부심에 가슴을 내밀며 강 형사를 바라보았다.

"다 얘기한다고 했잖아, 일부러 감출 게 뭐가 있어? 우리야 피해자가 누구든 다 똑같은데……"

강 형사는 태연하게 기자를 쳐다보다 어깨를 툭 치며 걸음을 옮겼다.

"가자고."

"어디요?"

"나도 새벽에 끌려나왔어. 빈속에 뭐 좀 채워넣자고. 얘긴

거기서 하면 되잖아.”

“진짜죠?”

“왜 그래? 아까 한 약속 잊었어? 이 새벽에 같이 고생하고 있는데 그 정도는 해줘야지.”

그 말에 기자의 표정이 미묘하게 흔들렸다. 강 형사의 말이 진심인지 확인하는 눈치였다. 이미 피해자의 신원이 노출되었다면 기자를 설득하는 수밖에 없다. 경찰로서도 사건보고와 앞으로 언론에 대한 대처방안을 마련해두려면 시간이 필요하다.

일간지 기자는 이럴 때 불리하다. 이미 오늘 신문은 트럭에 실려 전국에 배달된 뒤다. 아무리 특종을 잡았다고 해도 내일 신문에나 실을 수밖에 없다.

강 형사는 기자에게 잠시 기다리라고 말하고 아파트 입구에 세워진 경찰차로 다가갔다. 차 안에 있던 제복 경찰은 강 형사를 보자 얼른 밖으로 나왔다. 강 형사는 신고자 하나 간수 못하고 뭐한 거냐고 한마디했다.

아파트 쪽으로 구급차가 올라오는 게 보였다.

등산로에서 보디백을 든 경찰들이 내려오고 있었다. 강 형사는 이 형사에게 서 형사와 함께 병원으로 가라고 일렀다. 지 검시관이 그들을 뒤따라 내려오고 있었다. 지 검시관까지 병원으로 가서 검안을 하고 관할서로 업무를 넘겨야 일이 끝난다.

강 형사는 서 형사를 쳐다보며 손으로 기자 쪽을 가리켰다.

서 형사는 무슨 뜻인지 금방 알아들었다.

강 형사는 자꾸 구급차 쪽으로 오려는 기자를 막아 세운 뒤 그를 끌고 가다시피 하며 큰길로 향했다.

"저 아래 해장국집 보이던데, 가서 한술 뜨자고."

기자는 난감한 표정을 짓다가 하는 수 없이 강 형사와 걸음을 옮겼다. 그들 옆으로 경찰차와 구급차, 이 형사의 차가 지나갔다. 차의 행렬을 본 기자는 잠시 강 형사의 얼굴을 쳐다보며 저 차를 쫓아가야 하는 게 아닌가 싶어 불안한 기색이었다. 강 형사는 일부러 씨익 웃어 보였다.

이미 늦었어.

강 형사는 얼른 가까운 식당으로 기자를 데리고 들어갔다.

"어디 기자신가? 오가며 본 거 같긴 한데……"

해장국이 나오기를 기다리는 동안 물수건으로 손을 닦으며 강 형사가 입을 열었다.

기자는 얼른 지갑을 꺼내 명함을 내밀었다.

K일보 사회부 주진석 기자

"고생 많네. 피해자 신원은 이미 알고, 뭐부터 얘기하지?"

강 형사는 그가 원하는 것이라면 어떤 정보라도 주겠다는 제스처를 취했다.

이런 말 한마디가 상대방을 설득하는 데 중요한 지점을 선점하곤 했다. 강 형사의 말에 주 기자는 뜻밖이라는 듯 큰 두 눈을 껌벅였다.

"해장국이나 먹고 천천히 하죠."

강 형사 때문인지, 아니면 배가 고픈 것인지 그도 급할 게 없다는 식으로 나왔다.

생각보다 일찍 나온 해장국은 첫 수저에 입을 델 만큼 뜨거웠다. 두 남자는 입김을 후후 불어가며 시래기와 선지가 가득한 해장국을 먹었다. 어느새 이마와 코에 땀이 맺혔다. 비 온 뒤 차가워진 새벽공기에 얼었던 몸이 그제야 녹아내렸다.

해장국을 먹는 동안 강 형사는 주 기자가 수습 5개월 차라는 것과 오늘 새벽 기자실에서 자다가 용케 창문 너머로 강 형사가 출동하는 모습을 보고 뒤따라왔다는 것을 알았다. 국밥 그릇이 바닥을 보이자 강 형사가 입을 열었다.

"그런데 말이야, 그 이미란이라는 앵커는 유명한가?"

고개를 처박고 기울인 국밥 그릇의 국물까지 말끔하게 비우던 주 기자는 영문을 몰라 강 형사를 쳐다보았다. 강 형사의 질문이 잘 이해되지 않는다는 눈치였다.

"사실 나는 누군지도 몰랐거든."

"백지연은 아세요? 김주하는요?"

"그 정도 급이야?"

"공중파로 비교하면 그렇단 얘기죠. 한마디로 WNN 간판 앵커예요."

"피곤하겠군."

무의식중에 본심이 새어나왔다. 주 기자도 이해하는지 강 형사를 보며 고개를 끄덕였다.

주 기자에게 그런 질문을 던진 것은 후폭풍이 얼마나 세게 불 것인가를 가늠하기 위해서였다.

인지도가 얼마나 높으냐에 따라 이번 사건의 주목도가 결정된다. 간판 앵커라면 생각보다 강한 후폭풍이 예상된다. 돌아가는 대로 바로 보고해야겠다 싶었다. 주 기자는 남은 국물까지 깨끗이 비우고 그릇을 내려놓으며 말했다.

"사건 해결될 때까지 고생 좀 할 거예요."

당장은 관할서인 서대문경찰서의 몫이지만 시경에서 지원 나간 현장 감식과 검시관의 검안은 기자들에게 좋은 기삿감이다. 이런 경우라면 특별 지원 명령이 내려올 것에 대비해야 한다.

해장국 그릇을 한쪽으로 치우고 담배라도 한 대 피워 물려는데 주 기자의 핸드폰이 울렸다. 주 기자는 핸드폰을 꺼내며 얼른 일어나 밖으로 나갔다. 강 형사는 담배를 피우며 이마에 맺혔던 땀을 닦아내고는 주 기자가 돌아오기를 기다렸다.

전화를 받으러 나간 주 기자는 얘기가 길어지는지 강 형사가 담배꽁초를 비벼 끌 때까지도 돌아오지 않았다. 차라리 잘

됐다 싶었다. 바쁘다는 핑계를 대면서 기자가 알고 있는 선에서만 대충 얘기해주고 빠져나가야겠다는 계산을 하며 자리에서 일어났다.

그때 문이 열리는 소리가 들렸다.

지갑을 꺼내려던 강 형사는 문 쪽으로 고개를 돌리다 얼굴이 굳었다.

식당으로 들어선 사람은 주 기자가 아니라 K일보 시경 캡 장형수 팀장이었다. 그 뒤에 주 기자가 혼자 힘으로 숙제를 끝낸 1학년처럼 자랑스러운 표정으로 서 있었다.

노인과 대화한 후에 핸드폰을 드는 것 같더니 이미 보고를 끝낸 뒤였던 모양이다.

"우리 동네 왔으면 연락 좀 주지. 해장국 정도는 내가 대접해야 하는데 말이야."

강 형사는 그대로 자리에 주저앉았다.

생각보다 빨리 전쟁이 시작되었다는 것을 깨달았다.

3

WNN은 80명이 넘는 기자와 앵커 28명이 24시간 끊임없이 세상의 뉴스들을 찾아내고 전달한다. 그러나 WNN의 그 누구도 이미란의 사망 소식을 자신들이 전하게 되리라고는 생각하지 못했다.

이미란의 비보가 처음 전해진 시각은 오전 5시 35분. K일보의 인터넷 단신이었다.

그뒤로 연합뉴스와 다른 언론사 인터넷판에도 속보가 올라왔다.

WNN의 사회부 기자에게도 정보원의 문자가 날아오기 시작했다.

말도 안 되는 루머라고 생각하던 기자들은 인터넷에 올라오는 속보들과 경찰을 통해 들어오는 정보를 확인하고는 충격에 빠졌다. 비상 연락망으로 보도국 간부들에게도 소식이 전해졌다.

새벽 뉴스를 진행중이던 뉴스 팀이 가장 먼저 이 소식을 알리게 되었다.

5시 42분, 첫 자막이 나갔다.

사회부 담당 기자가 후속기사를 위해 수사진을 만나는 중이었고 화면을 따기 위해 카메라와 중계차가 관할서인 서대문경찰서로 출발했다.

새벽의 교통상황 정보가 나가는 동안 다음 뉴스 원고를 확인하던 정유진은 모니터 화면 아래를 지나는 속보 자막을 보고 할말을 잃었다.

잠시 머뭇거리는 사이 프롬프터에 긴급으로 끼어든 이미란 앵커 사건에 관한 원고가 보였다. 유진은 '이미란 앵커'라는 글자에 시선을 고정한 채 멍하니 있었다.

충격으로 굳은 얼굴은 고스란히 카메라에 담겨 방송으로 나갔다.

입사 이후로 이런 경험은 처음이었다.

방송중 수많은 돌발 사태를 겪으면서 나름대로 대처 방법을 터득했건만 지금은 그 어떤 것도 도움이 되지 못했다. 유진은 흔들리는 시선으로 뉴스룸의 유리벽 너머 뉴스센터를 바라보았다.

뉴스센터는 한순간에 빙하기를 맞은 것처럼 모든 것이 얼어붙어 있었다. 유리벽 너머 기자와 직원들 모두 꼼짝도 하지 않고 멈춰 서서 뉴스룸에 앉아 있는 유진을 쳐다봤다. 그들 모두 자막을 보고 충격으로 굳은 얼굴이었다. 더 자세한 이야기를 듣기 위해 유진이 입을 떼기를 기다리고 있었다.

"뭐하는 거야? 정신 차려!"

리시버를 통해 보도 1팀장의 고함이 들려왔다.

허공을 헤매던 유진의 시선이 그제야 카메라를 향했다.

유진은 가까스로 정신을 차리고 프롬프터에 올라오는 원고를 기계적으로 읽어나갔다. 탁자에 올린 손이 떨리는 것을 느끼고 얼른 밑으로 숨겼다.

"속봅니다. WNN 방송국 이미란 앵커가 오늘 새벽 5시 홍제동 한 야산에서 시신으로 발견되었습니다. 서대문경찰서에 나가 있는 양우석 기자 연결합니다. 양우석 기자."

핸드폰으로 연결된 양우석 기자가 긴장된 목소리로 사건 개요를 설명했다. 그 역시 충격으로 떨고 있었다.

"저는 지금 서대문경찰서에 나와 있습니다. 오늘 새벽, 본 방송국 앵커 이미란씨가 홍제동 자택 뒷산에서 숨진 채 발견되었습니다. 사건 현장에 출동한 경찰은 현장 조사를 통해 이미란 앵커가 타살되었음을 확인하고 정확한 사인을 판명하기 위해 시신을 가까운 병원으로 옮기는 한편, 사건 해결을 위해 모든 수사력을 동원하겠다고 밝혔습니다."

'이 선배가 살해되었다.'

유진은 어떻게든 평정심을 되찾기 위해 기를 썼지만 도통 기자의 말에 집중할 수 없었다. 머릿속은 충격으로 무섭게 소용돌이치고 있었다.

바로 어제만 해도 이 뉴스센터에서 마주한 사람이다.

오후 팀인 보도 2팀장의 호출로 올라왔다가 잠깐 지나치면서 얼굴을 봤다. 그게 마지막 모습이었다니 믿을 수가 없었다. 부분 개편 때 이 선배와 함께 프로그램을 진행하라는 말을 듣고 저녁 회식에서 이야기를 나눌 생각이었다.

그동안 수없이 많은 살인사건을 보도했지만 지금처럼 충격을 받은 적은 없었다. 유진은 처음으로 자신이 하는 일이 어떤 것인지 생생하게 깨달았다.

그다음 뉴스가 무엇이었는지 시간이 어떻게 지났는지 모른다. 정신을 차려보니 이미 방송은 끝나고 어느새 뉴스룸에 혼자 앉아 있었다.

유진은 카메라 불이 꺼진 스튜디오에 멍하니 앉아 하필이면 자신이 그 소식을 전하게 된 것을 원망했다. 원고를 정리하는 손이 부들부들 떨렸다. 간신히 탁자를 잡고 일어서려는데 다리 힘이 풀렸다.

그대로 주저앉는 유진의 팔을 누군가 잡았다. 돌아보니 보도 1팀장이 들어와 있었다. 그 역시 창백하게 굳은 얼굴이었다.

"고생했어. 힘들었을 텐데……"

충격 속에서도 소식을 전해야 했던 유진의 부담감을 이해한다는 듯 팀장은 위로의 말을 건넸다.

"팀장님, 어떻게 이런 일이…… 도대체 누가 그런 거래요, 왜?"

팀장이 대답해줄 문제도 아니었다. 유진 역시 답을 바라고 한 말이 아니다. 설령 범인이 잡혀 진술한다고 해도 '왜?'라는 질문에 대한 답은 수긍할 수도, 이해할 수도 없는 문제다.

더이상 뭐라 말을 이을 수가 없었다. 유진은 입술을 깨물며 입을 다물었다. 가시지 않은 충격으로 온몸이 떨려왔다. 유진의 팔을 잡고 있던 팀장이 유진의 어깨를 가볍게 두드려주었다.

유진은 팀장의 부축을 받으며 간신히 일어나 뉴스룸을 나왔다.

조금 전까지 얼어붙어 있던 뉴스센터는 갑자기 울려대기 시작하는 전화로 정신이 없었다. 뉴스를 본 시청자들의 확인 전화였다.

바쁘게 움직이는 사람들의 발소리, 끊이지 않고 울리는 전화벨소리, 여기저기 모여서 웅성거리는 사람들의 말소리가 뒤섞여 사무실 안은 시장통처럼 시끄러웠다.

귀를 파고드는 소음 때문에 머리가 깨질 듯 아파왔다.

한순간 유진의 눈앞이 출렁이기 시작했다. 전화를 받고 바쁘게 움직이는 사람들의 모습이 제멋대로 늘어났다 줄어들었다 하며 기괴하게 뒤틀어졌다. 속이 울렁거렸다. 금방이라도 토할 것 같았다.

걸음을 옮기던 유진이 비틀거리자 팀장이 걱정스러운 얼굴로 쳐다보았다.

"괜찮아?"

유진은 눈을 감고 잠시 심호흡했다. 울렁거림을 누르기 위해 크게 숨을 들이마셨다. 가슴 깊은 곳에서 설명할 수 없는 감정들이 유진을 흔들고 있었다.

"일단 여기 좀 앉지."

팀장이 유진을 가까운 의자에 앉히고 종이컵에 찬물을 담아 와 건네주었다. 그는 걱정스레 유진의 안색을 살폈다.

"정 힘들면 당직실에 가서 잠깐 누워 있어."

"아니, 아니에요. 괜찮아요."

유진은 팀장이 건네준 물을 마셨다.

차가운 물 덕분인지 울렁이던 속이 조금은 안정되었다. 유진은 남은 물을 모두 비우고 종이컵을 구겼다.

생각해보면 그렇게 살가운 사이도 아니었다.

입사 연수 때부터 이미란은 후배들에게 깐깐하고 무서운 선배였다. 언제나 단정하고 정확한 사람이라 가까이하기도 어려웠다. 하지만 누구보다 자기 일에 열심이고 열정적이었다.

"잠깐 바람 좀 쐬고 와."

사무실 건너편에 있는 회의실로 2팀장과 3팀장이 들어가는 모습을 본 팀장은 유진의 어깨를 토닥이며 자리에서 일어났다. 본부장 이하 간부급이 모이는 긴급회의가 소집된 모양이었다.

회의실로 향하는 팀장의 뒷모습을 보던 유진은 구겨진 종이컵을 휴지통에 던져넣고 일어났다. 휘청거리던 조금 전보다는 확실히 좋아졌지만 아무래도 사무실에 가 정리를 하고 퇴근해야겠다 싶었다.

아직 충격이 가시지 않은 사무실에는 아침 뉴스 팀의 앵커들이 몇 명 모여 있었다. 그들 모두 말을 잊고 멍하니 앉은 채였다.

앵커실 실장인 최동훈이 침통한 표정으로 통화를 하며 사건에 대해 알아보고 있었다.

벽 한쪽에 설치된 몇 대의 모니터에서 이제 막 아침 방송을 시작한 공중파 뉴스가 나오고 있었다. 역시 이미란 앵커의 사건이 이 시간 주요 뉴스로 다뤄지며 자막으로 계속 흘렀다.

뉴스마다 앞다퉈 이미란 앵커의 사건을 보도하자, 사무실에서 손놓고 있던 앵커들이 모두 모니터 앞으로 모여들었다. 뉴스를 전하는 입장이라고 하지만 그들도 사건에 대해 자세히 모르기는 마찬가지다. 혹시 새로운 소식이 있는지 다들 귀를 기울였다.

유진은 방송 화면에 뜬 이 선배의 얼굴을 바라보았다.

타 방송의 뉴스 프로에 나오는 그녀의 모습은 낯설기만 했다. 더구나 늘 뉴스를 전달하기만 하던 사람이 이렇게 뉴스의 주인공이 되리라는 건 누구도 상상하지 못했다.

새로운 소식은 없었다.

첫 보도가 나간 지 불과 한 시간 만에 새로운 소식을 기대하는 것은 무리다. 하지만 누구도 이 사건을 현실로 받아들이기 어려워 몇 번이나 확인하는 것이다. 이 선배에 대한 간단한 소개가 끝나자 화면은 전날 있었던 자동차 회사 노조의 파업 소식으로 바뀌었다.

그제야 모두 모니터에서 눈을 떼고 자기 일로 돌아갔다.

누구도 입을 열지 않았다. 숨도 크게 쉬지 못할 정도의 긴장감이 방에 흘렀다. 침묵은 방안의 공기를 더욱 무겁게 만들었다.

유진은 의자를 돌려 이 선배가 앉아 있던 책상 쪽을 바라보았다. 평소 성격처럼 깔끔하게 정돈된 책상이 보였다. 보도와 관련된 책 몇 가지와 정치 경제 등으로 분류된 파일들, 작은 화분 그리고 벽에 붙은 사진. 작년에 '오늘의 방송인 상'을 수상하며 찍은 사진이었다.

그녀의 삶, 그동안의 경력, 방송활동. 이 모든 것이 한순간에 사라졌다. 유진은 사진 속 웃고 있는 이 선배의 얼굴을 보자 가슴이 먹먹해졌다. 눈시울이 뜨거워졌다. 금방이라도 눈물이 나올 것 같아 고개를 들고 눈을 깜빡였다.

최 실장의 자리에 놓인 전화가 울렸다. 사무실이 조용해서 통화 내용이 그대로 들렸다. 간부회의에서 호출하는 것 같았다. 전화를 받은 최 실장이 사무실을 나가자 숨죽이고 있던 앵커들이 서로를 쳐다보며 수군거리기 시작했다.

"왜 불려가신 거예요?"

"진짜 몰라서 묻는 거야?"

이제 2년 차인 차세라의 질문에 유진의 동기인 김소영이 한심하다는 표정을 지었다.

뉴스 전문 케이블방송인 WNN(World News Network)은 하루 24시간 뉴스를 내보내고 있지만 그중에서도 프라임 타임에 속하는 프로그램은 오후 4시부터 시작되는 〈오늘의 뉴스〉다.

WNN은 10년 전 창사 때부터 지상파의 견고한 뉴스 시간대와 맞붙는 대신 틈새 시간을 노리는 편성을 택했고, 그 전략이 부분적으로 성공을 거두어 빠른 시간에 높은 시청률을 올리는 채널이 되었다.

그중에서도 가장 공을 들인 프라임 시간 프로그램이 바로 이미란 앵커가 진행하던 〈오늘의 뉴스〉다. 어느 방송사나 마찬가지지만 프라임 뉴스 시간의 앵커를 맡는다는 것은 그 방송국의 간판 앵커가 되었음을 의미한다. 그동안 WNN의 〈오늘의 뉴스〉를 진행했던 앵커들과 마찬가지로 이미란 역시 현재 WNN의 얼굴이라 불리는 인기 앵커였다.

"선배가 죽었어, 누군가 방송은 해야 하잖아?"

질문을 던진 세라가 그제야 고개를 끄덕거렸다.

"그럼 지금 회의에서?"

"그렇겠지. 당장 오늘 방송을 해야 하니까."

그 말을 들은 앵커들은 누구랄 것도 없이 서로의 얼굴을 쳐다보며 눈치를 살폈다.

〈오늘의 뉴스〉 새 진행자.

그것은 생각지 못한 상황이었다. 앵커들 사이에는 보이지 않는 경쟁이 있다. 개편 때도 누가 무슨 프로그램을 맡게 될지 촉각을 세운다. 그런데 〈오늘의 뉴스〉 새 진행자라니, 모두들 먹이를 앞에 둔 하이에나처럼 눈을 빛내며 서로의 기색을 살폈다.

들어온 지 얼마 되지 않은 후배들에게는 그런 경쟁이 남의 일이다. 그들은 긴장보다 흥미를 가지고 이 상황을 지켜보는 것 같았다.

"누가 하게 될까?"

누군가 혼잣말처럼 중얼거렸다. 그 말을 듣고도 누구 하나 섣불리 말을 꺼내지 못했다. 꼭 선배가 한다는 보장도 없다. 적당한 경력을 쌓은 앵커라면 누구라도 자격이 있다. 이미란 역시 그렇게 실력으로 발탁된 케이스였기에, 벌써 기대감을 갖는 사람들도 있을 터였다. 김소영도 그중 하나다.

"소영 선배가 하시는 거 아니에요?"

조금 전 회의에 대해 물어보던 눈치 없는 세라가 또 불쑥 입을 열었다. 그 말을 들은 소영의 입가에 짧은 미소가 스쳤다.

"그거야 뭐 팀장들이 결정할 문제지."

하지만 세라의 말이 싫지 않은 듯 소영은 부정하지 않고 결정만 기다리겠다는 식으로 말을 돌렸다. 말은 그렇게 했지만 얼굴에서는 기대감을 숨기지 못했다.

"죽은 사람만 억울하네."

소영에게로 분위기가 흐르는 게 싫은 듯 누군가 대화의 방향을 돌렸다. 또다른 동료가 받아치며 화제는 사건으로 돌아왔다.

"그런데 그 밤에 왜 나간 걸까?"

"누구, 아는 사람이 불러낸 건가?"

"아는 사람이라니? 아는 사람이 범인이라는 거야?"

"11시까지는 집에 있었다니까. 어제 회식 끝날 때 실장님이랑 통화하는 거 옆에서 들었잖아? 생각해봐. 11시 이후에 집 밖에 나갈 일이 뭐가 있어?"

앵커들의 하루 일과는 보통 자신이 맡고 있는 프로그램 중심으로 돌아간다. 이미란의 경우도 마찬가지다.

오후 4시부터 6시까지 방송하는 〈오늘의 뉴스〉를 진행하기 위해 회사에 출근하는 시간은 오전 12시경. 팀장을 비롯한 제작진 회의와 원고 체크, 메이크업을 마치는 시간은 대략 방송 시작 삼십 분 전이다. 방송이 끝난 뒤에는 팀원들과 그날의 회의를 하거나 방송 모니터를 하고 퇴근한다. 보통 8시에서 9시경이다.

더구나 어제는 한 달에 한 번 하는 앵커 회식이 있는데도 몸이 안 좋다며 방송이 끝나고 바로 퇴근했다. 최 실장과 통화한 밤 11시에 그녀가 잠자리에 들려고 한다고 말했다는 이야기를 전해들은 앵커들은, 그 시간 이후 이미란이 외출을 했다는 데 의문을 제기했다.

"밤 11시 이후에 누군가를 만나기 위해 나갔다면 단순히 아는 사이는 아닐 텐데?"

소영은 은근히 이미란의 사생활과 연결된 이야기를 꺼냈다. 그녀가 무슨 말을 하고 싶어하는지 다들 눈치채고 눈을 반짝이며 소리를 낮췄다. 살아 있을 때는 알면서도 모른 척했던 공공연한 비밀이 갑자기 공개적으로 화제에 올랐다. 이 비밀을 공유받지 못한 세라만 무슨 소린지 몰라 사람들의 얼굴을 번갈아 쳐다보았다.

"뭐야, 뭐야, 나도 알려줘. 무슨 얘긴데?"

그러나 소영도, 다른 사람들도 이 이야기를 꺼내 세라의 호기심을 충족시켜줄 생각은 없는 듯했다. 세라는 결국 참지 못하고 소영의 팔에 매달렸다.

"소영 선배, 그러지 말고 좀 알려줘요. 네?"

"뭐야, 방송국 사람들 다 아는데, 너만 모르는 거야?"

소영이 잠시 망설이다가 이야기하려는데, 곁에 있던 유진이 더이상 참지 못하고 탁자를 내려쳤다. 모여서 이야기를 나누던 앵커들이 모두 놀라서 유진을 쳐다보았다.

"그만 좀 할 수 없어?"

유진은 같이 생활하던 선배의 죽음 앞에서도 이렇게 무신경한 그들을 도무지 이해할 수 없었다. 불과 어제까지만 해도 선배라고 깍듯이 인사를 하고 같은 사무실을 쓰던 동료였다. 그런데 죽었다는 이유로 미란의 사생활까지 아무렇지 않게 화제로 삼는 게 견딜 수가 없었다.

이야기를 꺼낸 소영이 굳은 얼굴로 유진을 쳐다보았다. 뭐라 말하려다가 단호한 유진의 표정을 보고는 곧 입을 다물었다. 다른 사람들은 서로 눈치를 보다가 누가 먼저랄 것도 없이 자기 할일을 하거나 슬그머니 방을 빠져나갔다.

사무실 공기가 싸늘하게 식었다. 동료들은 유진과 소영을 번갈아 보며 이 미묘한 신경전이 어떻게 흘러갈지 주시했다.

유진은 다시 자리에 앉아 서랍을 열어 노트북을 꺼냈다. 이 선배에 대한 후속기사를 확인하고 싶었다. 방송국 내 뉴스 접속망으로 들어갔다. 서울시경과 서대문경찰서에 나가 취재했던 양 기자가 후속기사를 올려놓았다. 제목을 클릭하자 기사 본문이 화면에 떴다.

유진은 새롭게 올라온 사실들을 빠르게 확인했다.

그때 유진을 노려보고 서 있던 소영이 유진의 등뒤로 다가왔다.

"너무 오버하지 마. 누가 보면 친언니라도 죽은 줄 알겠다?"

유진은 기가 막혀 소영을 돌아보았다.

유진의 코앞에 소영의 차가운 눈이 보였다. 그 눈에는 조금의 온기도 담겨 있지 않았다. 평소에도 남의 일에는 무관심한

소영이지만 선배의 죽음 앞에서조차 이렇게 냉담할 수 있다는
게 믿어지지 않았다.

"선배가 죽었어. 너 어쩜……"

"별로 친한 사이도 아니었잖아? 왜 그렇게 슬픈 척해?"

유진은 기가 막혀 아무 말도 떠오르지 않았다. 어이가 없어
오히려 헛웃음이 나왔다.

"뭐하는 거야?"

돌아보니 간부회의에 갔던 최 실장이 사무실로 들어서고 있
었다.

사무실에 들어오면서 유진과 소영의 분위기가 심상치 않음
을 한눈에 느낀 듯했다. 그는 소영과 유진을 번갈아 보며 대답
을 기다렸다. 소영은 아무 일 없다는 듯 유진에게서 시선을 떼
고 최 실장에게 다가갔다.

"이 선배 얘기를 하고 있었어요. 다들 충격을 받아서……
다른 소식은 없나요?"

소영은 조금 전 유진과 이야기할 때와 딴판인 얼굴로 최 실
장에게 말을 건넸다. 그 와중에도 호기심을 숨기지 못했다. 지
금 그녀에게 궁금한 것은 〈오늘의 뉴스〉를 누가 맡게 되느냐
가 전부인 듯했다. 하지만 최 실장은 소영의 말을 무시하고 유
진을 쳐다보았다.

"정유진, 제1회의실로 가봐."

"네?"

"가봐, 가보면 알아."

최 실장의 말에 결국 자리에서 일어났다. 더이상 소영과 마주하고 싶지 않았는데 차라리 잘됐다 싶었다. 사무실을 나오는데, 등뒤로 소영의 날카로운 시선이 느껴졌다.

회의실로 걸어가는 동안 문득 자신이 왜 호출되었는지 의구심이 들었다. 하지만 곧 무슨 일인지 짐작할 수 있었다.

오늘 아침, 이 선배의 일 때문에 제대로 뉴스를 전하지도 못하고 한동안 우왕좌왕하는 모습이 그대로 방송에 나갔다. 어떤 돌발 사태에도 침착함을 잃으면 안 되는 뉴스 진행자로서 큰 실수를 한 것이다. 질책을 듣는다고 해도 어쩔 수 없다는 생각이 들었다.

문을 열고 들어서니 국장과 보도 팀장들을 포함한 간부들이 나란히 앉아 있었다. 이른아침부터 불려나온 간부들의 표정은 하나같이 황당함과 침통함이 뒤섞인 채였다.

"앉지."

보도 1팀장이 빈자리를 가리키며 말했다.

무거운 공기가 주는 중압감에 눌린 유진은 말없이 자리에 앉았다.

그들은 서로를 쳐다보며 누가 먼저 말을 꺼낼지 눈짓을 주고받았다. 결국 보도 1팀장이 입을 열었다.

“그동안 새벽에 나오느라 수고했어.”

‘그동안 수고했다.’

그 말은 곧 아침 프로에서 잘렸다는 것을 의미한다. 각오는 하고 있었지만 막상 들으니 가슴이 쿵 내려앉았다. 실수에 비해 지나친 문책이라는 생각이 들었지만 유진은 아무 대꾸도 하지 않았다.

“앞으로는 아침잠 푹 자고 천천히 나와.”

“네?”

“오늘 하루만 좀 고생한다 생각하고 오후 방송 준비하라고.”

오후에 또 방송을 준비하라니 무슨 소린가 싶었다.

멍해 있는 유진을 보던 보도국장이 한마디했다.

“자네가 〈오늘의 뉴스〉 새 진행자라고.”

순간 유진은 보도국장이 하는 말이 선뜻 머릿속에 들어오지 않았다.

〈오늘의 뉴스〉라니, 동료들이 나누는 이야기를 흘려듣기는 했지만 설마 그 후임이 자신일 줄은 생각도 하지 못했다.

유진은 그제야 이른아침부터 소집된 간부들의 긴급회의가 무엇을 위한 것인지 깨달았다. 사후 대책. 이미란의 빈자리를 어떻게 메울 것인가 하는 자리였던 것이다.

냉혹하지만 그게 현실이다. 죽은 사람에 대한 묵념보다 그 자리를 누구로 채워넣을 것인가를 우선 논의하지 않으면 안 된다. 감정과는 별개로 방송은 계속되어야 한다. 그것은 너무나 당연한 첫번째 철칙이다.

유진은 잠시 얼떨떨한 표정으로 있다가 보도국장을 쳐다보았다.

"국장님 전 아직……"

"최 실장의 의견도 듣고 간부회의를 거쳐 내린 결정이야."

보도국장은 잘해보라는 의미로 유진을 쳐다보며 고개를 끄덕였다.

"알겠습니다."

4

소식은 순식간에 사내에 퍼졌다.

유진이 〈오늘의 뉴스〉를 맡게 되었다는 소식을 들은 사람들의 반응은 반반이었다.

이미란의 뒤를 이어 유진이 WNN의 간판 앵커가 될 자질이 있다고 인정하는 쪽과 인정받기에는 아직 미흡하지 않냐는 쪽으로 나뉘었다. 묘하게도 유진의 자질을 인정하고 받아들이는 쪽은 기자와 간부들이었고, 유진의 급부상을 달가워하지 않는 쪽은 앵커들이었다.

겉보기에는 정유진이 그동안 앵커들과 어울리지 못하고 보이지 않는 벽을 둔 게 이번 일을 계기로 드러난 듯 보였지만, 내막은 달랐다. 앵커들 간의 경쟁심이 유진을 쉽게 인정할 수 없게 만든 거였다. 특히 유진의 동기와 1년 선배들이 최 실장에게 의문을 제기했다. 다들 이미란이 없다면 그 자리는 자신이 앉아야 한다고, 적어도 정유진보다는 자신이 더 적임자라고 생각하고 있던 것이다. 하지만 최 실장은 한마디로 그들의 반발을 막았다.

"이미 결정된 일이다."

유진의 발탁에 불만을 품었던 앵커들은 어쩔 수 없이 입을 다물었다.

어떤 일이든 결정 전에는 이런저런 의견을 얼마든지 제시할 수 있다. 하지만 한번 결정이 나면 거기에 따라야 한다. 이미 끝난 일을 가지고 반발하거나 항의하려거든 방송국을 그만둘 각오를 해야 한다.

몇몇 앵커는 겉으로 드러내면서까지 반발하지는 않았지만, 그렇다고 유진을 인정하지도 않았다. 하지만 유진은 그런 동료들의 시선을 신경쓸 틈이 없었다. 당장 코앞에 떨어진 두 시간짜리 뉴스 프로그램을 제대로 해내기도 벅찼다. 다른 것은 돌아볼 여력이 없었다.

새벽 방송을 했던 유진이 〈오늘의 뉴스〉를 진행하기 위해 다시 스튜디오에 들어섰다. 불과 열 시간도 채 안 되어서 모든 것이 급물살을 타고 빠르게 진행되었다. 첫 방송이라 보도 1팀장과 2팀 남 팀장, 앵커실 최 실장이 뉴스룸 앞에 모였다.

긴장하기는 했지만 무난한 진행이었다.

유진은 리포팅중인 기자에게 그때그때 적절하게 질문을 던졌고 화면이 바뀌는 방송 사고에도 침착하게 대처했다. 방송 시간이 삼십 분을 넘어가자 유진의 차분한 진행에 보도 1팀장, 남 팀장 모두 만족한 눈치였다.

유진은 마치 시험을 치르는 학생처럼 긴장된 얼굴로 두 시간을 진행하고 엔딩 시그널이 나간 뒤에야 긴 한숨을 내쉬었다.

방송을 마치고 돌아보니 최 실장과 1팀장은 이미 사라지고 남진수 팀장만 남아서 유진을 지켜보고 있었다. 무사히 첫 방송을 마친 유진을 향해 남 팀장은 고개를 끄덕여 보였다.

"수고했어."

남 팀장은 유진이 뉴스룸에서 나오기를 기다렸다가 어깨를 토닥여주었다. 남 팀장은 하루 만에 5년은 늙어 보였다. 눈 밑의 다크서클이 그의 피로감을 말해주고 있었다.

유진은 머뭇거리다 말을 꺼냈다.

"이 선배…… 어젯밤에 만나셨죠?"

남 팀장은 물끄러미 유진을 쳐다보다 고개를 끄덕였다.

어제 앵커 회식에 참석했던 유진은 남 팀장에게 전화를 받왔었다.

　이미란이 전화를 안 받는다면서 회식이 끝나면 둘이 잠시 사무실에 올라왔다 가라는 내용이었다. 남 팀장은 이미란과 정유진에게 새 프로그램의 공동 진행을 맡길 생각이었다. 미란 선배가 회식에 참석하지 않고 바로 퇴근했다는 말을 유진이 전하자, 남 팀장은 한숨을 내쉬며 미란을 만나보겠다고 했다.

　미란 선배가 밤 11시가 넘어 외출했다는 말을 들었을 때, 유진은 남 팀장의 얼굴을 떠올렸다. 사내에 떠도는 공공연한 소문을 유진도 알고 있었다.

　그 소문은 남 팀장과 미란 선배가 단순한 직장 상사와 부하의 관계가 아니라는 것이다. 이미란이 입사 2년 차일 때부터 남 팀장이 기획하는 프로그램의 진행자는 정해져 있었다. 연출과 앵커가 같이 가는 경우가 여럿 있기는 했지만 둘처럼 오래 유지되는 경우는 많지 않았다.

　"왜 그 늦은 밤에 찾아갔는지는 안 물어보는군."

　"그건…… 사생활이라고 생각하니까요."

　유진의 말에 남 팀장은 쓸쓸하게 웃었다.

　"사실, 같이 하자고 했던 프로그램. 그거 이미란이 기획한 거야. 새 프로를 하고 싶어했거든."

　그제야 요 며칠 자신에게 냉랭했던 미란 선배의 시선을 이해할 수 있었다. 평상시에도 살가운 성격은 아니라 그저 기분

언짢은 일이 있나보다 하고 지나쳤었다. 자신이 기획한 프로그램인데 갑자기 후배와 공동 진행을 하라니, 받아들이기 힘들었으리라. 더구나 자신과 늘 파트너를 이루던 남 팀장이 갑자기 새 진행자를 제안했으니 그녀로서는 거부감이 먼저 들었을 것이다.

"그래도 얘기를 잘 끝내서 맘 편히 돌아왔는데……"

지난밤 찾아가 이야기한 끝에 미란은 유진과 함께 진행하는 것을 받아들였다고 했다.

"집에 들어가는 모습까지 보고 왔어야 했는데……"

남 팀장은 자신이 불러내어 그 밤에 변을 당했다고 생각하는 것 같았다. 그로서는 충분히 그렇게 자책할 수 있다. 유진은 뭐라 위로의 말을 해야 할지 몰라 머뭇거렸다.

그때 부조에서 나오던 한 피디가 둘에게 다가왔다. 그 모습을 본 남 팀장은 유진의 어깨를 두드려주며 자리를 떠났다.

유진에게 다가온 한 피디는 사무실로 들어가는 남 팀장을 뚫어지게 쳐다보았다.

"남 팀장이 뭐래?"

"네? 별 얘기 없었는데요?"

한 피디는 남 팀장에게 던지던 시선을 거두고 유진을 돌아보았다.

"괜찮으면 휴게실에서 커피나 한잔 하지?"

같이 일하게 된 피디다. 긴장 속에 방송을 마친 뒤로 등과 어깨가 뻐근했지만 담당 피디가 첫 방송을 마치고 이야기 좀 하자는데 거절할 수가 없었다.

유진은 한 피디의 뒤를 따라 휴게실로 올라갔다.

휴게실은 방송국 건물 14층에 있다. 11층에 뉴스센터와 스튜디오가 있다보니 잠깐 쉴 때면 지하 아케이드의 상가를 이용하기보다 14층 휴게실을 이용하는 경우가 더 많았다.

휴게실이라고 해봐야 넓은 실내에 테이블과 의자 몇 개, 음료수와 커피, 그리고 간단한 간식 자판기가 한쪽 벽에 놓여 있는 게 전부다.

한 피디가 동전을 챙겨 마실 것을 뽑으러 간 사이, 유진은 창가 쪽 테이블에 자리를 잡고 앉았다. 긴장으로 굳은 어깨와 등이 뻐근했다. 이 선배의 방송을 맡게 되었다는 부담감이 유진을 지나치게 긴장하게 만든 모양이었다.

유진은 가볍게 어깨 근육을 풀며 창밖을 바라보았다. 어느새 어둠이 밀려들고 있었다. 새벽에 나올 때만 해도 이렇게 긴 하루가 될 거라고는 생각하지 못했다. 한순간 피로가 밀려들었다.

한 피디가 이온음료 캔을 뽑아 돌아왔다. 유진은 한 피디가 건네준 이온음료를 단숨에 들이켰다. 방송 내내 바싹바싹 목이 마르는 것을 간신히 참고 있었다.

한 피디는 음료를 마시는 유진을 보며 피식 웃었다.

한 피디 역시 앵커 출신이다. 미란의 3년 선배, 유진에게는 7년 선배다.

앵커들은 몇 년마다 한 번씩 기자로, 혹은 피디로 자리를 옮긴다. 일종의 안식년인 셈이다. 한 피디는 2년 동안 도쿄 지사에 해외특파원으로 나갔다 6개월 전에 돌아와 〈오늘의 뉴스〉 팀에 합류했다. 말을 많이 나눠본 적은 없었지만 그의 소문은 익히 들어 알고 있었다. 입이 가벼워 주변 사람들에게 평판이 썩 좋지는 않았다. 〈오늘의 뉴스〉를 담당하고 있으니 앞으로 매일 얼굴을 보게 될 것이다.

"축하해, 신데렐라."

첫마디부터 듣기 좋은 말은 아니다. 신데렐라라니, 유진은 조금 전 마셨던 음료가 목에 턱 걸리는 기분이었다.

"〈오늘의 뉴스〉를 갑자기 맡게 돼서 놀랐겠어?"

"……"

"하긴, 안 놀라면 그게 이상하지. 뭐 난 이미 짐작하고 있었지만."

무슨 뜻일까? 가느다랗게 변한 그의 눈이 불쾌하게 느껴졌다.

"남 팀장이 능력 있으니까."

"무슨 뜻이죠?"

한 번은 참았지만 또다시 묘한 말을 내뱉는 게 거슬렸다. 유진은 그의 말에서 풍기는 저속함에 슬그머니 화가 치밀었다.

"그렇게 정색할 필요는 없어. 그냥 운이 좋다는 얘길 하는 거뿐이야."

"……운이 좋다고요?"

유진은 기가 막혀 헛웃음이 새어나왔다.

"응?"

"기가 막히네요. 미란 선배가 그렇게 죽는 바람에 그 자리에 앉게 됐는데, 내가 운이 좋다고요?"

한 피디는 물끄러미 유진을 바라보다가 고개를 돌렸다.

"이 선배가 왜 유진이를 어린애 같다고 했는지 이제 알겠네. 아, 기분 나빠하지는 마. 순수하다는 뜻이니까."

처음 듣는 얘기였다.

"어차피 그 자리는 누군가 메워야 해. 다들 말만 안 했을 뿐, 〈오늘의 뉴스〉 자리가 비었다는 얘기를 듣자마자 눈에 불을 켰을걸?"

그가 하는 말을 모르는 바는 아니다. 실제로 아침에 사무실에서 벌어졌다. 너무 빠른 속도로 그녀의 빈자리가 메워지는 모습을 보는 것은 충격이었다.

망가진 부속을 갈아 끼우고 다시 바퀴를 굴리는 것 같은 느낌. 유진은 이제 자신도 바퀴에 고정된 나사처럼 빈자리에 대체되어 그 시스템의 일부가 된 기분이 들었다. 갑작스럽게 맡은 프로그램이기도 했지만 누군가의 불행으로 자신이 그 자리에 선다는 사실이 유진을 꽤 우울하게 만들었다.

"나도 충격이었어. 출근하고 한동안 멍했지. 하지만 그렇다고 방송을 멈출 수는 없잖아?"

창밖으로 시선을 돌리는 한 피디의 목소리가 차분해졌다.

"그렇게 미란 선배의 죽음에 안타까움을 느낀다면 그 자리에서 최선을 다해주면 되는 거야."

둘은 잠시 말을 잊은 채 생각에 잠겨 창밖의 풍경을 바라보았다.

빌딩과 왕복 8차선 차로를 꽉 채운 자동차들, 바쁘게 지나는 사람들 위로 11월의 차가운 어둠이 내리고 있었다. 어제와 다름없는 오늘이지만 결코 어제와 같지 않은 오늘이다.

"그만 가지. 피곤했을 텐데……"

한 피디가 먼저 일어나더니 유진 앞에 있던 캔을 집어들었다. 그러곤 쓰레기통을 겨냥해 던졌다. 캔이 보기 좋게 들어갔다. 그의 손목에 붙은 반창고가 보였다.

"손은 다치신 거예요?"

"아, 이거…… 헬스 하다가 기계에 좀 긁혔어. 너무 까불었던 거지."

한 피디는 편집실에 들렀다가 곧장 퇴근한다고 했다.

분장실에서 의상을 갈아입은 유진은 퇴근 준비를 하기 위해 사무실로 향했다. 긴장감이 풀리자 온몸이 쿡쿡 쑤셨다. 너무 피곤했다. 얼른 정리를 하고 좀 쉬고 싶었다.

사무실로 돌아와보니 유진의 책상 위에 붉은 장미가 가득한 꽃바구니가 놓여 있었다.

누군가 그녀의 첫 방송을 축하하려고 보낸 선물이었다. 유진은 장미꽃 사이를 뒤져봤지만 메시지 카드는 보이지 않았다. 누가 보냈는지 짐작할 만한 표식은 아무것도 없었다. 하지만 유진은 그 꽃바구니를 보낸 사람이 누군지 알 것 같았다.

유진은 꽃바구니를 책상 한쪽으로 치운 뒤 노트북을 열었다. 전원을 켜고 회사 메일계정으로 들어갔다. 생각대로 메일이 들어와 있었다. 메일 주소가 달랐지만 그가 보낸 메일이었다.

축하한다는 말만으로는 부족하군.
난 알고 있었어. 누구보다 당신이 그 자리에 어울린다는 것을.
내 조그만 선물에 당황하지 않기를……

메일을 보는 순간 유진은 등골이 오싹해졌다.

2장

죄를 저지르는 일은

인간이 하는 일이며

자기의 죄를 정당화하려는 것은

악마가 하는 일이다.

-레프 톨스토이

5

서울경찰청 3층.

과학수사계와 강력계 사이에는 큰 탁자가 있다.

탁자는 양쪽 형사들이 회의할 때 사용하거나 외부 손님을 접대하는 용도로 쓰였다. 하나의 탁자를 양쪽에서 공유하다보니 가끔은 불편한 점도 있었다. 회의를 끝내고 놓아둔 서류가 분실되기도 하고, 배달 온 음식을 엉뚱한 쪽에서 먹기도 했다.

그럴 때마다 작은 소동이 벌어지기도 했지만, 크지 않은 사무실에서 따로 탁자를 놓을 형편이 아니라는 것은 양쪽 모두 아는 처지라 서로 적당히 양보하며 눈치껏 이용했다.

점심시간 후부터 그 탁자 위에 택배가 하나 놓여 있었다. 가로 세로 40센티미터 정도 되는 상자였다.

점심식사를 마치고 돌아온 형사들이 탁자 주위를 오가며 상자에 붙은 택배 송장을 확인했다. 하지만 '서울시경 수사부 형사과'라고만 적혀 있어 누구도 선뜻 자기 물건이라고 나서지 않았다.

서울시경 형사과는 본관 건물 3층에 있는 사무실 두 개를 쓴다. 한 곳은 강력계와 과학수사계가, 또다른 곳은 폭력계와 마약계가 사용했다.

택배가 이 사무실에 놓여 있으니 당연히 강력계나 과학수사계의 누군가에게 온 물건일 것이다. 하지만 강력계 형사들은 '형사과'라고 적힌 송장을 보고 당연히 과학수사계 물건이라고 생각했다. 개인적인 택배라면 모를까, 강력계 앞으로 택배가 오는 일은 거의 없기 때문이다. 사무실로 오는 택배는 보통 분석실에서 사용할 새 기기나 약품일 경우가 많았다. 사실 그 평범해 보이는 상자 하나에 주의를 기울이기에는 각자 맡은 일이 너무 바쁘기도 했다.

상자는 그렇게 탁자 위에 놓인 지 몇 시간이 지나도록 주인을 기다리고 있었다.

오후 늦게 외근 나갔던 형사들이 돌아오고 곧 하나둘 퇴근하면서 빈자리가 늘어갔다.

경찰청 과학수사센터 회의에 다녀온 이 형사가 퇴근 준비를 하려고 자기 자리로 가다가 탁자 위에 놓인 상자를 발견했다.

"뭐야?"

이 형사는 송장을 확인하고 상자를 이리저리 살펴보았다.

"뭔 택배가 수신인이 없네? 우리 건가?"

퇴근 준비를 하며 책상에 앉아 슬리퍼를 갈아 신던 강 형사가 돌아보았다.

"뭔데?"

"모르겠어요. 수신인도 없고 내용물도 안 적혀 있고."

"혹시 폭탄 아냐?"

회의를 마치고 돌아온 윤 계장이 이 형사를 툭 치고 지나가며 농담을 던졌다.

이 형사는 상자를 들어 무게를 가늠해보았다. 묵직한 무게감이 느껴졌다.

"열어볼까요?"

호기심 많은 이 형사는 궁금증을 이기지 못하고 주위의 승낙을 구했다. 다 퇴근하고 사무실에 남아 있는 사람은 윤 계장과 강 형사뿐이다.

"지 검시관은? 혹시 약품 같은 거 주문한 거 아냐?"

택배가 분석실용이라면 지 검시관이 담당이다. 강 형사는 당연히 지 검시관이 주문한 것이라고 생각했다.

“그런가?”

이 형사는 고개를 들어 분석실 쪽을 쳐다보았다. 분석실 안은 비어 있었다.

“없는데요? 그냥 열어보죠?”

“잔소리 듣고 싶으면 열어.”

강 형사는 지 검시관이 물품에 대해서 얼마나 까다로운지 알고 있었다.

이 형사가 위생에 대한 결벽이 있다면, 지 검시관은 다른 사람이 자기 물건을 만지는 일을 극도로 싫어한다. 언젠가 무심코 분석실의 약품을 건드렸다가 일주일 내내 잔소리를 들어야 했다.

강 형사의 말을 들은 이 형사는 잠시 생각하는 눈치더니 어깨를 한 번 으쓱해 보이고는 상자의 테이프를 뜯기 시작했다. 지 검시관 정도는 얼마든지 상대할 수 있다는 표정이었다. 상자를 밀봉한 테이프가 쉽게 끊어지지 않아 씨름하던 이 형사는 결국 책상 서랍에서 칼을 꺼내 테이프를 잘라내고 상자를 열었다.

상자를 열자 하얀 수건이 보였다. 흔하게 보는 목욕용 타월이었다. 아마도 내용물을 보호하려고 덮은 것 같았다. 별생각 없이 수건을 펼치던 이 형사가 헉 소리를 내며 뒤로 물러섰다.

점퍼의 지퍼를 올리고 돌아서던 강 형사는 심상치 않은 이 형사의 반응에 바짝 긴장했다. 농담으로 얘기했던 폭탄이라도 들어 있나 싶었다.

상자 안을 들여다보던 이 형사가 굳은 얼굴로 강 형사를 쳐다보았다. 그 얼굴은 그대로 강 형사에게 전염되었다. 아무래도 심상치 않은 물건인 모양이었다.

강 형사는 얼른 탁자로 다가가 상자 안을 들여다보았다. 상자 안의 내용물을 본 강 형사 역시 표정이 얼어붙었다.

자신이 보고 있는 것을 믿을 수가 없었다. 눈빛이 흔들리고 입술이 떨리기 시작했다. 강 형사는 신음을 참기 위해 질끈 입술을 깨물었다. 일순 주위의 공기가 갑자기 빠져나가 진공 상태가 된 것처럼 아무것도 들리지 않고 아무것도 느낄 수 없었다.

옷걸이에서 점퍼를 챙기던 윤 계장이 조용해진 공기를 감지하고 고개를 돌렸다. 약속이나 한 듯 꼼짝하지 않고 있는 강 형사와 이 형사의 모습을 보고 뭔가 일이 잘못되었다는 것을 깨달았다.

“뭐야? 뭔데 그래?”

그 소리에 정신을 차린 이 형사가 얼른 수건을 덮고 강 형사를 쳐다보았다.

강 형사의 눈은 여전히 상자를 뚫어질 듯 쳐다보고 있었다.

윤 계장이 다가와 이 형사의 손을 치우고 수건을 걷었다. 윽, 윤 계장의 입에서 신음이 저절로 새어나왔다.

여자의 머리였다.

상자 속 흰 수건에 감싸인 것은 여자의 머리였다. 20대 초중반으로 보이는 미인형의 얼굴. 눈은 감겨 있었고, 피가 빠져나가 창백한 얼굴에 긴 생머리가 달라붙어 기묘한 느낌을 주었다.

누군지 몰라도 대담한 놈이다.

여자를 죽이고 머리를 잘랐다. 그것도 모자라 상자에 담고 서울시경 형사과로 택배를 보냈다. 제정신이 아니다. 잡히지 않을 것이라는 확신과 경찰에 대한 조롱이 도를 넘었다.

느긋하게 농담을 주고받던 분위기는 이미 사라지고 없다.

탁자 주위로 모인 윤 계장과 강 형사, 이 형사는 전혀 생각지도 못했던 내용물에 경악했다. 그들 모두 상자 속 여자만큼이나 창백하게 굳었다. 그래도 가장 먼저 상황 파악을 하고 행동을 취한 건 윤 계장이었다.

윤 계장은 서둘러 수건으로 여자의 얼굴을 덮고 상자를 닫은 뒤, 강 형사와 이 형사를 번갈아 보았다. 머릿속이 복잡한지 뭐라고 중얼거리기만 할 뿐 쉽게 입을 열지 못했다.

"어쩌죠?"

이 형사가 윤 계장에게 물었다.

"분석실로 가져가. 지훈이, 넌 퇴근해."

"하지만……"

그때 사무실 문이 열리고 폭력계 형사가 몇 명 보였다.

“다들 명심해. 외부에는 보안이다.”

윤 계장이 강 형사를 향해 낮게 중얼거렸다.

경험 많은 선배는 달랐다. 굳이 더 많은 사람이 알아서 좋을 게 없다. 부드럽고 눈웃음 가득하던 표정은 어디 갔는지 윤 계장의 눈은 날카롭기만 했다.

윤 계장과 눈이 마주친 강 형사, 이 형사는 곧 그의 뜻을 이해했다. 셋은 자연스럽게 몸으로 상자를 숨기며 자세를 잡았다.

“지훈아, 한잔하러 가는데 너도 껴라?”

폭력계는 퇴근길에 한잔하기로 의견을 모은 모양이다. 오지랖 넓은 강 형사는 어느 쪽 술자리든 자주 불려다니는 편이다.

“다음에. 오늘은 일이 좀 있어.”

“야, 가자. 분위기 보니까 윤 계장님이랑 뭉치는 모양인데?”

옆에 있던 다른 형사가 강 형사의 눈치를 보더니 동료를 끌고 나갔다.

문이 닫히고 그들의 발소리가 멀어질 때까지 세 사람은 꼼짝도 않고 서 있었다. 잠시 후 생각을 정리한 윤 계장이 이 형사를 돌아보며 지시를 내렸다.

“이건 우선 분석실로 가져가고 택배회사에 연락해봐.”

“그건 제가 하겠습니다.”

강 형사가 나섰다. 퇴근하라던 윤 계장의 말은 신경도 안 쓴다는 표정이었다. 윤 계장이 왜 강 형사에게 퇴근하라고 했는지 그도 잘 알고 있다. 이 형사가 택배 상자를 열었으니 이것은 과학수사계 쪽 일이다. 굳이 강 형사까지 끌어들이지 않겠다는 윤 계장의 배려였다. 하지만 강 형사는 그럴 생각이 없었다. 아니, 꼭 자신이 해결해야 한다고 생각했다.

강 형사를 물끄러미 쳐다보던 윤 계장은 고개를 끄덕거렸다.

처음의 충격이 가시지 않았는지 윤 계장이 갑자기 책상을 내려쳤다. 그의 주먹이 부들부들 떨렸다.

상자를 보낸 사람이 누군지는 모르지만 분명한 건 택배가 서울시경 형사과 앞으로 도착했다는 사실이다. 한마디로, 범인은 서울시경의 형사들에게 도전장을 내민 것이다.

왜 하필이면 서울시경, 그것도 형사과가 범인의 눈길을 끌었는지는 모른다. 하지만 윤 계장은 지금껏 한 번도 경험해보지 못한 모욕감을 느꼈다. 놈의 조롱과 비웃음이 들리는 듯했다. 강 형사 역시 같은 마음이었다.

강 형사는 다리 힘이 빠졌는지 그대로 의자에 털썩 주저앉았다. 그러곤 정신을 차리려는 듯 마른세수를 하며 얼굴을 쓸어내렸다. 강력계 형사생활 15년 동안 이런 일은 처음이었다.

그동안 잔인한 살인범도 만나보고 흉악한 범인들도 많이 상대해봤지만, 이놈은 다르다. 놈은 잔혹함에 대담함을 넘어 도발적인 성향까지 가졌다.

강 형사는 놈이 여자의 머리를 자르고 상자에 집어넣어 택배로 부치는 모습을 상상하며 치를 떨었다.

놈은 즐기고 있다.

살인이라는 행위 말고도 택배를 받아볼 사람들의 충격과 놀라움까지도 즐기고 있다. 갑자기 강 형사는 '사무실 어딘가에 몰래카메라가 설치된 건 아닐까' 하는 엉뚱한 상상을 했다. 이렇게 즐기기 위해 살인을 저지르는 놈이라면 틀림없이 어디선가 허둥거리는 형사들의 모습을 지켜보며 낄낄거리고 있을 것 같았다.

강 형사는 창문 쪽으로 시선을 돌렸다.

건너편에 빌딩이 있기는 하지만 대부분 오래된 사무실이다. 더구나 시경 건물의 유리창은 밖에서 보이지 않는다. 강 형사는 자신이 지나치게 예민해져 있다는 것을 알았지만 마음을 진정하기까지는 시간이 조금 걸렸다.

주먹을 내려칠 정도로 화를 내던 윤 계장도 분노를 가라앉히고 냉정하게 상황 판단을 하기 시작했다. 그나마 퇴근 시간에 상자를 연 게 다행이다 싶었다. 이런 일은 아는 사람이 적을수록 좋다. 괜히 알아봐야 충격과 자괴감만 들 뿐이다. 윤 계장은 우선 셋이서 이 일을 해결하기로 마음먹었다.

각자 맡고 있는 업무가 있지만 셋이라면 어떻게든 해볼 수 있겠다는 생각이 들었다.

윤 계장은 상자 앞에 서서 눈치만 보고 있는 이 형사에게 뚜껑을 닫으라고 지시했다. 뚜껑에 붙은 택배 송장을 보던 이 형사가 강 형사를 쳐다보았다.

"여기 전화번호……"

그제야 마음을 가라앉힌 강 형사가 송장에 인쇄된 택배회사의 전화번호를 적고 책상 앞에 앉았다.

전화를 걸어 택배가 발송된 곳을 확인해달라고 하자, 회사에서는 송장 번호를 조회해 해당 영업점의 전화번호를 알려주었다. 다시 영업점으로 전화를 걸어 접수를 담당한 직원을 찾았다. 마침 직원이 옆에 있었는지 곧 연결이 되었다.

직원은 그 택배를 기억하고 있었다. 편의점에 맡겨둔 택배들을 모아온 것이라고 했다. 편의점에서 시행하는 고객서비스의 일환으로, 24시간 운영하는 편의점의 장점을 이용해 늦은 시간에도 택배를 받아두었다가 아침에 택배회사가 가져가는 방식이라고 설명했다.

"저희도 배송지만 적혀 있고 발신인 주소가 없어서 좀 이상하다 싶었어요. 접수 때 적은 전화번호로 연락했지만 없는 번호라고 나와서 걱정했는데…… 무슨 문제라도 있는 건가요?"

하지만 이미 접수된 상황이라 발신인 주소 없이 그대로 배달했다고 말하며 무슨 문제가 있는지 물었다. 택배회사는 클레임이라도 거는 줄 알고 걱정하는 눈치였다.

강 형사는 적당히 둘러대고 편의점 주소만 확인한 뒤 전화를 끊었다.

옆에서 듣고 있던 윤 계장이 고개를 저었다.

"편의점 택배 서비스를 이용했다면 자기 주소를 밝히지 않겠다는 의도일 테니 당연히 전화번호도 가짜겠지."

"편의점에 CCTV가 있을 테니까 확인하면 되지 않을까요?"

"일단 확인은 해봐야겠지만 그것도 계산에 넣었을 거야."

강 형사의 생각도 윤 계장과 같았다. 이렇게 자신만만한 짓을 하는 놈이라면 어설프게 자신의 꼬리를 남기는 실수는 하지 않았을 것이다.

"뭐해, 분석실로 옮기지 않고?"

윤 계장이 다그치자, 이 형사는 그제야 정신이 돌아온 듯 상자를 들기 위해 얼른 손을 뻗었다. 그때 윤 계장이 재빨리 이 형사의 손을 잡았다.

윤 계장은 책상 서랍을 열어 일회용 비닐장갑을 꺼내 이 형사에게 건네주었다. 내용물을 모를 때야 멋모르고 상자를 만졌지만, 지금은 혹시라도 남아 있을 범인의 지문을 채취할 수 있으니 주의해야 한다. 너무나 당연한 절차를 잊은 걸 보면 이 형사도 어지간히 당황한 듯싶었다.

윤 계장이 건네준 장갑을 낀 이 형사가 조심스럽게 상자를 들었다.

분석실로 들어가는 이 형사를 쳐다보며 편의점에 전화하기 위해 버튼을 누르던 강 형사는 사무실 문이 열리는 소리에 긴장해서 고개를 돌렸다.

지 검시관이었다.

당황한 강 형사는 분석실 쪽을 쳐다보았다.

이 형사 역시 문소리를 들었는지 탁자 위에 상자를 내려놓다가 그대로 굳었다.

강 형사는 안 되겠다 싶어 얼른 일어나 분석실을 향해 다가오는 지 검시관 앞을 가로막았다.

"왜 그래요?"

"어디 가려고?"

지 검시관이 어이가 없는지 피식 웃었다.

"장난치지 말고 비켜요."

"퇴근 안 해?"

"해야죠. 분석하던 거 끝내야 퇴근을 하죠?"

강 형사는 걸음을 옮기는 지 검시관을 막아서며 쉽게 길을 내주지 않았다. 분석실로 들어가려던 지 검시관은 자꾸 앞을 가로막는 강 형사 때문에 슬슬 약이 오르는 모양이었다. 결국 그 자리에 서서 강 형사를 째려보던 지 검시관은 더이상 장난을 받아주지 않겠다는 듯 정색하면서 어깨로 강 형사를 밀어냈다. 하지만 강 형사의 힘을 이길 수는 없었다.

"강 선배. 왜 그래요, 정말?"

지 검시관은 드디어 짜증 섞인 목소리로 언성을 높였다. 도대체 강 형사가 왜 이러는지 이해할 수가 없다는 표정이었다.

"그만해, 어차피 지 검시관도 알아야 할 일이야."

뒤에 있던 윤 계장이 강 형사의 등을 툭 치며 분석실 안으로 들어갔다.

강 형사는 그제야 지 검시관에게 길을 내주었다. 지 검시관은 비로소 뭔가 심상치 않은 일이 벌어졌다는 걸 눈치챘다.

윤 계장의 굳은 목소리, 장난기 가신 강 형사의 얼굴. 그녀는 조용히 숨을 죽이고 분석실 안으로 들어갔다. 지 검시관까지 분석실 안으로 들어오자 강 형사가 얼른 문을 잠갔다.

문 잠그는 소리에 놀란 지 검시관이 강 형사를 돌아보았다.

분석실의 문은 지금까지 단 한 번도 잠긴 적이 없었다. 시경 건물 안에서 굳이 문을 잠글 이유가 없었기 때문이다.

지 검시관은 이 모든 의문을 풀어주길 바라며 윤 계장 쪽으로 시선을 돌렸다.

윤 계장은 바깥의 시야를 차단하기 위해 블라인드를 내리고 있었다. 이미 텅 빈 사무실인데 또 한번 블라인드를 친다는 게 의아했지만, 그만큼 심각한 일이라는 것을 직감할 수 있었다.

조금 전까지 언성을 높이던 지 검시관의 목소리가 속삭이듯 작아졌다.

"무…… 무슨 일이에요?"

분석실 안 누구도 지 검시관의 질문에 대답하지 않았다.

그녀도 더이상 묻지 않고 조용히 그들을 지켜보았다.

분석실 중앙 탁자에 상자를 내려놓은 이 형사가 현장 감식 가방을 열어 BTS100을 꺼냈다. 윤 계장과 강 형사가 탁자 주위로 모였다. 지 검시관도 호기심어린 얼굴로 그들 곁에 섰다.

이 형사는 BTS100의 불을 켠 뒤 상자를 비췄다.

BTS100은 잠재 지문이 있는 표면에 단파 자외선을 쏘아 지문이나 생물학적인 흔적을 찾는 데 쓰는 일종의 손전등이다. 상자 위로 푸른빛이 지나가자 표면에 숨어 있던 잠재 지문들이 드러나기 시작했다.

지 검시관은 서랍에서 지문 전사지를 꺼내 이 형사에게 내밀었다. 하지만 이 형사는 불빛 아래 드러난 수십 개의 지문을 보며 난감한 표정으로 서 있었다.

"뭐해? 지문 안 떠?"

이 형사는 지 검시관의 질문에는 대답하지 않고 난처한 얼굴로 윤 계장을 쳐다보았다.

"상자 속부터 보는 게 좋을 것 같은데요?"

윤 계장은 무슨 얘기인지 곧바로 알아들었다. 이미 상자 바깥은 여러 사람의 손을 거쳤다.

편의점 직원과 택배회사, 경비실, 그리고 강력반 형사들과 이 형사까지. 범인의 지문이 훼손되지 않고 남아 있을 확률은

극히 낮았다. 괜히 지문 검색에 시간을 낭비할 여유가 없다.

이 형사는 장비를 내려놓고 조심스럽게 상자를 열었다.

곁에 있던 지 검시관이 까치발을 하고 상자 안을 들여다보다 기겁을 하고 뒤로 물러났다.

"뭐, 뭐예요?"

상자 속 물건은 수건에 덮여 있었지만 지 검시관은 알고 있었다. 시체 특유의 냄새가 지 검시관의 코끝에 와닿았던 것이다. 검시관 생활 3년 동안 거의 매일 맡는 냄새다.

이 형사는 묵묵히 상자 속 수건을 젖혔다. 지 검시관의 짐작대로 상자 안에 든 것은 시체, 여자의 머리였다.

"이거, ……아까부터 탁자 위에 있던 그 택배 상자예요?"

이제야 상황 파악을 한 듯 지 검시관도 말문이 막힌 표정이었다.

미간에 절로 주름이 잡혔다. 현장에 나가 시체를 본 적은 있어도 사무실에서까지 이런 모습을 보게 될 줄은 몰랐다.

검시관 시험에 합격하고 국과수 부검실에서 연수받는 6개월 동안 대략 천여 구의 시체를 봤다. 그리고 검시관으로 근무하는 3년간 거의 500여 구의 시체를 검안했다. 하지만 마음의 준비도 없이 보게 된 여자의 머리는 지 검시관의 머리카락도 쭈뼛 서게 만들었다.

"얼마나 된 거 같아?"

윤 계장은 지 검시관이 마음을 가라앉히도록 잠시 시간을
준 뒤 곧바로 질문을 던졌다.

"……글쎄요."

지 검시관은 생각지도 못한 사태에 놀란 가슴을 진정하고
조심스럽게 여자의 머리를 살폈다. 피부 상태를 살피고 눈꺼
풀을 열어 안구를 확인했다.

"……상태로 봐서는 얼마 되지 않은 거 같은데요?"

"이 정도면 아직 실종신고는 안 됐을 거고, 신원 파악부터
해야겠지?"

"잠재 지문부터 채취할까요?"

이 형사의 질문에 윤 계장은 고개를 끄덕였다.

이 형사는 여자의 머리를 꺼내놓고 지문 현출을 위한 약품
을 꺼내 상자의 입구와 손이 닿았을 만한 곳에 뿌렸다.

한동안 말없이 시체만 쳐다보고 있던 윤 계장이 마른세수를
했다.

여자의 머리를 꺼내놓고 보니 아까 받은 충격에 더해 여러
감정이 얽혀 머리가 복잡한 듯했다.

"뭐부터 해야 하지? 지훈아, 얘기 좀 해봐라."

강 형사가 상자를 물끄러미 보다가 입을 열었다.

"……사건 현장을 찾는 게 우선일 것 같습니다."

"아니, 그걸 어디서 찾아요? 단서도 없는데."

강 형사는 황당해하는 지 검시관의 말을 무시하고 상자 속
수건을 가리켰다.

여자의 머리를 감싸고 있던 수건에는 '랑데뷰 모텔'이라는
상호와 전화번호가 찍혀 있었다. 전화번호 끝자리가 흐릿하기
는 했지만, 그것으로 충분했다.

6

강변북로를 달려 남양주를 지나갈 때쯤 되자 어느새 날이
저물어 주위가 어두워졌다.

국도변에서는 멀리 아파트 단지의 불빛만 간간이 보였지만
시외로 접어들자 모든 것이 어둠 속에 묻혔다.

조수석에 앉은 이 형사가 추웠는지 슬쩍 히터를 켰다.

11월 중순이라 아직 늦가을이라고 할 수 있지만 밤이 되면
기온이 많이 떨어진다. 더구나 교외의 차가운 공기는 확실히
서울과는 다르다.

"우리 말이에요, 꼭 그거 같지 않아요? 『헨젤과 그레텔』인
가 하는 동화에 보면 왜 길 안 잃어버리려고 빵조각 떨어뜨리
고, 돌멩이 떨어뜨리고 하잖아요?"

"……동화책도 읽고 자랐냐? 생각보다 곱게 자랐네."

이 형사는 강 형사의 비아냥거리는 말투에도 아랑곳하지 않고 정면을 바라보며 말을 이었다.

"생각해보세요. 보통 살인을 저지른 범인이 시체를 어떻게 하죠? 땅에 묻든, 산에 버리든 아무튼 감추려고 하잖아요. 그런데 이놈은 머리를 잘라서 우리한테 보냈어요. 자신의 범죄를 알리는 거죠. 거기에 친절하게도 모텔 수건을 같이 넣었고요. 이건 대놓고 범행 현장 단서를 알려주는 거죠. 날 잡고 싶어? 그럼 한번 찾아와봐……"

"……"

"지금 우리는 범인이 던져놓은 돌멩이를 하나씩 찾아가고 있는 거라고요. 굉장히 자신만만한 놈 같지 않아요?"

"아니, 지가 열나 똑똑한 줄 알지만 사실은 머리가 돈 사이코에다가 변태 자식이지. 있는 대로 폼은 잡고 싶지만 결국 할리우드 영화나 흉내내는 또라이 새끼야."

강 형사는 이따금 성질을 부리기는 해도 입이 거친 편은 아니었다. 그런데 흥분한 나머지 자신도 모르게 거친 말을 쏟아놓고 보니 조금 민망했다. 지금 그의 기분은 누구도 모른다. 강 형사는 괜히 이 형사에게 쓸데없는 말을 꺼내게 될까봐 입을 다물었다.

"……"

아무 대답이 없자 강 형사가 고개를 돌렸다. 자기가 한 말

때문에 놀란 게 아닌가 싶었다. 이 형사는 생각에 잠긴 표정으로 엄지손톱을 깨물고 있었다.

"놀랐냐……?"

"에? 아뇨. 그런 영화가 뭐가 있었나 생각하고 있었어요."

"뭔지 나도 몰라. 그냥 말이 그렇다는 거지."

"피곤하면 내가 운전해요?"

"됐어."

도로 앞을 비추는 자동차 불빛만 보고 묵묵히 달리는 강 형사의 옆모습을 쳐다보던 이 형사도 입을 다물었다.

말 많은 이 형사가 침묵을 지키자 강 형사는 은근히 신경이 쓰였다. 누군지 모르는 놈에게 이렇게까지 농락당하고 속이 좋을 리 없다. 그것은 윤 계장도, 이 형사도 마찬가지일 것이다.

강 형사는 이 형사가 처음 서울시경으로 발령받았던 때를 떠올렸다. 서울시경으로 온 지 벌써 3년. 아직 강 형사에 비하면 한참 낮은 연차지만 점점 더 흉악해지고 살벌해지는 사건 현장을 매번 마주하면서 그가 입었을 상처도 짐작이 됐다.

사실 강 형사 역시 현장에 나가는 게 슬슬 두려워지고 있었다.

작년 여름, 문래역 근처 안양천변에 처박혀 있던, 열 살도 안 된 어린아이 둘을 건져낸 뒤로 그는 새로운 악몽에 시달렸다.

일곱 살과 여섯 살 여자아이들은 집에서 불과 300여 미터 떨어진 시궁창 물에 발가벗겨진 채 버려져 있었다. 그 작고 여린 손은 강 형사의 손이 닿는 순간 물컹거리며 벗어났다. 그는 차마 또다시 아이들의 몸을 만질 수가 없었다.

꿈에서 그는 몇 번이고 아이들의 손을 잡고 담요로 몸을 덮어주었다. 아이들의 손은 현실과 달리 연약하고 부드러웠다. 아이를 담요로 감싸안고 집으로 돌아와 내려놓으면 어느새 담요 안은 비어 있었다. 꿈이지만 그가 느끼는 절망감은 가슴을 뻐근하게 만들었다.

누구에게도 말할 수 없었다.

허공에 매달려 그를 보고 웃는 미키 마우스와, 품에 있는 줄 알고 안심하고 데려왔는데 아이는 사라지고 텅 비어 있는 담요. 어느 게 더 끔찍한 악몽인지 가늠할 수 없었다.

경찰청 내부에 신청만 하면 심리상담을 받을 수 있는 제도가 있지만 겨우 악몽을 꾸는 정도로 심리치료를 할 수는 없었다. 어쩌면 오늘 그의 악몽 리스트에 새로운 꿈이 추가될지도 모른다는 생각에 신물이 올라왔다.

국도에서 지방도로로 접어들면서 그나마 보이던 불빛들도 사라졌다. 하지만 모텔을 찾는 것은 생각보다 쉬웠다. 자칫 놓칠 수도 있는 간판을 쉽게 발견한 강 형사는 익숙하게 모텔 주차장에 차를 댔다.

이런 외진 곳에 누가 올까 싶었지만 주차장에는 이미 많은 차가 있었다. 차에서 내린 강 형사와 이 형사는 잠시 주위를 둘러보았다.

주차장에서 모텔로 들어가는 입구는 두 군데.

하나는 카운터가 있는 앞쪽 출입구였고, 다른 하나는 객실로 바로 올라갈 수 있게 주차장 뒤편에 난 출입구였다. 얼굴을 보이기 싫은 손님을 위한 모텔의 배려다.

뒤쪽 문으로 들어가려는 이 형사를 강 형사가 불러 세웠다.

"입구는 저쪽이야."

"그런가, 이런 곳에 와본 적이 없어서 말이야…… 형은 많이 다니나보네?"

엉뚱한 곳으로 가려던 이 형사는 계면쩍은지 농담을 하며 앞쪽 출입구로 걸음을 옮겼다. 자동차 소리에 출입구 카운터 창구로 얼굴을 빼꼼히 내놓고 있던 주인은 강 형사와 이 형사가 들어가자 기다렸다는 듯이 문을 열고 나왔다.

"아까 전화하셨던 형사분들?"

덩치 있는 남자 둘이니 손님은 아니라고 짐작한 모양이다. 서비스업에 종사하는 사람이라 그런지 눈치가 빨랐다.

"예. 사람을 좀 찾고 있습니다. 여기 투숙한 적이 있다고 해서요. 20대 후반쯤 되는 여잔데, 긴 생머리고 눈은 좀 큰 편에 코도 오뚝하고."

이 형사가 여자의 인상착의를 이야기하기 시작했으나 주인은 영 떨떠름한 표정이었다. 그는 시큰둥하게 귀를 파며 이 형사에게 되물었다.

"사진 없어요?"

"없는데……"

"키는 얼마나 되는데요? 체격은?"

강 형사와 이 형사의 눈길이 서로 마주쳤다.

이 형사가 고개를 저었다. 여자의 머리만 가지고 얻을 수 있는 정보는 한정적이다. 모텔 주인이 이야기한 키나 체격 같은 것은 알지도 못한다. 이 형사가 난감한 듯 이마를 긁적이고 있는데, 강 형사가 태연하게 주인의 질문에 답했다.

"키는 한 160 조금 넘을 겁니다. 보통 체격이고요."

갑작스러운 강 형사의 말에 이 형사는 눈을 동그랗게 뜨고 그를 쳐다보았다. 하지만 강 형사는 아무런 동요도 하지 않고 주인을 주시하고 있었다.

그럼에도 주인은 모르겠다는 듯 귀찮은 표정으로 파낸 귀지를 입으로 불었다. 이내 다른 쪽 귀를 후비는 그의 건성건성한 태도에 이 형사는 짜증이 나기 시작했다.

사흘은 감지 않은 듯 기름기로 찌든 주인의 머리카락과 계속 귀를 후벼 파고 입김을 부는 행동이 결벽에 가까운 이 형사의 신경을 자극한 모양이었다. 이 형사가 뭐라고 한소리하려는 것을 눈치챈 강 형사는 얼른 이 형사의 손을 잡아끌었다.

괜히 주인의 성질을 건드려서 좋을 건 없다.

"그렇게만 얘기해서는 모르겠는데요? 여기 오는 여자 손님, 열에 일고여덟은 지금 말한 인상착의예요."

키 160에 보통 체격, 긴 생머리에 약간 큰 눈과 오뚝한 코. 주인 말대로 이런 정보는 아무런 도움이 안 된다.

"그리고 솔직히 여기 투숙했다고 해도 못 보는 경우가 더 많죠. 뒷문으로 들어왔다가 나가면 몰라요, 몰라."

모텔의 특성상 여자 투숙객과 직접 얼굴을 대면하지 않는 경우도 많다. 그렇다면 주인에게 던지는 질문은 무의미하다.

"혹시 여기 CCTV는 있습니까?"

강 형사의 눈치로 성질을 죽인 이 형사가 복도 쪽을 쳐다보며 물었다.

복도 끝에 엘리베이터가 보였다. 이 정도 크기의 모텔이라면 CCTV가 설치되었을 가능성이 있다. 복도 혹은 엘리베이터 안에 설치되어 있다면 여자의 출입을 확인할 수 있다.

"있기는 한데…… 다른 데 쓸 건 아니죠?"

주인은 뭐가 겁나는 건지 형사들을 번갈아 쳐다보며 쉽게 내어줄 기색을 보이지 않았다.

"우리는 여자만 찾으면 되니까, 협조 좀 해주시죠?"

이 형사가 걱정하지 말라는 듯 주인을 향해 씨익 미소를 지어 보였다.

주인은 혼잣말을 작게 중얼거리다 내키지 않는 듯 어기적거리며 내실로 들어갔다. 한참 있다가 나왔지만 생각과 달리 빈손이었다.

"우리 애들이 만지는 거라…… 녹화는 했을 텐데, 난 어떻게 하는 건지 모르겠네. 들어가서 보고 알아서 해 가요."

귀를 후비던 주인이 이제는 머리를 벅벅 긁어대더니 이쑤시개를 찾아 손톱 밑을 파내고 있었다. 그 모습을 본 이 형사가 부르르 몸을 떨더니 내실로 들어갔다.

안으로 들어간 이 형사가 금방 나왔다.

"신형인데요? USB로 옮기기만 하면 되겠어요. 잠깐 차에 갔다 올게요."

이 형사가 나가고 주인도 내실로 들어가버리자, 강 형사 혼자 복도에 남았다. 강 형사는 복도 끝에 있는 엘리베이터를 향해 천천히 걸어갔다.

엘리베이터 옆에는 커피 자판기가 있다.

버튼을 눌러 밀크커피 한 잔을 뽑았다. 종이컵을 잡는데 손끝에 끈적한 감촉이 느껴졌다.

커피잔을 들고 돌아서자 전면에 커다란 유리창이 보였다. 이미 캄캄해진 시각이라 창밖의 풍경은 보이지 않았다. 더구나 한적한 시골이다보니 주변의 불빛도 없어 밖은 그저 검은 어둠뿐이었다.

강 형사는 유리창으로 걸어가 어둠 속에 유령처럼 서 있는 자신의 모습을 바라보며 커피를 마셨다. 매일 거울로만 보던 얼굴이 너무나 낯설고 멀게 느껴졌다. 딱딱한 표정에 굳게 다문 입술, 차가운 눈가에는 피로로 깊어진 주름이 보였다.

'강지훈, 어떻게 할 거지? 너 어떡할 거야?'

상자가 열리고 그 속에서 여자의 머리가 나오던 순간이 그림처럼 눈앞을 지나갔다. 그 순간 눈앞이 하얗게 변했다. 망치로 머리를 얻어맞은 것 같은 충격이란 말이 뭔지 실감했다.

"도와주세요, 아저씨. 무서워 죽겠어요."

쏟아지는 빗속에 살해당한 채 누워 있던 정아의 모습이 떠올랐다.

그 순간 감당할 수 없는 무력감으로 무릎이 꺾이던 기억이 되살아나며 꾹꾹 눌러두었던 분노가 치밀어올랐다. 정아의 사건을 다시 파헤치기 시작하면서 이런 돌발 사태가 생기리라곤 예상하지 못했다. 뭐가 뭔지 아직도 감이 오지 않았다. 도대체 어디서부터 잘못된 것일까.

다시 고개를 들어 유리창에 비친 모습을 보았다.

어둠 속에서 가만히 커피를 들고 서 있는 자신을 응시했다. 그 차가운 눈길은 질책과 죄책감으로 상처 입은 그를 더욱 움츠러들게 했다. 결국 그 시선을 견디지 못하고 그는 고개를 돌렸다.

내실 쪽에서 나오는 이 형사가 보였다. 어느새 CCTV 복사를 끝내고 나오는 모양이었다. 강 형사를 찾는 듯 주위를 기웃거리다 그를 발견하고는 USB를 흔들어 보였다.

강 형사는 아직 다 비우지 않은 종이컵을 휴지통에 던져넣고는 출입구로 걸음을 옮겼다. 이 형사와 강 형사가 현관문을 나서려는데 주인이 그들을 불러 세웠다.

"저거 제대로 작동하게 해놓고 가는 거요?"

"예, 걱정하지 마세요."

시원하게 대답한 이 형사는 현관문을 열고 모텔을 나왔다.

사무실로 돌아가는 길에는 이 형사가 운전했다. 강 형사는 조수석에 앉아 눈을 감고 의자 깊숙이 몸을 기댔다. 하루가 너무 길었다. 이대로 땅속 저 밑으로 꺼져버리고 싶었다.

"자요?"

"……왜?"

"이거 가지고 찾을 수 있을까요?"

"……찾아봐야지."

"피곤하면 주무세요. 도착하면 깨워드릴게요."

눈을 감고 있어도 정신은 또렷하기만 하다. 히터를 켜놓았는데도 어깨가 으슬으슬 추운 게 어디서 바람이 들어오는 것 같다. 강 형사는 눈을 뜨고 이 형사를 쳐다보았다. 시선을 느꼈는지 이 형사가 조수석을 힐끗거렸다.

"왜요?"

"그거 말이야. 결말이 어떻게 되지?"

"뭔 결말이요?"

"아까 네가 얘기한 동화 말이야.『헨젤과 그레텔』."

"마녀를 죽이고 무사히 집으로 돌아가죠."

"그래. ……마녀를 죽이지."

"왜요?"

"아냐……"

"……형 진짜 오늘 이상하네?"

강 형사는 대꾸 없이 눈을 감았다. 갑작스러운 피로감에 단 한 마디도 더 하고 싶지 않았다.

눈을 감고 규칙적으로 흔들리는 자동차의 반동과 등을 타고 전해오는 온열 시트의 따뜻함에 몸을 맡기자 어느새 잠에 빠져들었다.

사무실에 가는 동안 갖가지 꿈이 조각조각 그의 눈앞에 나타났다 사라졌다.

비를 맞고 누워 있는 정아와 정아의 몸을 타고 흐르던 빗물이 어디론가 흘러들어 강물이 되고 그곳에서 비단잉어가 하나둘 나타나 헤엄친다. 갑자기 미친듯이 서로 물어뜯으며 몸부림치는 잉어들로 강물은 붉게 변하고 죽은 잉어들이 강물 위로 떠오른다. 누군가 숲으로 걸어간다. 여자는 누군가에게 쫓기듯 숲을 달려가고 있다. 여자에게 점점 다가가는 검은 손이 결국 여자의 입을 틀어막는다. 여자는 그 손에서 벗어나기 위해 몸부림치고, 그러다 결국 목이 졸린다. 여자의 눈이 커지고 그녀의 얼굴 위로 낙엽들이 떨어져내린다.

텅 빈 방. 빨간 리본이 달린 상자가 보인다.

상자는 미키 마우스가 그려진 포장지로 싸여 있다. 빨간 리본을 잡아당기자 상자의 뚜껑이 저절로 열리고 뭔가 불쑥 튀어나온다. 여자의 머리다. 상자에서 나온 여자의 머리가 앞뒤로 흔들흔들 움직인다. 여자가 갑자기 눈을 뜨고 그를 노려본다. 여자의 긴 머리카락이 그의 발목을 휘감는다.

헉 소리를 내며 의자에서 몸을 일으키고 나서야 강 형사는 자신이 자동차 안에서 불편한 잠에 빠져 꿈을 꾸고 있었다는 것을 깨달았다. 일 분도 안 되는 시간처럼 느껴졌지만, 어느새 한 시간이 넘게 흘러 있었고 차는 이미 서울시경 주차장에 서 있었다.

조수석에서 내리려던 강 형사가 고개를 숙인 채 손을 뻗어 아래쪽을 더듬거렸다.

검은 비닐봉지가 발을 휘감고 있었다. 발목에 감긴 비닐봉지 때문에 그런 꿈을 꾼 것 같았다. 강 형사는 거칠게 비닐봉지를 벗겨내 바닥에 내팽개쳤다. 좌석 아래에는 다 먹고 버린 빵 봉지와 비닐들이 어지럽게 널려 있었다.

"넌…… 청소 좀 해라."

자동차에서 내린 강 형사가 짜증 섞인 목소리로 툴툴거렸다.

"이거 형 차예요."

그제야 정신이 들었다.

비 오는 날에도 차를 닦는, 집착에 가까운 청소광인 이 형사의 차에 이런 쓰레기가 있을 리 없다. 강 형사는 멀뚱히 이 형사를 쳐다보다 춥다는 듯 진저리를 치며 건물 쪽을 향해 걸음을 옮겼다.

"뭐해, 얼른 안 들어가고."

뒤에서 끽끽 웃는 소리가 들렸다.

건물 현관문을 열며 뒤돌아보니, 이 형사가 차문을 다 열어놓은 채 쓰레기를 꺼내 비닐봉지에 담고 있었다. 누구의 차든 더러운 꼴은 못 보는 성격이니 성격대로 할 수밖에.

강 형사는 이 형사를 내버려둔 채 그대로 사무실을 향해 걸어갔다.

7

사무실에 들어서니 전체 불은 꺼져 있고 분석실에서만 불빛이 새어나왔다. 분석실에는 지 검시관이 혼자 앉아 모니터를 보고 있었다.

상자는 테이블 위에 그대로 놓여 있지만 안은 빈 채였다. 아마도 부패 때문에 냉장고에 넣어두었을 것이다. 이렇게 커다란 사무실을 혼자 지키면서 불도 다 꺼놓고, 더구나 여자의 머리가 든 냉장고가 있는 방에서 그녀는 태연하기만 했다.

"강심장이야, 겁도 없어."

분석실로 들어서면서 강 형사가 말을 붙였다.

"겁먹을 이유가 있나요?"

"하긴……"

"일은 어떻게 됐어요?"

강 형사는 가볍게 고개를 저었다.

강 형사의 피곤한 표정을 읽었는지 지 검시관은 얼른 강 형사 쪽으로 모니터를 돌리며 활기차게 말했다.

"제가 찾은 거 좀 보실래요?"

모니터에는 확대된 여자의 잘린 목 사진이 떠 있었다.

"그냥 설명만 해주지."

강 형사는 시선을 피하며 여자의 사진을 보려고 하지 않았다.

지 검시관이 고개를 꺄우뚱하더니 곧 그의 기분을 이해한다는 표정으로 모니터를 자기 쪽으로 돌렸다. 그러곤 자신만만한 표정으로 강 형사를 향해 시선을 두었다.

"여자가 어떻게 죽었는지 알아요?"

강 형사는 어서 얘기해보라고 손을 흔들었다.

그런 강 형사의 반응에 약간은 김이 빠졌는지 지 검시관은 손가락으로 화면을 가리키며 설명을 시작했다.

"여기 피부를 보세요. 눈 밑도요. 일혈점이 보이죠. 청색증도 있고요. 그리고 목을 잘 보면 눌려서 멍이 든 자국이 보일 거예요."

"질식사?"

"교살에 의한 질식사죠. 범인은 힘이 센 남자겠죠?"

강 형사는 긍정의 뜻으로 고개를 끄덕여 보였다.

어느새 청소를 끝냈는지 이 형사가 들어왔다. 지 검시관은 잠자코 그가 강 형사의 옆에 의자를 끌어다 앉기를 기다렸다. 번거롭게 두 번 설명하는 것보단 같이 있을 때 이야기하는 편이 더 효율적이다.

"보통 청색증이나 일혈점은 꽤 오래 질식했을 때 생기는 반응이죠. 즉 범인은 여자의 목을 오래 누르고 있었다는 얘기예요. 부검해보면 알겠지만, 이런 경우는 설골이 부러져 있는 경우가 많죠."

"……"

"그런데 그것만으로 부족했는지 뒷머리를 둔기로 강타한 흔적도 있어요."

"어쩌면 둔기로 강타한 뒤 목을 조른 걸 수도 있지."

“물론 그럴 수도 있고요. 그리고……”

지 검시관은 마우스를 클릭해 또다른 사진을 화면에 띄웠다.

여자의 목덜미를 찍은 사진이었다. 검은 점 여러 개가 몰려 있었다.

“이건 뭐 같아요?”

“글쎄, 점 아니야?”

이 형사가 대화에 끼어들었다. 그는 어느새 한쪽 선반에 놓아둔 물티슈를 꺼내 손을 꼼꼼히 닦고 있었다. 빵 봉지 몇 개 치우고 와서 엄청 수선을 떤다. 마누라 피곤하게 할 녀석.

“아뇨. 볼펜으로 일부러 그린 거예요. 약품으로 지워보니 지워지더군요.”

“미키…… 마우스.”

강 형사의 중얼거림에 지 검시관과 이 형사가 동시에 그를 향해 시선을 돌렸다.

사진을 보는 순간 강 형사는 범인이 무엇을 그린 것인지 한눈에 알아챘다.

그것은 미키 마우스였다. 동그란 얼굴과 얼굴 위에 붙은 두 개의 동그란 귀.

지 검시관과 이 형사가 강 형사를 쳐다보며 다음 말을 기다렸지만, 강 형사는 아무 말도 하지 않았다. 아직은 얘기할 수 없다.

그건 범인이 남긴 일종의 메시지다. 사무실에 도착한 택배는 다른 누구도 아닌 강 형사에게 배달된 것이다. 강 형사는 상자를 열어 여자의 얼굴을 확인했을 때만큼이나 충격을 받았다. 그놈이다. 8년 전 정아를 죽인 놈이 자신에게 메시지를 보낸 것이다.

강 형사가 더이상 아무 말도 하지 않자, 지 검시관은 다시 모니터 화면으로 시선을 돌리고 점을 바라보다 고개를 꺄우뚱거렸다.

"……그런데 저걸 왜 그려놓은 걸까요?"

지 검시관이 물었지만 강 형사도, 이 형사도 묵묵히 화면 속 사진만 바라보았다.

그때 이 형사의 주머니에서 갑자기 핸드폰 진동이 울렸다.

이 형사는 번호를 확인하더니 얼른 밖으로 나가며 전화를 받았다. 상대방 목소리가 강 형사와 지 검시관이 있는 곳까지 들렸다.

"아빠야? 언제 와?"

갑자기 끼어든 아이의 목소리는 사무실의 풍경을 더욱 낯설게 만들었다.

잘린 여자의 머리를 놓고 이야기를 나누는 지금, 여자아이의 맑은 목소리는 너무나 생경했다. 하지만 이 시각 대부분의 사람들은 따뜻한 가정으로 돌아가 지극히 평범한 저녁 시간을 보내고 있을 터였다.

"왜 하필 미키 마우스일까요? 뭔가 이유가 있겠죠?"

지 검시관이 다시 물었다. 그녀로서는 도무지 범인의 생각이 이해되지 않는 듯했다.

모니터를 보며 생각에 잠겨 있던 강 형사는 자기도 모르게 고개를 끄덕거렸다. 그러다 곧 지 검시관의 시선을 느끼고 화면에서 눈을 떼었다.

강 형사는 화제를 바꾸고 싶었다.

"전에 간호사였다고 했나? 이런 일보다는 훨씬 좋은 환경이었을 텐데 왜 검시관을 지원한 거야?"

잠시 생각하던 지 검시관은 무슨 생각이 떠올랐는지 입가에 미소를 머금었다.

"홍보용 말고요?"

검시관 제도가 도입된 게 불과 3년 전이다.

서울시경에 처음 배속된 3명의 검시관은 몇 번이나 언론에 노출되어 검시관 제도를 알리는 역할을 해야 했다. 그들 모두 남다른 이력이 있어 개인적인 사연이 여러 번 소개되었다. 그녀 역시 전직 간호사라는 이유로 기자들로부터 꽤 많은 관심을 받았다.

그녀가 과거의 기억을 더듬으면서 입가에 머금었던 미소가 사라졌다.

"……기억하시려나 모르겠네요. 5년 전 하나병원 간호사 자살사건이 있었죠. 그 병원 산부인과에서 갑자기 영유아 돌연사가 몇 건 생기면서 내부 조사에 들어갔어요. 그때 근무를 선 간호사가 가장 먼저 의심을 받았죠. 결혼한 지 3년 만에 생긴 아기가 유산되는 바람에 우울증을 앓고 있었다는 게 밝혀졌거든요. 하필이면 그 간호사가 근무하던 때 아이가 둘이나 죽었으니 의심스럽기도 했겠죠. 조사를 받고 나온 간호사는 옥상으로 올라가 건물 아래로 몸을 던졌어요."

강 형사는 지 검시관의 목소리가 조금씩 떨리는 것을 느끼며 그녀의 표정을 유심히 살폈다.

"결국 간호사는 그 자리에서 죽었고 사건은 경찰에 넘겨졌어요. 경찰이 조사하는 중에 또다른 돌연사가 발생하면서 이유가 밝혀졌죠. 아기들이 맞는 백신에 문제가 있었던 거예요. 처음부터 그 간호사와는 아무런 관련이 없었죠. 사람들은 그저…… 늦은 밤 신생아실에서 아기를 안고 흐느끼는 간호사를 보고 오해를 했던 거예요."

"그 간호사와 가까운 사이였나보군."

"네……"

그때를 회상하는지 한동안 멍하니 생각에 잠겨 있던 지 검시관이 다시 말을 이었다.

"이제 드러나지 않은 사건의 이면을 이야기해볼까요? 사실 그 간호사는 자살 같은 건 하지 않았어요. 돌연사가 발생하자 그 간호사는 백신에 문제가 있다는 것을 알았어요. 의사들에게 알렸지만, 그들은 간호사의 말을 무시했죠. 그러자 간호사는 이 사실을 언론에 알리겠다고 했어요. 그렇게라도 백신의 사용을 막지 않으면 더 많은 아이가 위험해질 테니까요. ……하지만 그날 밤 간호사는 죽은 채 발견되었어요."

"……"

"간호사가 죽는 바람에 사건이 커졌고 결국 경찰이 나섰어요. 그제야 죽은 간호사가 백신 이야기를 한 게 알려졌죠. 아까 얘기했던 것처럼 그 와중에 또 한 명의 아이가 죽고…… 결국 그 백신이 어떤 아이들에게는 치명적인 부작용이 있다는 게 밝혀졌죠. 병원에선 저렴한 가격 때문에 다른 제약회사의 백신을 받은 게 드러났고요. 돌연사는 해명이 됐지만 그 때문에 죽은 간호사는 자살로 처리가 됐어요. 말이 되나요?"

"자살하지 않았다고 믿는 이유는?"

"문자를 받았어요. 임신 8주라고 했어요. 그날 밤 형부와 셋이 축하 파티를 하기로 했었거든요."

강 형사가 지그시 지 검시관의 얼굴을 들여다보았다.

"제…… 언니였어요."

"……"

"누구도 이야기를 들어주지 않더군요. 눈에 띄는 외상이 없다는 이유로 경찰은 언니의 죽음을 자살이라고 단정지어버렸어요. 영유아 돌연사 같은 정황은 무시됐죠. 제 손으로 언니의 죽음이 타살이라는 걸 밝히겠다고 결심했어요. 그때 마침 검시관 공고를 보게 됐어요. 운명이라고 생각했어요."

분위기를 바꾸려는 듯 지 검시관이 머리를 쓸어넘기며 강 형사를 향해 웃어 보였다. 강 형사는 뭐라고 말을 건네야 할지 몰라 물끄러미 지 검시관을 쳐다봤다.

무심코 꺼낸 이야기였다. 이런 대답을 듣게 될 거라곤 생각도 못했다. 자신의 직업을 바꿀 때는 나름대로 이유가 있겠지만 이렇게 아픈 기억을 가지고 있을 줄은 몰랐다.

"그때 전 깨달았어요. 그동안 제가 너무 순진했다는 걸요. 의사는 사람을 살리는 사람이라고, 경찰은 당연히 범인을 잡는 사람이라고 생각했죠. 의사가 사람을 죽일 수도 있고, 경찰이 범인을 놓아줄 수도 있다는 사실은 상상도 못했어요."

"그런데도 경찰 조직에 들어왔군."

"함께 있다고 해서 같은 편은 아니에요."

지 검시관은 정색하며 강 형사를 쳐다보았다. 그녀는 강 형사의 눈을 깊게 들여다보고 있었다. 생각지도 않았던 지 검시관의 이야기와 그 눈빛이 아무래도 부담스러웠다. 강 형사는 시선을 돌려 모니터 화면의 사진을 바라보았다.

다행히 이 형사가 들어오면서 어색한 분위기를 지울 수 있었다.

"뭔 전화를 그렇게 오래해요?"

지 검시관이 놀리듯 이 형사에게 말을 걸었다.

"우리 딸내미가 자꾸 말을 거는 바람에 말이죠. 근데 어떡하죠?"

굳이 듣지 않아도 무슨 이야기인지 안다. 그렇게 오래 통화를 하며 졸라대는 건 한 가지밖에 없다. 빨리 들어오라는 것.

"가야지. 그만 퇴근하자고. "

강 형사는 자리를 털고 일어나 서둘러 분석실을 나왔다. 뒤따라 나온 이 형사가 그대로 가려다 돌아섰다.

"왜?"

"아까 복사한 거 두고 가려고요. 괜히 들고 다니다 잃어버리기라도 하면 안 되잖아요?"

이 형사는 주머니를 뒤져 모텔에서 복사한 USB를 꺼내 책상 서랍에 넣었다.

"윤수씨도 가지!"

이 형사가 분석실 쪽을 보며 소리쳤다. 기다렸다는 듯 지 검시관도 분석실의 불을 끄고 나와 자리에 놓인 가방을 챙겨들었다.

주차장으로 나가자 차가운 바람이 옷깃 안으로 파고들었다. 형사들의 뒤를 따라오던 지 검시관이 추웠는지 팔로 어깨를 감싸안으며 종종걸음을 쳤다.

"누구든 가는 길에 저 좀 태워주세요."

지 검시관이 강 형사에게 다가오며 말을 걸었다.

강 형사는 난감한 듯 이 형사 쪽을 쳐다보았다.

"어쩌지? 난 어디 좀 들를 데가 있는데……"

"제 차로 가요."

이 형사가 조수석 문을 열었다. 지 검시관이 차에 올라타자 이 형사는 얼른 운전석으로 뛰어가며 강 형사를 향해 손을 흔들었다. 곧 두 사람을 태운 자동차가 주차장을 빠져나갔다.

멀어지는 자동차를 바라보던 강 형사가 담배를 꺼내 물었다. 차가운 바람이 머리를 서늘하게 만들었다. 잠시 찬 공기에 머리를 식힌 강 형사는 손에 쥐었던 자동차 열쇠를 주머니에 넣고 다시 건물로 들어갔다.

이대로 돌아갈 수 없다. 확인할 것이 있다.

강 형사는 사무실에 들어와 불을 켰다. 아무도 없는 사무실은 조용하기만 했다. 강 형사는 잠시 웅 하는 형광등 켜지는 소리를 듣고 있다가 이 형사의 책상으로 다가갔다. 조금 전 눈여겨봐둔 서랍을 열었다. USB가 보였다. 강 형사는 조심스럽게 USB를 꺼내 분석실로 들어갔다.

컴퓨터 포트에 USB를 꽂고 폴더를 열었다.

모텔에서 오는 내내 어떻게 해야 하나 머릿속이 복잡했는데 쉽게 일이 풀려 걱정을 덜었다. 만약 이 형사가 퇴근하지 않았다면 어떤 방법을 써서라도 이 영상을 못 보게 했을 것이다. 어떻게든 먼저 봐야 했다.

모텔에서 복사해온 CCTV 영상을 찾아 실행 버튼을 눌렀다. 엘리베이터 안에 설치된 카메라를 통해 녹화된 영상들이 재생되었다.

날짜를 확인하고 재빠르게 화면을 뒤로 돌렸다. 11월 14일. 어젯밤으로 시간을 맞췄다. 11시쯤부터 재생하기 시작했다. 몇 분 되지 않아 찾던 화면이 나왔다.

엘리베이터에 타는 여자의 모습이 보였다. 그리고 그 여자의 뒤를 따라 탄 남자가 보였다.

고개를 숙이고 있던 남자가 엘리베이터 층수를 확인하기 위해 고개를 들었다. 남자의 얼굴이 화면에 선명하게 드러났다.

강 형사의 얼굴이었다.

강 형사는 CCTV에 선명하게 잡힌 자기 얼굴을 낯설게 바라보았다. 불과 하루 전이라는 게 믿어지지 않았다.

강 형사는 뒤쪽 영상도 확인했다. 자신이 엘리베이터에서 내려 모텔을 나가는 것까지 확인한 뒤 USB를 뽑고 컴퓨터를 껐다.

딱따구리 한 마리가 그의 왼쪽 머리를 쪼아대기 시작했다. 일정한 간격으로 통증이 밀려왔다. 머릿속이 울렸다.

어디서부터 잘못된 것일까? 강 형사는 어둠 속에 갇혀 더듬더듬 출구를 찾는 기분이었다. 처음엔 이렇게 어둡지 않았다. 먼 길이라고 생각하지도 않았다. 하지만 첫걸음을 떼면서부터 그는 점점 더 깊은 어둠 속으로 빠져들었고 출구는 보이지도 않았다.

택배로 배달된 여자는 준희다. 지난밤 강 형사와 같이 있었다. 정아의 친구 준희가 왜 이런 일을 당해야 했는지 그로서는 이해할 수 없었다.

모든 것을 5개월 전으로 되돌리고 싶었다.

8

5개월 전, 서울시경의 과학수사계에서는 조출한 파티가 있었다.

회의실로 쓰던 맞은편 사무실을 뜯어내고 몇 개월이 걸린 공사 끝에 다기능 현장증거분석실이 드디어 개장한 것이다.

오전에 간부들과 윤 계장이 언론의 플래시를 받아가며 오픈 행사를 했지만 제대로 된 기념 행사는 그날 저녁에 있었다. 정작 분석실의 주인이 되어야 할 사람들이 뒤로 밀려나 있는 것이 신경쓰였던 윤 계장이 과학수사계만의 회식을 따로 마련했다.

과학수사계 소속 검시관과 현장감식반, 범죄심리분석관, 현장요원 등이 모두 참석해 감격스러운 표정으로 그들만의 테이프 커팅식을 했다.

국립과학수사연구소와 검찰청, 경찰청 본청을 빼고는 번듯한 분석실 하나 없던 경찰이 예산을 배당받아 각 지역 경찰청마다 새 분석실과 기기들, 약품들을 들여놓을 수 있게 됐을 무렵, 우연하게도 〈CSI〉라는 드라마의 인기가 한창이었다. 형사들 사이에서는 우스갯소리로 드라마 덕을 봤다는 이야기가 오갔다. 서울시경 역시 그때 받은 예산으로 다기능 현장증거분석실을 만들었다.

그동안 여기저기 흩어져 있던 부서를 하나로 통합하고 첨단기기들을 들여놓으면서 분석실은 제법 이름에 걸맞은 모양을 갖추었다. 누구의 아이디어인지 통유리에 'CSI'라는 글자와 '모든 접촉은 흔적을 남긴다'라는 문구도 새겨넣었다.

"야, 이건 또 누가 새겼나?"

강 형사가 문 한쪽에 기대 파티를 하고 있는 과학수사요원들을 향해 소리쳤다.

분석실에서 가벼운 간식과 음료를 나누며 축하하던 과학수사계 사람들은 갑자기 나타난 불청객을 돌아보다 강 형사라는 것을 확인하고 자리를 내주었다. 강 형사가 강력계 소속이기는 했지만 같은 식구나 다름없었다.

"이거 패러디야? 아님 어설픈 표절이야?"

"무슨 소리예요?"

강 형사에게 음료수가 든 종이컵을 건네며 지 검시관이 물었다.

"저 문구 말이야, 원래 '모든 범죄는 흔적을 남긴다' 이 말이잖아."

20세기 초 프랑스의 범죄학자인 에드몽 로카르가 말한 "모든 범죄는 흔적을 남긴다"라는 문장이 어찌 된 일인지 분석실의 유리벽에는 '접촉'이라는 말로 바뀌어 있었지만, 누구도 그 사실을 알지 못했다.

"……뭐, 범죄나 접촉이나 뜻만 통하면 되는 거 아니에요?"

지 검시관은 별일 아니라는 듯 어깨를 으쓱했다.

강 형사 역시 끈질기게 시비를 걸 생각은 없었다. 그는 분석실로 들어와 내부를 살펴보았다. 공사중일 때 유리벽 너머로 몇 번 보기는 했지만, 공사를 끝내고 기기의 비닐까지 말끔히 벗겨내고 정리하니 분석실 내부는 〈CSI〉의 세트장을 그대로 옮겨놓은 듯 멋있었다.

"웃기지 않냐? 드라마 덕에 분석실이 생긴다는 게……"

그렇게 예산이 필요하다고 할 때는 반응도 없다가 외국 드라마가 뜨고 나니까 그 덕을 본 것 같아 뒷맛이 영 씁쓸했다. 분석실 입구에 새겨진 CSI 글자가 더욱 그런 기분을 느끼게 만들었다. 강 형사는 괜히 심술을 부리고 싶어졌다.

"이제 배역도 맡아야지? 그리섬 반장은 누구야? 계장님이 하셔야 하나?"

"내가 좀더 잘생기지 않았냐?"

안쪽에서 흐뭇하게 분석실을 바라보던 윤 계장이 강 형사에게 다가오며 대답했다.

"지금 웃음이 나오세요? 드라마 덕 봤다는 소리 못 들으셨어요?"

예산이 책정되면서 회의실 벽을 부수고 분석실의 간판을 걸기까지, 이번 일의 총책임을 맡은 윤 계장은 강 형사가 툴툴거리는 소리를 듣고도 기분좋게 웃었다. 이유가 어떻든 10년 넘게 감식계에 몸담으면서 우리나라 과학수사에 일익을 담당한 그로서는 감회가 새로울 수밖에 없었다.

"나쁠 건 없지. 아무튼 이렇게 분석실이 생겼잖아?"

"아, 진짜…… 형은 남의 뒤풀이에 왔으면 그냥 조용히 얻어먹기나 해요. 남의 잔치에 와서 분탕질하는 것도 아니고……"

"야, 우리가 왜 남이냐?"

강 형사가 이 형사의 목덜미를 잡고 목을 조르며 장난을 쳤다.

이 형사도 지지 않고 버티다 결국 지 검시관의 저지로 몸싸움은 끝이 났다.

"애들처럼 맹숭맹숭하게 음료수만 빨고 계실 거예요? 나가서 한잔하죠?"

강 형사의 말에 결국 시경에서 가까운 주먹고기 집에서 2차가 시작되었다.

강 형사가 윤 계장에게 술잔을 따라주며 정식으로 축하 인사를 건넸다.

"형님 한풀이하셨네. 한잔하세요."

사무실에서는 계장님이었지만 밖에서는 형님이라고 불렀다. 강 형사는 이번 일에 윤 계장이 얼마나 공을 들였는지 잘 알고 있었다. 사실 그가 툴툴거린 것은 윤 계장이 몇 년 동안 줄기차게 올려도 무시되던 예산안이 인기 드라마 한 편 때문에 갑자기 승인이 난 것 같아서였다. 실무진에서 아무리 떠들어도 정책에 반영되기까지는 그렇게 느려터졌으면서 보여주기식 행정은 기가 막힐 정도로 빨랐다.

술잔을 비운 윤 계장이 강 형사에게 잔을 내밀었다.

"너도 고생 많았어."

윤 계장은 무거운 짐을 하나 내려놓은 듯 홀가분한 표정으로 기분좋게 술을 마셨다.

강력계 소속인 강 형사가 과학수사계 형사들과 이렇게 어울리게 된 것은 사실 윤 계장 때문이었다.

일선 경찰서에서 함께 근무할 때부터 둘은 죽이 잘 맞았다. 강 형사는 윤 계장을 형처럼 따랐다. 강 형사가 서울시경에 발령이 낮을 때, 첫 출근을 한 강 형사를 보고 언제까지 내 뒤만 따라다닐 거냐고 핀잔을 주면서도 누구보다 반겨준 사람이 윤 계장이었다.

그의 잔을 받은 윤 계장은 변명처럼 분석실 이야기를 계속했다.

"예산은 벌써 올라가 있었어. 이번에 받게 된 거뿐이지."

"근데 왜 드라마랑 똑같이 만들어서 그런 소리를 들어요?"

"잘 몰라서 그러는데, CSI 그거 다 FBI 애들 거 보고 만든 거야. FBI 가봐, 분석실 이거랑 똑같다니까?"

"그럼 이름은요? 꼭 CSI라고 써야 해요? 그냥 과학수사라고 하면 되지……"

다른 형사들은 강 형사와 윤 계장의 장난 섞인 입씨름을 보며 낄낄거렸다.

"영국 내무부에 있는 국가경찰 컴퓨터 이름이 뭔지 알아?"

"……?"

"홈스야, 홈스. 유머를 좀 배우라고. 자식아, 넌 너무 빡빡해."

술에 얼큰해진 뒤, 강 형사는 비로소 속에 담아두었던 이야기를 꺼냈다. 사실 그가 일부러 과학수사계 회식에 낀 이유가 있었다. 얼마 전 윤 계장에게 들은 '브레인스토밍'이라는 수사 통합 시스템 때문이었다. 그 이야기를 들은 뒤부터 분석실이 열리기만 기다렸다.

윤 계장에게 처음 브레인스토밍에 대한 이야기를 들은 순간 강 형사는 오래된 숙제를 풀어줄 열쇠를 만난 느낌이었다.

브레인스토밍은 1964년부터 현재까지 서울에서 발생한 모든 사건의 수사 기록이 저장된 데이터베이스 자료실이다. 사건 유형별, 지역별 검색이 가능하고 이미 해결된 사건과 미해결 사건이 따로 보관되어 몇 개의 검색어만으로 찾고자 하는 사건의 정보를 금방 알 수 있었다. 이미 지나간 사건이라고 해도 새로운 정보가 생기면 내용이 추가된다. 미해결 사건에 새로운 실마리를 던져주는 것이다.

사실 통계를 제외한 브레인스토밍의 가장 큰 의의는 미해결 사건을 정리해서 범인을 체포하고 사건을 종결하는 데 있었다. 서울의 모든 경찰이 사건을 열람하고 새 정보를 추가할 수 있도록 한 것은 바로 그런 이유에서였다.

부끄러운 일이지만 그동안 각 관할서가 실적 경쟁에만 몰두하는 바람에 정보 공유와 수사 공조가 매끄럽게 이루어지지 않았다. 그 때문에 유영철, 정남규 사건 등이 터질 때마다 경찰의 고질적인 이기주의가 더 많은 희생자를 불렀다는 언론의 비난을 받았고, 경찰은 마침내 시스템을 바꿔야 할 필요성을 절감하게 되었다.

브레인스토밍은 달라진 경찰의 수사 시스템을 보여주는 본보기라고 할 수 있었다.

분석실은 과학수사계 형사들 전용이다. 다른 부서 형사들의 출입을 막는 것은 아니지만 아무래도 마음놓고 사용하기에는 무리가 있었다. 더구나 강 형사는 현재 자신이 맡은 게 아닌 다른 사건을 찾아볼 생각이었다. 분석실을 자유롭게 사용하려면 윤 계장의 허락이 필요했다.

의외로 쉽게 허락이 떨어졌다. 윤 계장은 사건 해결을 위해서라면 누구든 자유롭게 사용해도 좋다는 태도였다. 분석실을 만든 이유도 사건 해결을 위한 것이니까.

"근데 말이야, 나보다는 지 검시관의 허락이 필요할걸? 분석실 열쇠는 내가 아니라 지 검시관 주머니에 있거든?"

윤 계장은 지 검시관에게 눈을 찡긋해 보이며 강 형사에게 말했다. 그 말에 지 검시관을 돌아본 강 형사는 피식 웃고 말았다.

지 검시관이 자기에게 잘 보이라는 듯 짓궂은 미소를 지으며 손가락에 열쇠를 끼우고 흔들어 보였다.

다음날부터 강 형사는 틈만 나면 분석실을 드나들었다.

이 형사의 도움으로 브레인스토밍 프로그램을 다룰 수 있게 되자, 가장 먼저 검색한 건 8년 전 공원에서 죽은 여고생 최정아 사건이었다.

"무슨 사건인데 그렇게 찾아보려고 하시는 거예요?"

옆에서 지켜보던 이 형사가 물었다. 그는 묵묵히 모니터를 보고 있는 강 형사의 대답을 기다리다 결국 의자를 끌어와 앉으며 사건 개요를 읽기 시작했다. 몇 줄 읽던 이 형사는 곧 읽기를 멈추고 강 형사를 쳐다보았다.

"이…… 이 사건, 강 형사님이 담당하셨어요?"

이 형사도 아는 사건이었는지 놀란 눈으로 강 형사를 쳐다보았다.

그 사건의 담당 형사인 강 형사가 첫 수사일지를 작성했다. 프로그램에 저장된 마지막 기록 역시 강 형사가 남긴 것이었다. 그뒤로 새롭게 추가된 정보는 없었다. 혹시나 하는 마음에 검색을 해보았지만 역시나, 미해결된 수많은 다른 사건들과 마찬가지로 담당 형사 외에는 누구도 찾아보지 않는 수많은 미제사건 중 하나일 뿐이었다. 강 형사의 가라앉은 표정을 본 이 형사는 아무 말 없이 자리를 피해주었다.

사건 발생일 2001년 7월. 벌써 8년이라는 시간이 지났다. 그 세월 동안 강 형사는 마포서에서 서울시경 강력계로 발령이 났고, 사귀던 여자와 헤어졌으며, 시집간 여동생 덕분에 외삼촌이 되었다. 조카는 벌써 그에게 비행기를 태워달라며 허벅지에 매달리는 나이가 되었다.

시간은 그렇게 강 형사에게 많은 경험을 하게 했지만 죽은 자에게는 아무런 힘도 발휘하지 못했다. 소녀는 더이상 나이를 먹지도, 대학에 들어가지도 못한 채 비 오는 날 공원에서 죽은 모습 그대로 멈춰 있었다.

그의 머릿속에 자리잡은 정아는 언제나 같은 모습이었다.

딱 두 번 만났을 뿐인데, 그 두 번의 만남이 그에게 지울 수 없는 기억이 되었다. 미키 마우스가 그려진 흰 티셔츠를 입고 경찰서 앞에 서 있던 모습. 그리고 비 내린 공원의 잔디밭에 누워 있던 창백한 얼굴.

상반된 두 가지 모습 모두 강 형사에게 깊은 회한을 남겼다. 사건을 해결하기 전에는 절대 잊을 수 없다고 생각했다. 하지만 그런 생각조차도 시간의 먼지 속에 묻혀버렸다.

브레인스토밍은 그렇게 강 형사의 머릿속에서 점점 희미해지고 퇴색해가던 소녀의 모습을 다시 떠올리게 했다. 파일을 뒤지는 동안 8년이란 세월에 흐려졌던 정아의 모습이 점점 선명해졌다. 먼지를 걷어내고 의식 깊숙한 곳에서 사건을 끄집어냈을 때, 그의 마음은 상반된 생각으로 복잡해졌다.

브레인스토밍을 통해 사건을 다시 들여다보며 느낀 점은, 상처는 여전히 상처로 남아 있다는 것이었다. 그리고 이번에야말로 지난 세월 동안 마음을 짓누르던 숙제를 해치우고 사건을 매듭지어야 한다고 생각했다. 하지만 한편으로는 깊은 무력감이 그를 괴롭혔다.

어쩌면 죽지 않을 수도 있었다.

자신이 소녀의 이야기에 제대로 귀를 기울이고 그녀의 공포
와 두려움을 이해했더라면 이 사건은 존재하지도 않았을 것이
다. 소녀를 죽게 했다는 죄책감, 거기에 소녀를 죽인 살인범조
차 잡지 못하고 이 사건을 미해결로 남겨둔 자신에 대한 자책
감이 되살아났다.

그렇게 몇 번이나 다시 사건일지를 뒤적이던 강 형사는 소
녀의 기일이 며칠 남지 않았다는 것을 알고 월차를 냈다.

오랫동안 어깨를 짓누르던 깊은 무력감을 털어버리고 마음
의 짐을 내려놓고 싶었다. 그러기 위해 다시 한번 마음을 다잡
을 계기가 필요했다.

강 형사는 기억을 더듬어 소녀의 위패가 안치된 절을 찾아
가기로 했다.

강변북로를 따라 양평으로 가다 삼패 사거리를 지나 월문리
를 통과하면 묘적사라는 절이 나온다. 한 번 들었을 뿐이지만
독특한 이름 때문에 기억하고 있었다.

평일이라 그런지 예상 시간보다 일찍 도착할 수 있었다.

산사를 오르는 길은 8년 전과 다름없었다.

오솔길 양옆으로 나란히 줄지은 채 하늘을 찌를 듯이 솟은
전나무들이나 그 옆으로 제법 물소리를 내며 흐르는 계곡도
여전했다. 일주문이나 천왕문도 없는 이곳에서 사찰의 경계는

축대와 줄지어 선 가문비나무가 대신했다.

강 형사는 주차장에 차를 세우고 대웅전으로 향하는 축대로 걸어갔다.

축대 끝자락에서 흐른 물은 마당을 돌아 절 입구에 있는 작은 연못으로 모였다. 그 연못에는 어른 팔뚝만큼이나 큰 비단잉어들이 바람에 흔들리는 수초 사이를 헤엄치고 있었다. 서울을 벗어난 지 불과 한 시간밖에 되지 않았다는 게 믿기지 않을 만큼 고즈넉한 풍경이었다.

강 형사는 축대 중앙의 돌계단을 오르다 잠시 걸음을 멈추고 흔들리는 나뭇잎 사이로 쏟아지는 햇살을 바라보며 이따금 들리는 풍경 소리에 귀를 기울였다. 8년이라는 세월은 돌계단의 이끼만 무성하게 했을 뿐, 그 무엇도 바꿔놓지 못했다.

돌계단에 올라서자 대웅전이 보였다. 아담한 크기의 절은 대웅전과 산령각, 요사채 몇 채와 스님들이 머무는 선실, 종무소가 전부다.

대웅전으로 걸어가던 강 형사는 잠시 걸음을 멈췄다. 대웅전 옆 요사채에 커다란 현수막이 펄럭이고 있었다.

'마음 그릇 비우기.'

템플 스테이를 알리는 현수막이었다. 정말로 이곳에서 마음 그릇을 비워낼 수 있을까?

강 형사는 한참 동안 펄럭이는 현수막을 바라보다 대웅전으로 발걸음을 옮겼다. 대웅전으로 향하는 길에 깔아놓은 자갈들은 내리쬐는 태양열에 뜨겁게 달궈져 있었다. 구두 아래로 자갈의 열기가 그대로 느껴졌다. 뜨거웠던 그해 여름이 생각났다.

대웅전의 열린 문 사이로 중앙에 정좌한 불상이 보였다.

몇 명이 불상을 향해 절을 하고 있었다. 낮게 울리는 염불 소리와 목탁 두드리는 소리, 절을 하는 사람들이 내는 바스락거리는 소리, 여기에 향로에 피워둔 향냄새까지 코끝을 자극하며 마치 딴 세상에 온 것처럼 느껴졌다.

한동안 절하는 사람들을 바라보던 강 형사는 사람들 너머 오른편 벽 쪽에 제각기 사연을 담은 위패들과 사진들이 안치된 장소를 보았다. 그 위패들 사이에 소녀의 사진이 보였다.

소녀의 얼굴은 멀리서도 눈에 띄었다.

사진 속 소녀는 마치 강 형사를 기다리고 있었다는 듯, 그의 눈 속으로 한달음에 달려들어왔다. 강 형사는 흑백사진에 갇힌 소녀의 미소를 차마 더 볼 수 없어 고개를 돌렸다.

그는 대웅전으로 들어갈 엄두를 내지 못하고 그대로 방향을 바꿨다.

소녀가 살아 있다면 어떻게 됐을까? 그날 밤 공원에서 잔혹한 살인마에게 잡히지 않았더라면, 지금쯤 대학을 졸업하고 직장에 다니거나 일찌감치 결혼해 아이의 엄마가 되어 있을지도 몰랐다. 부질없는 생각들이 머리를 스쳤다.

목이 탔다. 강 형사는 마른침을 삼키며 하늘을 바라보았다. 언젠가 소녀의 위패 앞에 부끄럽지 않게 서는 날이 올 것이다. 지금은 그저 이렇게 멀리서 지켜보며 영혼이나마 평온하기를 빌었다.

대웅전 옆 계단을 내려오는데 뒤쫓아오는 발소리가 들리더니 누군가 강 형사의 팔을 붙잡았다. 고개를 돌려보니 20대의 여자가 말간 눈으로 강 형사를 쳐다보고 있었다.

"……?"

"혹시…… 형사분 아니세요? 그때 우리 정아 맡았던……"
어딘가 정아의 눈매를 닮은 여자였다.

뭐라 대답하지 못하고 어물거리고 있는데 조금 전 대웅전에서 절을 하던 사람들이 여자의 뒤에서 걸어나오고 있었다. 기일이면 당연히 가족들이 와 있을 텐데, 강 형사는 그 생각을 미처 하지 못했다.

강 형사에게 말을 건 사람은 정아의 언니였다. 그녀 뒤로 검은 정장을 입은 50대 부인이 서 있었다. 소녀의 어머니. 학교 선생님이었던 걸로 기억한다. 정아의 어머니를 마주하고서야 8년 전 언니의 모습도 떠올랐다. 그 뒤로도 정아의 친구로 보이는 여자 몇 명이 서 있었다.

"뻔뻔하시네요. 어떻게 여길 찾아와요?"

정아의 언니는 강 형사라는 것을 확인하자 갑자기 이를 악물며 그를 노려보았다.

"은아야, 여기까지 찾아와준 분께 그게 무슨 말버릇이니?"

여자는 어머니의 말에 입을 다물었지만 도전적인 눈빛을 거두지는 않았다. 동생을 잃은 아픔과 상처가, 동생을 지켜주지 못한데다 범인을 잡아내지도 못한 형사에 대한 분노로 바뀌어 있었다. 강 형사로서는 뭐라 반박할 말이 없었다.

그녀의 날카로운 눈빛이 화살처럼 날아와 강 형사의 심장에 박혔다.

"죄송합니다. 아이가 결례를 했네요. 일부러 이렇게 와주셨는데……"

강 형사에게 고개 숙여 인사하는 부인의 모습은 차분하기만 했다. 그렇다고 잊은 것은 아닌 듯했다. 손수건을 꼭 움켜쥐는 걸 보니, 그녀는 아픔과 분노를 안으로 삭이고 있을 뿐이었다.

"혹시 새로운 소식이라도 있는 건가요?"

부인의 질문에 강 형사는 말문이 턱 막혔다.

가족 입장에서는 당연한 반응이었다. 사건을 담당했던 형사가 8년이나 지나 다시 나타났으니, 사건에 새로운 진전이 있다거나 범인을 잡았다거나 하는 희망을 품을 만도 했다. 하지만 이야기할 게 아무것도 없었다.

새로운 소식이라니. 그동안 그 누구보다 정아의 사건을 해결하고 싶었던 사람이 강 형사다. 그러나 한편으로는 그만큼 정아의 일을 잊어버리고 싶기도 했다.

미친듯이 뛰어다니며 사람을 만나고 현장을 확인했지만 범인에 대한 단서 하나 얻지 못했다. 그러는 사이 8년이 흘렀다.

부인의 물음에 어떤 대답도 할 수 없는 스스로를 보면서, 결국 그 세월 동안 아무것도 한 게 없다는 사실만 뼈저리게 느꼈다.

"……"

"……그런가요? 그렇겠죠. ……이제 와서……"

"……죄송합니다."

"아니에요. 형사님은 최선을 다하셨겠죠."

두번째 화살이 날아왔다.

첫번째 화살보다 더 아프게 강 형사를 찔렀다. 나는 최선을 다했는가? 최선을 다했는지는 결과가 말해준다. 아무리 많은 집의 대문을 두드리며 목격자를 찾아다니고 발바닥에 물집이 잡히도록 걸어다녔다 해도 사건을 해결하지 못했다면 그것은 최선을 다한 게 아니다.

"……우리 정아에게 향이라도 피워주시겠어요?"

"……저는……자격이 없습니다."

부인은 지그시 강 형사를 바라보다 시선을 돌렸다.

그녀의 시선은 대웅전 앞의 커다란 보리수나무를 향해 있었다. 손에 쥐었던 손수건을 이마에 대며 햇볕을 가렸다. 눈물이라도 닦으려는 줄 알았지만 그저 생각에 잠긴 듯했다.

한동안 망연히 서 있던 부인이 다시 강 형사를 돌아보았다.

"……정아를 기억해주는 것만으로도 충분합니다."

"……"

"정아를 처음 절에 데리고 왔던 날에도 오셨죠. 형사분이 그렇게 마음 써주는 게 쉽지 않다는 걸 나중에 들었습니다."

부인은 8년 전의 일을 정확하게 기억하고 있었다.

"아침 일찍부터 서둘렀더니 좀 피곤하군요. 먼저 가보겠습니다."

부인이 강 형사에게 고개를 숙여 인사했다. 그제야 강 형사는 부인의 머리에 새치가 부쩍 늘고 얼굴도 많이 변했다는 생각이 들었다. 8년이라는 세월이 남긴 흔적보다 자식을 잃은 아픔이 새긴 상처가 훨씬 깊고 선명하게 남아 있는 듯했다.

머뭇거리던 강 형사는 얼른 부인에게 인사를 하고 뒤로 물러서 길을 내주었다.

부인과 달리 정아의 언니는 여전히 적의어린 눈길로 강 형사를 노려보았다. 그러곤 어머니가 어느 정도 앞서 걸어가는 것을 기다렸다가 강 형사에게 말을 던졌다.

"엄만 모르시니까, 그렇지만 난 다 알아요. 우리 정아가 죽은 건 당신 책임도 있어요."

정아의 언니는 낮은 목소리로 강 형사에게 남은 화살을 던지고 찬바람을 일으키며 그의 곁을 지나갔다. 그 뒤로 힐끗거리며 여자들이 지나갈 때까지 강 형사는 꼼짝도 하지 않고 그 자리에 굳은 채 서 있었다.

자동차가 떠나는 소리를 듣고서야 강 형사는 고개를 들었다. 정아의 언니와 어머니가 던진 화살은 강 형사의 심장에 깊이 박혔다. 쓰리고 아팠다.

그렇다. 정아의 죽음에는 분명 자신의 책임도 있었다.

정아의 언니는 정아가 죽기 전에 강 형사를 찾아갔다는 사실을 알고 있었다. 그때 그가 정아의 말에 제대로 귀를 기울이고 조금만 신경을 쓰거나 주의를 줬다면, 정아는 죽지 않았을 거라고 생각하는 듯했다. 그러니 강 형사를 냉랭하게 대하는 것도 어찌 보면 당연한 일이었다.

맞다. 자신이 제대로만 조치했다면 한 소녀의 미래가 달라졌을 것이다. 하지만 그는 그러지 않았고 며칠 뒤 정아는 살해되었다.

아무리 피하려고 해도 그 사실은 변하지 않는다. 그래서 어떻게 해서든 범인을 잡고 싶었다. 죄책감에서 벗어날 수 있는 방법은 그것밖에 없다. 그러나 정아를 죽인 범인은 어떤 단서도 남기지 않았다.

스스로 수없이 자책했음에도 유족의 질책은 그를 아프게 찔렀다. 사방이 벽으로 꽉 막힌 곳에 갇힌 기분이 들었다. 강 형사는 아직도 그곳에서 벗어나지 못하고 있다.

소녀의 유족이 떠난 뒤에도 한동안 대웅전 앞에 서 있던 강 형사는 사찰 한쪽에 있는 약수터에서 물을 마시고 요사채로 걸음을 옮겼다. 생각지도 못했던 일격을 당한 뒤라 온몸에서 기운이 다 빠져나가는 느낌이었다.

차라리 둔한 신경이었으면 좋았을 것을, 그냥 많은 사건 중 하나일 뿐이라고, 그렇게 시간에 맡긴 채 살아갈 수 있는 사람이었으면 싶었다. 브레인스토밍이고 뭐고 다 잊어버리고 살 수도 있을 텐데, 왜 잊지 못한 것일까? 여전히 마음속에 남아 있는 부채감 때문에? 하지만 그 빚은 무엇으로도 갚을 수가 없다. 그저 그의 가슴에 묵직한 돌덩이 하나만 얹어두고 끝나버렸다.

강 형사는 복잡한 마음은 그대로 내버려둔 채 요사채의 마루에 앉아 멍하니 흘러가는 구름을 보다가, 연못으로 시선을 돌려 오래도록 물속의 잉어를 보았다.

비단잉어는 부유물로 뿌연 연못 속을 헤엄쳐 다니다가 수면으로 올라오곤 했다. 수면 위로 올라온 비단잉어는 입을 뻐끔거리며 공기를 마시는 듯 보였다.

바람이 불자 나뭇잎 몇 개가 수면 위로 떨어졌다. 갑자기 비단잉어들이 미친듯이 수면 위로 떠오르더니 잎사귀 주위로 모여들었다. 수면 위로 떨어진 나뭇잎을 먹이로 착각한 모양이었다. 먹이가 아님을 눈치챈 비단잉어들은 곧 다른 곳으로 헤엄쳐 갔지만, 미련을 버리지 못한 몇 마리는 괜히 잎사귀를 건드리며 주위를 맴돌았다.

그 모습을 지켜보던 강 형사의 머릿속이 갑자기 하얘졌다. 먹구름으로 뒤덮인 하늘이 갑자기 불어온 바람에 푸른 천상의 모습을 드러내듯, 꽉 막혀 있던 사방의 벽 중 한 곳이 열리는 기분이 들었다.

'왜 지금껏 그 생각을 못했지?'

강 형사는 서둘러 자리를 털고 일어났다.

지금까지 그는 숨어 있는 범인을 잡으려고만 했다. 그가 움직일수록 살인범은 더 멀리, 더 깊은 어둠 속으로 숨어버릴 수밖에 없다. 형사로서 늘 해오던 방식으로만 수사를 했다.

바위로 가로막힌 길 위에서 바위만 쳐다보고 있던 것이다. 그 바위를 치워버릴 생각만 하니 앞으로 한 발자국도 나아갈 수 없었던 것이다.

문제는 간단하다. 길을 버리면 된다.

먹이를 찾아 수면 위로 부상하는 비단잉어처럼 살인범이 스스로 모습을 드러내게 할 방법을 찾으면 된다. 과연 어떤 먹이가 살인범을 유인할 유용한 미끼일지는 모르지만 우선 새롭게 시작할 여지가 생겼다는 것만으로도 다리에 힘이 들어갔다.

　살인범을 잡을 미끼로 무엇을 써야 할지, 어디에 던져야 할지 아직은 알 수 없었다. 하지만 어쩐지 브레인스토밍이 자신을 도와줄 거라는 생각이 들었다.

9

　묘적사에 다녀온 뒤, 강 형사는 다시 브레인스토밍의 자료에 매달렸다. 혹시 비슷한 사건이 있는지 알아보기 위해 같은 유형의 살인 방법, 범행 시간대, 지역, 희생자의 연령 등 뭐든 닥치는 대로 검색했다. 이미 해결된 사건 몇 건의 개요를 자세히 살펴보았지만, 딱히 정아의 사건과 연결될 만한 단서는 없었다. 그럼에도 검색창을 띄워놓고 더이상 생각나는 검색어가 없을 때까지 뒤졌다.

　틈만 나면 컴퓨터 앞에 앉아 있는 강 형사가 안쓰러워 보였는지 이 형사가 지나가면서 말참견을 했다.

　"진짜 궁금해서 그러는 건데요, 8년이나 지난 사건에 왜 그렇게 집착하는 거예요?"

　설명할 수 없었다. 8년 동안 끊임없이 찾아오는 악몽 때문만은 아니다. 경찰이면서도 경찰로서 해야 할 임무를 다하지 않았다. 그로 인해 겨우 열일곱 살인 소녀의 목숨이 희생됐다.

그 사건은 그의 자긍심에 상처를 줬다. 쥐꼬리만큼 남아 있는 자긍심이지만, 그래도 그는 자신이 사회에 꽤 쓸모 있는 인간이라고 생각했었다.

그는 아무 말도 하지 못한 채 씁쓸하게 웃기만 했다.

분석실 앞을 지나다가 고개를 디밀고 보던 윤 계장이 한마디했다.

"그러지 말고 사건일지를 다시 한번 보는 게 어때? 확인해 보니까 오래된 사건은 빠진 부분들도 많더라고."

윤 계장의 조언을 들은 강 형사는 직접 사건일지를 봐야겠다는 생각이 들었다. 컴퓨터에 익숙하지 않아 사건일지를 대충 입력했던 기억이 떠올랐다.

묘적사에 다녀온 지 한 달이 지난 8월, 강 형사는 6년 전까지 자신이 몸담았던 마포서를 찾았다.

미리 연락받은 홍 팀장이 경찰서 앞에서 기다리고 있었다.

스포츠형의 짧은 머리와 검게 탄 얼굴, 다부진 상체로 운동선수를 떠올리게 하는 외모는 여전했다. 마포에서 6년을 동고동락했던 5년 선배로, 얼마 전 형사 1팀장으로 특진했다.

"웬일이냐, 연락을 다 하고?"

"승진했다며? 한턱내야지?"

피식 웃는 그의 그을린 얼굴에서는 자부심이 묻어났다.

그들은 누가 먼저랄 것도 없이 길 건너 공덕시장 족발 골목으로 향했다.

그곳에 늘 가던 단골집이 있다. 만 원짜리 한 장이면 족발에 순댓국까지 안주를 푸짐하게 먹을 수 있어 주머니 가벼운 형사들에게는 인기가 많았다.

강 형사와 홍 팀장은 더위를 피해 가게 밖 테이블에 자리를 잡았다. 아직 퇴근하기에는 조금 이른 시간이라 그런지, 아니면 여름이라 그런지 손님이 거의 없었다.

자리에 앉자마자 더운 김이 풀풀 나는 순댓국이 두툼한 뚝배기 그릇에 담겨 나왔다. 삶은 고기와 순대도 김치와 함께 차려졌다. 족발을 써는 동안 먼저 먹으라고 주는 서비스였다. 넉넉한 인심은 여전했다.

강 형사는 감회에 젖은 듯 가게를 둘러보았다.

벽에는 얼룩진 막걸리 자국과 다녀간 사람들의 낙서들이 어지럽게 그려져 있었다. 펄펄 끓는 순댓국 솥 옆에서 아주머니들이 수북이 쌓아놓은 족발을 열심히 썰어댔다. 5년 전과 다름없는 모습이었다. 달라진 게 있다면, 그 풍경이 낯설게 느껴지는 강 형사의 기분뿐이었다.

소주 한 잔에 뜨거운 국물을 떠먹고 나니 온몸으로 더운 기운이 퍼졌다.

"날도 더운데 여길 끌고 와?"

"내가 오자고 했냐? 난 네놈 뒤만 따라왔어."

강 형사는 끽끽 웃으며 고개를 끄덕였다. 습관이란 무서운 법이다. 한번 몸에 익은 습관은 아무리 시간이 지나도 무의식 속에 남아 있다.

"신문에서 봤어. 2년 만에 잡은 거라고?"

"미안하다. 2년씩이나 걸려서."

공덕동과 아현동 일대를 돌아다니며 여자 혼자 있는 집들만 찾아들어가 성폭행을 저질러온 속칭 마포 발바리 사건은 형사들에게 골칫거리였다. 피해자가 8명이 나올 때까지 경찰은 변변한 용의자 몽타주 하나 확보하지 못했었다.

"어떻게 잡은 거야?"

"소 뒷걸음치다 쥐 잡은 격이지 뭐."

처음엔 어떻게 잡았는지 입을 열지 않았다. 잡은 게 중요하지, 그 과정까지 알아야 할 필요가 뭐가 있냐며 얘기를 피했다. 강 형사가 알겠다고 고개를 끄덕인 뒤 묵묵히 술만 마시며 입을 닫은 채 시선을 돌리고 있었더니, 결국은 실토했다.

현장에서는 지문 하나 남기지 않을 만큼 용의주도하던 놈이 어이없게도 훔친 수표에 제 이름과 주민등록번호를 적어 사용했단다. 경찰도 설마 10만 원권 수표에 번호를 적어놓았을 줄은 생각도 못하고 방심한 모양이었다.

순댓국을 떠먹으며 이야기를 듣던 강 형사는 갑자기 웃음이 터지는 바람에 사레가 들려 한참을 캑캑거려야 했다.

"그래, 실컷 비웃어라. 젠장, 이래서 내가 얘길 안 하려고 했는데……"

"아니, 그게 아니라 신문 기사가 생각나서 그래. 집념의 형사가 발바리를 잡았다."

물끄러미 강 형사를 쳐다보던 홍 팀장이 빈 술잔에 술을 따라주며 쓴웃음을 지었다. 홍 팀장이 따라주는 술은 목에 걸리지도 않고 잘도 넘어갔다.

사실 강 형사는 일어나서 박수라도 쳐주고 싶었다. 홍 팀장은 소 뒷걸음치다가 쥐 잡은 꼴이라고 했지만, 그 사건 하나를 해결하기 위해 다른 형사들이 얼마나 많은 고생을 했는지 안다. 강력반 형사는 흔히 말하는 힘들고 더럽고 위험한 3D 업종이다. 그들이 유일하게 보람을 느끼는 순간이 바로 사건을 해결했을 때다.

"애들은 잘 커? 형수님 본 지도 오래됐네?"

하고 싶은 말이 목에 걸려 쉽게 나오지 않아, 강 형사는 계속 엉뚱한 소리만 던졌다. 결국 홍 팀장이 먼저 이야기를 꺼냈다.

"무슨 일이야?"

"……귀신이네."

"애인도 아니고, 내 얼굴만 보려고 올 한가한 위인이 아니니까……"

"……그 사건 기억나? 최정아라고, 여고생 살인사건."

강 형사의 말을 들은 홍 팀장이 어느새 말을 잊은 채 묵묵히 술잔을 비웠다. 테이블에 내려놓은 빈 술잔을 손으로 매만지던 그가 고개를 들어 강 형사를 바라보았다.

"풀지 못한 숙제는 계속 머릿속에 남는 법이야."

홍 팀장과 함께 맡았던 사건이다. 강 형사와는 다른 의미겠지만, 그도 사건을 기억하고 있었다. 그의 말대로 미해결로 남겨둔 사건이라 마음에 남았을 것이다.

"형 그거 알아? ……그 아이, 살릴 수도 있었어."

"무슨…… 소리야?"

오랫동안 가슴속에 담아둔 이야기를 꺼내기는 쉽지 않다. 강 형사는 홍 팀장의 잔에 술을 따르며 8년이나 묻어둔 이야기를 꺼냈다.

"죽기 며칠 전에 날 찾아왔었어. 아니, 경찰서를 찾아왔었지. 그때 나와 마주친 거고."

경찰서 앞 문기둥에 기대서 있던 정아의 모습이 떠올랐다. 잠복근무로 며칠간 집에도 못 들어가다 인근 사우나에서 샤워나 해야겠다는 생각에 밖으로 나가던 길이었다. 그때 정아는 밖으로 나오는 그를 빤히 쳐다보다가 불쑥 물었었다.

"아저씨 형사예요?"

앳된 얼굴과 달리 눈화장에, 머리는 군데군데 노란 염색을 해 아무렇게나 묶고 있었다. 흰 티셔츠에 그려진 미키 마우스와는 어울리지 않게 어른이 되고 싶어 조바심치는 게 느껴지는 모습이었다.

홍 팀장의 눈이 커졌다. 그럴 것이다. 함께 수사하면서도 이 이야기는 하지 않았다.

"살려달라고 했어. 어떤 놈이 자길 따라다닌다고. 무섭다고."

이제 소주는 쓴맛이 났다. 젓가락으로 족발을 뒤적거리다 내려놓았다. 이야기를 털어놓고 나면 조금이나마 가벼워질 줄 알았는데 오히려 입맛이 썼다. 이제 와서 이런 이야기를 홍 팀장에게 하는 이유는 뭘까? 스스로 생각해도 감상적이라고 느껴졌다.

"뭐야, 제대로 얘기해봐."

"클럽에서 만난 남자라고 했어. 혼자 놀러갔다가 알게 된 놈인데, 그때부터 계속 따라다닌다고."

"……"

"경찰서에 가서 얘기하자고 하니까 싫다고 하더군. 그때 그 아이 가방 앞주머니에 꽂힌 담배가 보였어. 그걸 보는 순간 짜증이 확 나는 거야. 내가 날라리 여자애 뒤치다꺼리까지 해야 하나 싶었지. 그러게 학생이 클럽 같은 데 왜 갔냐고, 그러니까 그런 놈이 붙는 거라고 잔소리만 잔뜩 했지. 그 아인 원망이 가득한 눈으로 날 쳐다보다가 돌아갔어. 그리고…… 며칠 뒤 살인사건이 났대서 공원으로 출동해보니…… 그 아이였어…… 그 아이가 거기…… 공원에서 그 비를 맞고 누워 있었어."

"……"

"날라리 같던 그 아이는 단정하게 교복을 입고 있었지. 그게 나한테는 어떻게 보였는지 알아? '아저씨 생각처럼 나 그렇게 노는 애 아니에요.' 이렇게 말하는 거 같았어. ……나중에 곱 씹어 생각해보면 정말로 생명의 위협을 느꼈던 거야. 그래서 경찰서 앞까지 왔던 거고. 근데 하필이면 나 같은 놈을 만난 거지."

홍 팀장이 주머니를 뒤지더니 담배를 꺼내 물었다. 이야기를 마친 강 형사는 빈 술잔을 채우기 위해 병을 들다가 어느새 비워진 걸 보고 다시 한 병을 주문했다. 취기로 달아오른 얼굴에 끈적한 땀이 배어나왔다. 강 형사는 테이블 위에 놓인 물수건으로 얼굴을 훔쳤다.

"아마 그 대흥동 호프집 강도사건 수사한다고 며칠 동안 집에도 못 가고 용의자 놈 집 앞에서 잠복근무할 때였을 거야. 귀찮았던 거지. 나 피곤하다는 이유로 그 아이가 어떤 상황에 처했는지 제대로 알고 싶지도 않았던 거야."

"그래서……?"

"……오늘, 그 아이 기일이었어……"

홍 팀장은 마지막 한 모금을 빤 담배를 바닥에 던진 후 거칠게 비벼 껐다.

"그래서. 7년? 8년? 이제 와서 그런 얘길 하는 이유가 뭔데?"

"……"

"왜, 감상에라도 젖어보게? 다른 사람은 너 같은 경험 없는 줄 알아? 지난주에 당직 서던 준표, 무슨 일이 있었는지 알아? 술집에서 멱살 잡고 싸우던 놈 화해시키고 돌려보냈다가 경찰서 앞에서 칼 맞고 죽는 꼴도 봤어. 나? 내 얘기 한번 해볼까?"

말하면서 점점 흥분한 홍 팀장의 목소리가 높아졌다. 목이 타는지 앞에 놓인 술잔을 들어 거칠게 입에 털어넣었다.

"유영철을 검문해놓고도 그냥 보내줬어. 그뒤로 놈은 넷이나 더 죽였지. 봉원사 뒤쪽 야산에서 놈이 묻은 시체들 꺼낼 때 내 기분이 어땠는지 알아? 이중에 나 때문에 죽은 넷이 있겠지, 내가 놔주지만 않았으면, 조금만 더 빨리 놈을 잡았으면 살 수도 있었던 누군가가…… 여기 묻혀 있구나……"

그것은 강 형사도 처음 듣는 얘기였다. 그날 합동수사대가 봉원사 뒷산을 파헤칠 때 얼핏 만나 인사를 하긴 했었다. 워낙 굳은 얼굴이라 꽤 충격을 받은 모양이라고, 그저 그렇게만 생각했다.

"그런 상처 없이 이 일 하는 놈 있음 나와보라 그래."

"……"

"그래도 내가 위안삼는 게 뭔지 알아? 적어도 내가 허벌나게 뛰어다니는 덕분에 누군가는 발 뻗고 편히 자겠지. ……생각하기 나름이야. 이미 엎질러진 일 후회하면 뭐해? 앞으로 네가 할 수 있는 일에 집중해. 그게 현명한 거야."

그의 말이 맞는지도 모른다. 이미 되돌릴 수 없는 과거다.

컴퓨터게임처럼 리셋하고 다시 시작할 수 있는 일도 아니니 지난 기억은 얼른 떨쳐버리는 게 정신건강에 더 좋을지 모른다. 하지만, 하지만……

강 형사의 머릿속은 심하게 도리질을 치고 있다.

'형은 몰라. 내 눈앞에서 살려달라고 했어. 내가 손만 뻗으면 구할 수 있는 아이였어. 이건 어쩔 수 없는 일이 아니었어. 얼마든지 할 수 있는 일이고 해야만 하는 일이었지. 난 그걸 외면한 거야. 그 아이를 죽인 건 놈일지 몰라도 그 아이를 죽게 만든 건 나란 말이야.'

마음속에 무수히 많은 말이 떠올랐지만 그는 아무 말도 하지 않았다. 그의 말대로 '할 수 있는 일'에서 또다시 눈을 돌리고 싶지 않았다.

"수사를 계속하려고 해. 수사 기록이 필요해."

강 형사의 말을 들은 홍 팀장은 멍하니 입을 벌린 채 그를 쳐다보다가 길지도 않은 머리를 쓸어넘겼다.

브레인스토밍에 기대를 걸었지만 컴퓨터 안에 든 자료만으로는 어디서부터 손을 대야 할지 감이 오지 않았다. 윤 계장의 말대로 입력하면서 빠뜨린 부분들이 있는지, 읽을수록 강 형사의 기억과는 다른 낯선 사건 같기만 했다.

사건일지에서 뭘 발견할 수 있을지는 모르지만, 설령 아무것도 알아내지 못한다고 해도 직접 썼던 수사 기록을 보며 그때의 기분과 기억을 되살리려고 했다.

"요즘 시경 한가하냐? 아님 뭔 계시라도 받은 거야?"

"뭔지 모르겠지만 자꾸 마음에 걸리는 게 있어. 이걸 해결하지 않으면 안 될 거 같아."

괜히 시간만 낭비할 뿐이라고 말리던 홍 팀장도 결국 강 형사의 설득에 넘어갔다.

형사들은 저마다 자신만의 수첩을 가지고 있다. 제때 해결하지 못한 사건들은 마음속에 응어리로 남는다. 도무지 풀지 못한 숙제로 남아 다른 사건에 밀리며 점점 상자 깊숙이 들어가지만, 그렇다고 잊는 것은 아니다. 그렇게 마음에 담아둔 사건들을 미해결 파일로 만들어 휴가를 내어 찾아보거나 은퇴 후에 끈질기게 추적하는 경우도 있다.

홍 팀장 역시 그렇게 마음속에 묻어둔 사건이 몇 개 있기에 강 형사의 기분을 충분히 이해하고도 남았다. 다만 강 형사가 눈앞의 일들을 소홀히 할까봐 걱정한 것이다.

소주 두 병과 족발로 속을 채운 둘은 다시 경찰서로 향했다. 이미 날은 어두워져 한낮의 열기가 조금씩 식고 있었다.

홍 팀장에게서 넘겨받은 사건일지는 곰팡냄새가 날 만큼 오랫동안 창고 한쪽에 처박혀 있었다. 게다가 지난여름 장마에 지붕이 새는 수해를 입는 바람에 서류가 모두 물에 젖어버려, 한동안 햇볕에 김 널듯 한 장 한 장 널어 말렸다고 했다. 그래서인지 종이는 누렇게 물들었고 주글주글했다. 그 모습을 보자 기분이 착잡해졌다.

서류상으로는 아직 수사중인 사건이지만 새로운 사건과 시간에 밀려 이미 한쪽으로 내쳐진 것이나 다름없었다. 누구의 도움도 받지 못한 채 어두운 공원에 죽어 있던 정아를 떠올리자 다시 한번 미안한 마음이 밀려들었다. 사건을 이렇게 방치한 건 그의 잘못이다. 살인사건의 공소시효는 15년이다. 그동안은 어떻게든 사건을 풀기 위해 잡고 있어야 한다.

서류를 꺼내 표지를 들추니 빛바랜 종이 위에 낯익은 자신의 글씨가 보였다.

페이지를 넘기자 현장에서 찍은 사진들이 보였다. 그때의 기억들이 한꺼번에 밀려왔다. 후덥지근한 공기를 식혀주던 소나기. 공원에서 풍겨오던 흙냄새, 젖은 나무냄새. 땀으로 끈적거리던 몸. 뺨을 때리던 빗방울들.

강 형사는 마치 현장에 있던 그날처럼 온몸에 감도는 서늘한 기운을 느끼며 사진들을 한 장씩 살피기 시작했다.

죽은 정아의 벌어진 입속에 떨어져 있던 나뭇잎. 목에 남아 있던 붉은 멍자국. 주인을 잃어 한쪽에 떨어져 있던 신발. 나뭇가지에 매달려 있던 가방. 현장에 구경 나온 사람들의 모습까지, 그날의 기억들이 고스란히 사진 속에 담겨 있었다.

사진은 8년 전 현장을 생생하고 꼼꼼하게 기록하고 있었다. 종이를 넘겨 사건 개요를 읽던 강 형사는 다시 사진이 있던 페이지를 펼쳤다. 그리고 사진 한 장을 뚫어져라 쳐다보았다.

나뭇가지에 걸려 있던 정아의 가방. 뭔가 이상했다. 그가 기억하고 있던 것과 다르다. 그의 기억 속에서는 분명 미키 마우스 인형이 매달려 있었다. 사건 현장에서 본 게 아니라면 어디에서 봤을까 되짚다 결국 정아를 처음 만난 날을 떠올렸다.

경찰서 앞에 서 있던 정아는 같은 가방을 멨다. 그 가방 앞 주머니 지퍼에 미키 마우스 인형이 매달려 있었다. 열린 주머니에 꽂힌 담배 때문에 분명히 기억하고 있었다.

문득 이따금 그의 잠을 방해하던 꿈이 생각났다.

반복되는 꿈속에서 그는 매번 미키 마우스 인형을 쳐다보다가 잠에서 깨어났다. 당연히 사건 현장에서 봤던 거라고 생각했다. 왜 그 인형이 계속 꿈에 나타나는지 알 수 없지만 그냥 넘길 일은 아니라는 생각이 들었다. 형사의 직감 같은 게 느껴졌다.

강 형사는 사건 당시 조사를 받았던 주변 인물들의 주소와 인적 사항을 수첩에 적었다. 서류를 창고에 다시 넣어두고 사무실로 돌아와보니 홍 팀장은 의자를 붙여놓고 다리를 뻗은 채 졸고 있었다. 어깨를 흔들자, 홍 팀장이 눈을 뜨더니 입가를 닦으며 일어났다.

"다 봤어?"

강 형사는 고개를 끄덕이고는 홍 팀장을 일으켜세웠다. 그러곤 홍 팀장의 등을 떠밀며 사무실을 나왔다. 얼른 돌아가서 머릿속을 정리하고 싶었다.

"가자. 시원하게 맥주 한잔 더 해야지."

경찰서 정문을 나서는데 홍 팀장이 다시 "한잔 더!" 하고 외쳤다.

"피곤할 텐데 들어가봐."

강 형사는 2차를 가자고 외치는 홍 팀장을 집으로 보내고 택시 정류장으로 걸음을 옮겼다.

10

생각만큼 시간을 내기 쉽지 않았다. 더구나 마포서에 다녀오고 얼마 지나지 않아 추석 특별 단속 기간이니 뭐니 해서 눈 코 뜰 새 없이 바빴다.

9월 말이 되어서야 겨우 정아의 집을 찾아갈 수 있었다. 정아가 살던 대홍동은 주변에 몇 개 대학이 자리했다. 그 영향으로 대학생들을 위한 작은 원룸을 지어 월세를 받는 집들이 많았다.

정아의 집 역시 맨 위층을 제외한 층은 모두 대학생을 받는 원룸으로 지은 5층 건물이었다. 8년 전보다 조금 낡았다는 것 외에는 달라진 게 없어 보였다.

5층으로 올라가며 집을 드나드는 대학생 몇 명을 볼 수 있었다. 그들은 낯선 방문객이 익숙한 듯 강 형사에게는 눈길도 주지 않고 지나쳤다.

벨을 누르고 기다리니 한참 만에 정아의 언니가 나왔다. 은 아라고 했던가, 강 형사를 본 그녀는 어이없다는 표정으로 그를 노려보았다.

"도대체 왜 이러는 거예요? 뭐 때문에 우리 가족을 괴롭히는 거냐고요?"

"물어보고 싶은 게 있어서……"

"이제 와서 뭘 물어요? 살인범이라도 잡았어요?"

그녀의 적대감을 이해하지 못하는 것은 아니었지만, 예상보다 더한 냉대가 마음에 걸렸다.

지난번 묘적사에서 만났을 때도 그녀는 무척 냉담했다.

은아는 강 형사에게 책임을 물었다. 정아가 죽은 데는 강 형사에게도 책임이 있다고, 동생이 죽기 전에 강 형사를 찾아갔었다는 것을 안다고 했다. 어쩌면 기일에 강 형사를 다시 만나 그동안 묻어둔 동생에 대한 상처가 덧났는지도 모른다.

"이제라도 잡을 수 있다면 도와줄 건가?"

"……"

은아의 눈이 가늘어졌다. 그가 왜 이런 말을 하는지 가늠해 보려는 것 같았다. 그렇게 한참 동안 강 형사를 노려보던 은아는 결국 문을 열어 그를 집안으로 들였다.

강 형사는 한쪽 벽에 걸린 정아의 사진을 보자 속이 아팠다. 가족들이야 당연히 잊지 않고 사진을 걸어두었을 텐데, 직접 눈으로 보자 미안해서 쳐다볼 수가 없었다. 애써 시선을 돌려 소파에 앉았다.

"방금 그 말 책임질 수 있어요?"

은아는 강 형사 앞에 팔짱을 끼고 선 채 도전적으로 물었다.

"그러고 싶어. 그래서 다시 처음부터 짚어보려는 거고."

"……물어보고 싶은 게 뭐예요?"

조금은 마음을 열었는지 은아는 팔짱을 풀며 다른 쪽 소파에 앉았다.

"그때 증거품들…… 동생 가방은 돌려받았나?"

"가방이요? 네."

"그럼 혹시 그 가방에 매달려 있던 미키 마우스 인형 기억해?"

은아는 강 형사가 왜 갑자기 인형 이야기를 꺼내는지 도무지 이해되지 않는다는 표정이었다.

"혹시…… 그날 집에서 나갈 때도 가방에 인형이 없었나?"

"지금 그걸 질문이라고 해요? 8년 전이에요. 내가 그걸 어떻게 기억해요? 겨우 그걸 물어보러 찾아온 거예요? 8년이나 지난 지금?"

은아는 참았던 감정을 터뜨리며 거칠게 고함을 내질렀다.

무리한 얘기라는 것은 그도 알았다. 8년 전 평범했던 어느 하루가 기억나냐니, 그걸 기억해내는 사람이 얼마나 될까? 은아에게는 더이상 평범한 하루가 아닐 터였다. 그럼에도, 그날 아침 집을 나가는 동생의 모습이 마지막이라는 것을 알았다고 해도, 가방에 매달린 작은 인형 같은 건 기억해내기 어렵다.

하지만 다른 방법이 없다. 지금부터는 오직 기억에 의존해야만 한다. 8년이 지난 지금, 남아 있는 증거는 아무것도 없었다. 강 형사는 자신의 계획이 얼마나 무모한 일인지 다시 한번 깨달았다.

은아는 주방으로 가더니 냉장고를 열어 냉수를 꺼내 마셨다. 그래도 화가 풀리지 않는지 한참 동안 냉장고 앞에서 허공을 쳐다보며 심호흡을 했다.

은아를 쳐다보다 시선을 돌리던 강 형사는 벽에 걸린 정아의 다른 사진을 발견하고 눈을 떼지 못했다. 염색을 하기 전인 듯 검은 머리를 단정하게 빗고 카메라를 향해 환하게 웃고 있었다. 묘적사에 놓인 위패와 같은 사진이었다.

"도와주세요, 아저씨. 무서워 죽겠어요."

다시 정아의 목소리가 들리는 듯했다. 강 형사는 지그시 눈을 감았다.

"⋯⋯8년이면 많은 것이 잊히고 지워진다는 거 알아. 그런데 말이지⋯⋯ 난 아직도 네 동생 꿈을 꿔. 그애가 누워 있던 공원의 흙냄새도 생생하게 기억해. 새끼손가락 손톱에 남아 있던 봉숭아꽃물도 기억나."

냉장고 문이 열리는 소리가 났다. 강 형사는 눈을 뜨고 은아를 쳐다보았다. 그녀는 유리컵을 집어 냉장고에서 꺼낸 주스를 묵묵히 따랐다.

"뇌는⋯⋯ 우리가 잊어버렸다고 생각하는 것도 어딘가에 저장해둔다고 하더라. 기억은 사진처럼 찍혀서 보관된대. 뭐든지, 어떤 거라도 떠오르는 게 있으면 얘기해줘."

은아가 쟁반에 주스를 담아 내왔다. 쟁반을 탁자에 내려놓고 강 형사 앞으로 민 뒤 다시 소파에 앉았다. 아까와는 달리 차분한 표정이었다.

"……그날을 수천수만 번도 더 떠올려봤어요. 엄마가 교원 연수를 가시고 우리 둘만 있었어요. 대학생이던 나는 동생 잘 챙기라는 엄마 말에도 늦잠을 자서 정아가 나가는 것도 보지 못했어요. 식탁 위에 아침이 그대로인 걸 보고 저녁에 돌아오면 정아가 좋아하는 카레라이스라도 해줘야지 하고 생각했는데……"

결국 그날 정아의 가방에 인형이 매달려 있었는지는 모른다는 얘기다.

실망감이 밀려들었다. 결정적인 단서를 놓친 것 같은 기분이 들었다.

강 형사는 왜 그렇게 미키 마우스 인형에 집착하는지 스스로도 이해하지 못했다. 하지만 꿈속에서 계속 자신을 쳐다보던 인형에 분명 어떤 의미가 있을 거라는 생각이 들었다. 한껏 부풀었던 기대는 이내 실망감으로 변했다. 갑자기 길을 잃은 것 같은 기분. 다시 어디서부터 가닥을 잡아야 할지 전혀 감이 오지 않았다.

"……하지만 준희라면 뭔가 알고 있을지도 몰라요."

"준희?"

"정아 단짝 친구였어요. 둘이 뭐든지 똑같은 물건을 가지고 다녔어요. 가방도 같은 걸 가지고 다니고 핸드폰도 같은 걸로 샀죠. 둘도 없는 단짝이라는 걸 그런 식으로 표를 내고 다녔어요.”

소녀들의 우정을 표현하는 방식을 이해할 수는 없지만 무슨 얘긴지는 알 것 같았다.

“정아에게 미키 마우스 인형이 있었다면 아마 준희도 같은 게 있었을 거예요.”

은아는 잠깐 기다리라며 방에 들어가더니 수첩을 가지고 나와 준희의 전화번호를 알려주었다. 묘적사에도 왔었다며 대충 생김새를 이야기하는데 잘 떠오르지는 않았다.

강 형사는 뭔가 기억나는 게 있으면 전화해달라며 명함을 건네고 나왔다.

정아의 집을 나서며 바로 준희에게 전화를 걸었다. 그녀는 직장에 있어 당장은 만날 수 없다며 퇴근 후 종로에서 만나자고 했다.

11

“8년이나 지났으면 못 잡는 거 아니에요?”

커피숍에 들어와 강 형사 앞에 앉자마자 준희가 한 말이었다. 은아만큼이나 적대적이다. 아니, 노골적으로 비아냥거리고 있었다.

“이런다고 정아가 살아 돌아오는 것도 아니고……”

“친구를 죽인 놈, 지금이라도 잡고 싶지 않아?”

“잡을 수 있어요? 그렇담 그땐 왜 못 잡았어요?”

“……”

“그렇게 착한 경찰 같은 얼굴 하지 말아요. 아저씬 우리 사이에서 살인범이나 마찬가지니까요.”

“정아를 쫓아다녔다는 그 스토커 얘기 좀 해줘. 둘도 없는 친구였다면서. 그럼 정아에게 무슨 얘기를 들었을 텐데?”

“얘기하면 뭐해요? 이름도 모르는데. 이 얘기 8년 전에도 했던 거 같은데요?”

“그래 알아, 나도 안다고.”

버럭 소리를 지르고 싶은 마음을 간신히 억누르며 앞에 놓인 물잔을 들어 벌컥벌컥 들이켰다.

‘네가 자꾸 꿈에 나타나지만 않았어도 내가 이 짓은 안 했을 거다.’

하늘에 있는 정아를 향해 중얼거렸다.

한번 형편없다고 낙인찍힌 형사는 길거리의 돌처럼 이리저리 차였다. 어쩔 수 없다고 생각하다가 불끈 화가 치밀었다. 주머니를 뒤져 담배를 찾다가 탁자 위에 놓인 준희의 핸드폰에 시선이 갔다.

핸드폰에는 손가락 두 마디쯤 되는 크기의 토끼 한 마리가 매달려 있었다.

"혹시 정아가 가방에 매달고 다니던 인형 기억나? 요만한 크기의 미키 마우스 인형인데……"

강 형사가 준희의 토끼 인형을 가리키며 물었다.

"미키 마우스요?"

강 형사를 바라보던 준희의 표정이 갑자기 미묘해졌다. 감정이 복받치는 것을 참는 듯 입술을 지그시 깨물던 준희가 가방을 뒤지기 시작하더니 지갑을 꺼냈다.

지갑에는 정아가 가지고 있던 인형과 똑같은 미키 마우스가 매달려 있었다.

낡고 닳아버린 미키 마우스는 칠이 벗겨지고 장갑 낀 한쪽 손도 떨어져나가 있었다.

"이건 정아가 선물한 거예요. 내 생일이라 두 개를 사서 하나씩 나눠 가졌어요. 정아가 준…… 마지막 선물이죠."

준희는 새삼 그때가 기억났는지 인형을 물끄러미 보았다.

강 형사는 단짝 친구의 선물을 차마 버리지 못한 채 여전히 손때를 묻히며 가지고 다니는 그녀를 보면서, 둘이 얼마나 소중한 친구였는지를 헤아렸다.

"완전히 똑같지는 않아요. 그때 정아는 내 거랑 헷갈릴까봐 자기 인형의 흰 장갑에 빨간 매니큐어를 칠했어요."

"……"

보긴 했지만 강 형사는 그것까지는 기억하지 못했다. 어쩌면 나중에 중요한 단서가 될지도 모른다 싶어 머리 한편에 기억해두었다.

"그런데 이 인형이 왜요?"

"혹시 그날 이 인형을 가방에 달았었는지 기억할 수 있겠어?"

"기억나지는 않지만 아마 그랬을 거예요. 아니, 틀림없이 그날도 가방에 달고 있었을 거예요."

"어떻게 알지?"

준희가 인형을 흔들어 보이며 말했다.

"다음 생일에 또다른 인형을 사줄 때까지 꼭 달고 다니기로 했으니까요."

그제야 준희가 왜 8년이 지난 지금도 그 낡은 인형을 버리지 않고 간직하고 있는지 깨달았다. 그녀는 정아와의 약속을 지키고 있는 것이다.

가슴에서 뭔가 울컥 올라왔다. 죽은 사람은 그렇게 여전히 산 사람들의 가슴에 흔적을 남긴다.

"사건 현장에 있던 가방에는 인형이 없었어."

"……그게 중요한 단서가 되는 건가요?"

"그렇게 소중하게 생각하는 거라면 누가 일부러 가져가지 않는 한 그대로 가방에 있어야겠지."

"……범인이 인형을 가져갔을지도 모른다는 얘기예요?"

강 형사는 고개를 끄덕였다.

준희는 이해하지 못하겠다는 듯 고개를 저었다.

돈도 아니고, 귀중품도 아니다. 작은 인형 하나가 무슨 이유로 범인의 관심을 끌었는지 모르겠다는 표정이었다. 강 형사는 자신이 짐작하고 있는 가능성에 대해 굳이 이야기하지 않았다.

정아는 스토커처럼 자신을 따라다니는 사람이 있다고 했다. 만약 그가 범인이라면 그는 정아를 기억할 만한 물건을 기념품처럼 가져갔을 가능성이 크다.

준희를 만나고 집으로 돌아가는 전철 안에서 문자를 받았다. 정아의 언니, 은아였다. 어머니에게 확인해보니 돌아온 유품 어디에도 미키 마우스 인형은 없었다고 했다.

정아가 준희와 함께 학원을 마치고 나온 시간이 밤 10시 20분. 둘은 학원 앞에서 헤어졌고 정아는 혼자 지하철을 타고 돌아갔다고 했다. 정아가 내리는 역 CCTV에 찍힌 시간은 11시가 막 넘어갈 쯤이었다. 강 형사가 사건 현장에 출동한 시간이 새벽 5시경이었다. 여섯 시간 남짓한 동안 정아는 살해되고 인형은 사라졌다.

이미란이 살해당하고 며칠 뒤, 퇴근하고 집에 있던 강 형사에게 전화가 왔다.

준희였다. 거의 한 달 만의 전화였다.

얼른 만났으면 좋겠다고 했다. 어쩌면 정아를 따라다니던 놈을 찾은 것 같다는 말에 강 형사는 심장이 세차게 뛰는 소리를 들었다. 시계를 보니 밤 10시가 다 되어가고 있었다.

강 형사는 얼른 집으로 가겠다고 했지만, 준희는 놈이 눈치를 챈 것 같아 숨어 있다며 위치를 알려주었다. 준희의 말을 들은 강 형사는 초조함을 감출 수가 없었다.

그는 재빨리 점퍼를 챙겨 입은 뒤 준희가 알려준 모텔로 향했다.

남양주를 지나는 6번 국도를 타고 가다 유명산 쪽으로 빠지는 37번 지방도로로 꺾어 조금만 들어가면 모텔이 보인다고 했다. 왜 그렇게까지 멀리 갔는지 모르겠지만, 수화기 너머 준희의 목소리에서 불안함을 느낄 수 있었다.

정아를 죽인 놈에게 쫓기고 있다니, 강 형사는 혹시라도 잘 못될까봐 발을 굴렀다. 어떻게 모텔까지 도착했는지 모른다. 모텔 가까이에 이르렀을 때 다시 전화가 걸려왔다. 모텔에 도착하면 전화하라고 했다.

강 형사는 준희가 일러준 대로 주차장에 도착해 전화를 걸었다. 안에서 기다리고 있던 준희가 뒷문으로 나와 불안한 시선으로 주위를 살피며 그를 모텔 안으로 데리고 들어갔다. 두려움이 가득한 얼굴을 보자 미안한 생각이 들었다.

"범인이 누구야? 도대체 어떻게 알게 된 거야?"

방으로 들어간 강 형사가 궁금한 것들을 계속 물었지만, 준희는 그와 시선조차 맞추지 않았고 쉽게 입을 열지도 않았다. 잔뜩 겁을 집어먹은 그녀의 표정은 강 형사에게 그대로 전염되었다.

"왜 그래? 괜찮아?"

강 형사가 준희에게 다가가 팔을 잡으려 하자 그녀는 얼른 뒤로 몸을 뺐다. 자신 말고는 그 누구도 믿을 수 없다는 그녀의 기분을 이해할 것 같았다.

"우선 좀 앉지."

강 형사는 우선 그녀를 좀 진정시켜야겠다고 생각했다. 하지만 준희는 방안을 서성이며 뭔가를 기다리는 눈치였다. 갑자기 진동이 울렸다. 준희는 얼른 핸드폰을 열더니 문자를 확인했다.

"누구야? 그놈이야? 어디 봐."

강 형사가 손을 뻗자, 준희는 얼른 핸드폰을 뒤로 감췄다.

"저기, 저 잠깐만 나갔다 올게요. 금방 올 거예요."

"갑자기 어딜 간다는 거야? 그놈에게 쫓기고 있는 거 같다면서? 도대체 무슨 일이야? 말을 해줘야 알지."

하지만 준희는 금방 돌아오겠다는 말만 하고 그대로 방을 나가버렸다.

갑자기 혼자 남겨진 강 형사는 이해할 수 없는 준희의 행동이 황당하기만 했다. 도대체 그녀가 어떻게 놈을 찾아낸 건지, 놈은 준희를 왜 쫓고 있는 것인지 모든 게 궁금했지만 일단은 앉아서 기다리기로 했다.

준희를 기다리는 시간은 느리게 갔다. 금방 돌아오겠다던 준희는 삼십 분이 지나도, 한 시간이 지나도 돌아오지 않았다. 그사이 몇 번이나 전화를 걸어보았지만 전원이 꺼져 있었다. 뭔가 잘못되었다는 생각이 들었다.

쫓기고 있다면서 와달라 해놓고 막상 자신이 도착하자마자 도망치듯 나가버렸다. 그리고 핸드폰마저 꺼버렸다. 두려움에 가득찬 시선으로 모텔 주위를 두리번거리고 있었으면서 강 형사도 없이 혼자 그 어둠 속으로 사라졌다.

초조하게 준희를 기다리던 강 형사는 결국 모텔을 나와 주변을 살펴보기로 했다.

모텔 주변에는 아무것도 없었다. 가까운 곳에 인가도 없어 주위는 캄캄하기만 했다.

문득 이상하다는 생각이 들었다.

준희는 자동차를 몰고 온 것 같지도 않았다. 모텔 주차장에 세워진 건 강 형사의 차뿐이었다. 왜 하필이면 교통편도 불편한 이곳에 숨어들었을까? 놈에게 쫓기고 있다면서 어떻게 이런 곳으로 올 생각을 한 걸까? 그의 머리로는 도저히 이해할 수 없는 것투성이였다. 강 형사는 모텔로 돌아가 자동차를 끌고 나왔다. 아무래도 자동차로 돌며 찾아보는 게 나을 듯싶었다.

느리게 지방도로를 달리며 주변을 살펴보았다. 가로등도 없는 도로에서, 강 형사는 자신이 어둠을 떠다니는 먼지처럼 느껴졌다. 도로 위를 비추는 자동차 불빛만으로 주위를 둘러보기란 불가능했다. 모텔 주변의 국도를 몇 번이나 오가며 찾아보았지만 준희의 모습은 보이지 않았다. 핸드폰으로 전화를 계속 걸어보고, 혹시나 싶어 다시 모텔에 들러 확인했지만 역시 방은 비어 있었다.

그는 어쩔 수 없이 서울로 돌아와 준희의 집으로 갔다.

준희의 오피스텔에 도착해 벨을 눌렀다. 그러나 안에서는 아무런 기척도 느껴지지 않았다. 불길한 생각이 들었지만 우선 준희의 연락을 기다려보는 것 말고는 그가 할 수 있는 일이 없었다.

다음날 강 형사는 기다리던 준희와 만났지만, 그것은 전혀 예상치 못한 만남이었다. 금방 돌아오겠다던 준희가 시경 사무실로 배달된 택배 상자 속에 들어 있던 것이다. 더구나 몸은 어디 가고 머리밖에 없다. 강 형사는 상자에 든 준희의 얼굴을 보는 순간 깊은 곳에서 올라오는 구역질을 간신히 참아내며 이를 악물었다.

그는 깨달았다.

놈이다. 놈이 모텔까지 따라온 것이다. 준희는 놈에게 쫓기고 있다고 했다. 놈의 추적을 피해 모텔에 들어간 준희가 그에게 도움을 요청한 것이다. 두려움에 떨던 얼굴이 다시 떠올랐다. 하지만 강 형사가 도착하고 난 뒤 준희가 한 행동은 여전히 이해가 가지 않았다.

그놈이 있는 줄 알면서 준희는 왜 혼자 밖으로 나간 걸까?

강 형사는 충격으로 아무것도 생각할 수가 없었다. 어디선가 놈이 지켜보고 있을 것 같았다. 정신없이 허둥거리는 동안 윤 계장과 이 형사에게 말할 기회를 놓쳐버렸다.

분석실에서 얘기를 나누는 동안 상자 속 여자에 대해 알고 있다고 말할까 몇 번이나 망설였다. 하지만 지난밤 자신과 같이 있었던 여자가 살해당해 택배로 배달되다니, 어떻게 설명해도 납득하기 어려울 것이라 여겼다. 강 형사는 사건 현장에 다녀오는 게 먼저라고 생각했다.

준희의 머리를 감싸고 있던 수건은 그 모텔의 것이다. 모텔 CCTV를 확인하면 준희와 함께 있는 놈을 확인할 수 있을 것이다. 놈에 대한 증거물을 확보한 뒤에 윤 계장에게 그동안 있었던 일에 대해 이야기하고 도움을 요청할 생각이었다. 놈을 잡으면 8년 전 정아의 사건도 해결된다.

이 형사와 함께 모텔로 가면서 강 형사는 놈의 얼굴을 보게 되리라 기대했다. 하지만 이 형사와 이야기를 나눌수록 기분은 점점 가라앉았다. 놈의 도발을 이해할 수 없었기 때문이다.

이 형사의 말대로 범인들은 어떻게든 자신의 범행을 숨기려 한다. 그런데 놈은 자신의 범행 사실을 알리는 정도가 아니라, 자신을 잡아보라며 흔적까지 남겼다. 놈을 잡으러 가는 게 아니라, 놈이 파놓은 함정으로 한 발씩 빠져드는 기분이었다. 놈이 어디선가 자신을 지켜보며 낄낄거리고 있을 것 같았다.

사무실로 다시 돌아와 놈이 남긴 미키 마우스 그림을 본 강 형사는 놈의 의도를 분명히 알 수 있었다.

놈은 강 형사에게 싸움을 걸고 있다. 그를 조롱하면서 가지고 놀고 있다. 하지만 강 형사는 놈에 대한 분노보다 자기 때문에 엉뚱한 사람이 살해당했다는 사실에 깊은 상처를 입었다. 정아가 죽었을 때보다 더 깊은 절망감이었다. 정아의 사건을 파고들지 않았더라면, 준희에게 연락해서 물어보지 않았더라면 준희는 아직 살아 있을 것이다. 왜 이런 결과가 일어났는지 도무지 이해할 수도, 받아들일 수도 없었다.

이 형사의 USB를 다시 책상에 넣고 사무실을 나서면서 강 형사는 다시 한번 놈이 아주 가까이에 있다는 생각이 들었다.

이번엔 어떻게든 놈을 잡아야 한다. 두 번 다시 놓칠 수는 없다.

자동차로 걸어가며 강 형사의 머리도 충분히 차가워졌다. 그는 그동안 있었던 일을 하나씩 되짚어보면서 자기 앞에 벌어지고 있는 일을 냉정히 살펴보기 시작했다.

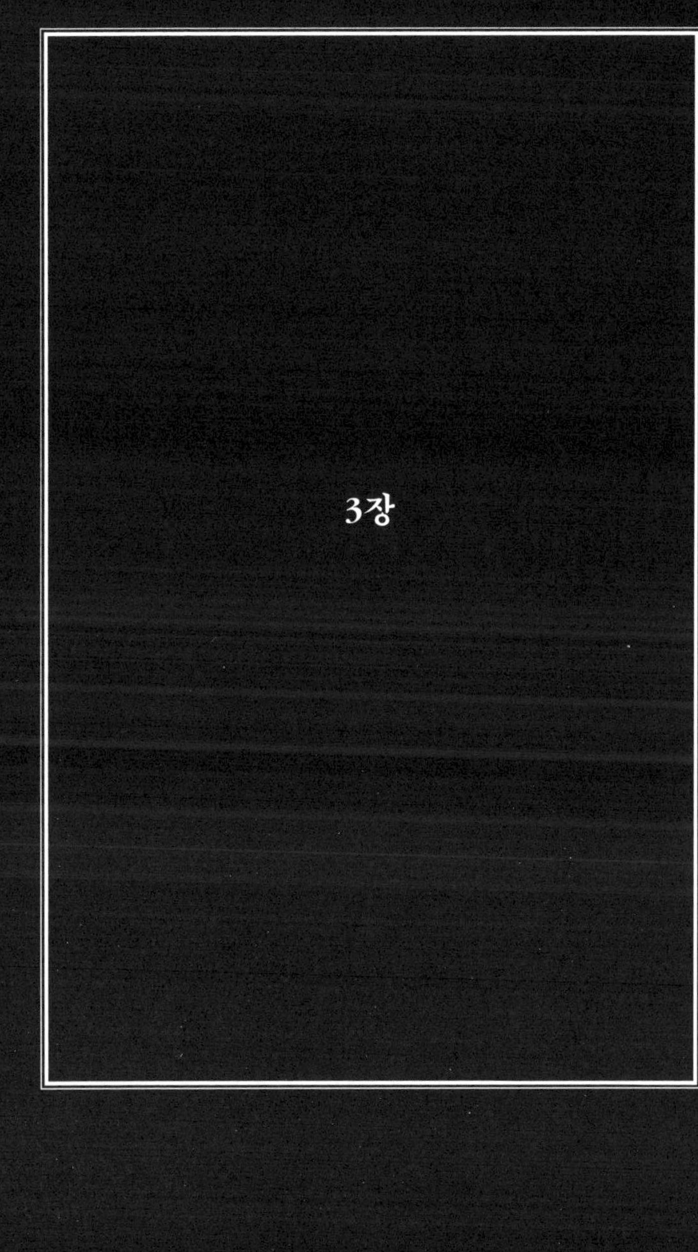
3장

인간의 의지를 말하자면
하느님과 악마 사이를 오가는
짐승과도 같다.

-마틴 루터

12

차가운 물로 얼굴을 적신 그는 고개를 들어 정면의 거울을 바라보았다. 거울 속에는 파리한 형광 불빛 아래 무표정하게 선 한 남자가 보였다. 젖은 머리카락에 맺힌 작은 물방울들이 계속 흘러내렸다.

거울 너머 욕실에는 티 하나 없는 깨끗한 타일이 반짝이고, 선반의 수건들도 각이 잡혀 한 치의 오차도 없이 일정한 간격으로 차곡히 쌓여 있다. 욕실 안의 모든 것이 지나치리만큼 단정하고 청결했다. 그곳에 어울리지 않는 건 오직 거울 앞에 선 남자뿐이었다.

그는 낯선 이를 보듯 거울 속 자신을 찬찬히 살폈다. 잠을 못 잔 눈은 초점을 잃고 허공을 헤매는 듯했다. 순간 눈꺼풀의 근육이 파르르 떨리며 경련을 일으켰다. 잠을 못 자 신경이 날카로워졌다는 증거다. 그럴 때면 늘 눈가에 경련이 일었다. 아니나다를까, 시야에 빛들이 번쩍이더니 그 빛들이 모여 작은 균열을 만들기 시작했다. 위험하다. 자야 한다. 더 버티다가는 어떤 일이 생길지 모른다.

그는 수도꼭지를 틀어 다시 얼굴에 물을 끼얹었다. 흐릿했던 정신이 돌아오는 것 같았다. 경련을 일으키던 눈을 깜빡여 보았다. 속눈썹 끝에 매달린 물방울이 눈에 스며들었다. 뻑뻑하던 안구가 조금은 부드러워졌다.

욕조에 뜨거운 물이 채워지면서 수증기가 유령처럼 다가왔다. 그 유령들은 어느새 거울 속 남자를 감싸고 있었다.

찬물로 정신을 차린 그는 손으로 거울을 문질렀다. 거울 속 자기 모습보다 거울을 문지르고 있는 손이 먼저 눈에 들어왔다.

두 손을 들어 찬찬히 들여다보았다. 그 손 어디에도 끔찍한 살인의 흔적은 없다.

손은 강하고 부드러웠다.

단단한 뼈와 강인한 힘줄이 부드러운 피부에 감싸여 있었다. 그의 손은 길고 섬세했다. 그는 거울 속 남자를 쳐다보며 그의 목에 손을 갖다댔다.

두 손으로 목을 감쌌다.

느껴지는가? 목의 감촉이. 그러나 손은 기억하지 못한다.

방금까지 그 손으로 여자의 목을 감싸고 있었다. 비에 젖은 여자의 목은 미끈거렸고 그의 손은 차갑고 축축했다.

늦은 밤 그녀를 불러내는 것은 간단한 일이었다.

그녀의 자동차가 주차된 것을 확인하고 그녀의 집에 전화를 걸었다. 내리는 비 때문인지 지하 주차장이 만석이라 그녀의 자동차는 평소와 달리 지상 주차장 한곳에 정차되어 있었다. 그는 차 번호를 대며 누군가 차 유리를 깼다고 이야기했다.

그녀는 아무 의심 없이 아파트 주차장으로 나왔다. 이름을 부르고 돌아보는 그녀의 얼굴에 마취제가 흠뻑 젖은 수건을 갖다댔다.

의식이 없는 여자를 데리고 산길을 오르기란 쉬운 일이 아니다. 더구나 비 때문에 길은 미끄럽다. 축 늘어진 여자를 들쳐업고 오르는 동안 주위를 살피는 일까지 해야 한다.

지나친 기우라는 건 알고 있다. 자정이 넘은 시각, 늦가을의 스산한 비를 맞으며 약수터 방향의 산책로를 지켜보고 있을 사람은 없다.

그는 산책로를 벗어나 몇 년 동안 겹겹이 쌓인 낙엽들 위에 여자를 눕혔다. 혹시라도 깨어날까봐 두 손부터 묶었다. 여자의 손을 가지런히 모아 손목에 케이블타이를 걸고 힘껏 잡아당겼다. 두 손 사이에 더는 틈이 없을 만큼 단단히 죄었다.

그는 좀더 긴 케이블타이를 꺼내 여자의 목에 걸었다. 힘껏 끈을 잡아당겼다. 조르라고 명령하는 머리와 그 명령에 따라 힘껏 목을 조이는 손만 존재했다. 여자의 목에서 일정한 속도로 튀어오르는 혈관의 박동이 느껴졌다.

그 박동이 아직도 고스란히 손으로 전해졌다. 싫다. 이래서 여자의 목을 직접 조르는 대신 끈을 택한 것이다.

그는 입속으로 박동수를 셌다. 하나, 둘, 셋. 얼마나 더 세어야 박동이 멈출까? 끊임없이 반복될 것 같던 심장이 펌프질을 멈췄다. 북소리처럼 울리던 박동도 차츰 느려지고 희미해졌다.

의식이 없던 여자는 비명 한번 제대로 질러보지 못하고 숨을 거두었다.

어느새 욕실 안은 수증기로 가득찼다.

세면대 거울 앞에서 생각에 잠겨 있던 그는 물을 잠그고 욕조에 들어갔다.

온몸으로 뜨거운 자극이 느껴졌다. 짧은 고통이 지나자 몸은 곧 뜨거운 물에 익숙해졌다. 긴장과 흥분으로 팽팽하게 조여 있던 신경들이 서서히 풀렸다.

욕조에 등을 기대고 물속으로 턱밑까지 미끄러져 들어갔다. 따뜻한 기운이 온몸으로 퍼지는 것을 느끼며 그는 처음으로 열대 바다에 들어갔던 그때를 떠올렸다.

오키나와현청이 있는 나하시 인근에 자마미라는 섬이 있다. 도마린항에서 배로 두 시간이 걸리는 자마미는 스킨스쿠버를 하는 사람들에게는 익숙한 섬이다. 그가 스킨스쿠버를 배우고 처음으로 들어간 곳도 바로 자마미 앞바다였다.

자마미섬 바다 밑으로 눈부신 백색 모래사장이 사막처럼 펼쳐져 있다. 하얀 모래와 대조를 이루는 푸른 물은 해류도 없고 투명하다. 날씨가 좋을 때는 풀장처럼 맑아서 지나는 물고기가 선명하게 보인다. 그곳에서 그는 물에 대한 공포를 처음으로 이겨낼 수 있었다.

처음 그곳에 들어갔을 때를 기억한다. 수면과 해저 중간쯤 따뜻한 바닷속을 부유하다 온몸을 어루만지는 따뜻한 기억에 눈물이 날 것 같아 눈을 감았다. 갑작스레 왈칵 눈물이 쏟아질 것처럼 알 수 없는 아련함이 온몸에 퍼졌다. 마치 어머니의 자궁에 들어온 듯 바닷속은 어느새 따스한 양수로 변했다. 그는 두 눈을 감고 머릿속을 비운 채 바다의 흐름에 몸을 맡겼다.

그전까지 물속에 들어간다는 것은 상상도 할 수 없는 일이었다. 물속은 차갑고, 어둡고, 두려움이 가득한 곳이다. 아무리 발을 휘저어도 닿지 않을 때의 공포는 겪어보지 않으면 모른다. 뭔가가 끊임없이 아래로 잡아당기는 것만 같은 느낌. 입 안으로 거침없이 들어오는 물은 정신을 못 차리게 만들고, 사방에서 들리는 소리는 손바닥으로 귀를 막고 듣는 아우성 같아서 도무지 방향을 가늠하기 어렵다.

언제부터였는지는 기억나지 않는다. 그저 물이 싫었다. 샤워도 하지 못할 정도였다. 물속에 갇혀 있는 느낌이 든다면 뭐든 싫었다. 그래서 비 오는 날도 싫었다.

그런 그가 바다에 들어가야겠다고 마음먹다니, 스스로도 놀라운 일이었다.

스킨스쿠버를 배우겠다고 결심한 건 사진 한 장 때문이었다.

스킨스쿠버 장비를 파는 가게 유리문에 붙은 커다란 포스터는 물에 대한 공포를 잊게 할 만큼 환상적이었다.

눈부신 푸른 하늘과 시리도록 새하얀 모래사장, 그리고 바다는 얼마나 투명한지 수면 위에 떠 있는 배가 마치 허공을 날아다니는 것처럼 보였다. 그 아래 인어처럼 자유롭게 물속을 헤엄치는 사람이 보였다.

정신을 차리고 자신에게 물 공포증이 있다는 것을 떠올렸을 때는 이미 수강신청서를 써낸 뒤였다.

닷새 동안 간단한 이론 강습을 받고, 이어 이틀간 풀장에서 실습한 뒤 마지막으로 해양 실습을 다녀오는 과정이라고 했다.

이론 강습은 간단한 장비 설명과 사용 요령, 기본적인 다이빙 기술에 관한 것이었다. 또 압력이라든가 밀도 같은 수중 환경에 대한 지식과 바닷속에서 생기는 돌발 상황에서의 대처 방법 등을 배웠다.

이론 강습이 끝나고 풀장에서 실습이 있던 날, 유일하게 그만 물속에 들어가지 못했다. 강사는 몇 번이고 그에게 물속으로 들어오라고 재촉했지만 결국 다른 강습생들을 위해 그를 내버려두었다.

함께 강습받는 사람들도 처음에는 인내심을 가지고 그를 기다렸다. 하지만 풀장 주변만 맴돌며 도무지 물속으로 들어오려 하지 않는 그를 보며 고개를 저었다. 정해진 시간 안에 강습을 마치기 위해 결국 그는 제외되었다.

다른 사람들이 물속으로 들어가는 모습을 보는 것만으로도 손이 떨렸다. 가슴이 턱 막혔다. 그는 자신의 무모한 선택이 후회스러웠다.

강습이 끝난 뒤, 강사가 그에게 충고를 했다.

그는 경험이 많은 만큼 물에 대한 두려움을 누구보다 잘 알고 있었다. 바닷속에서 갑작스러운 해류에 휩쓸려 목숨을 잃을 뻔한 적도 있다고 했다. 물속에서 무서운 경험을 했기 때문에 물을 두려워하는 거라면, 그 공포를 이기기 위해선 물속에 뛰어드는 수밖에 없다고 했다. 여기서 도망치면 영원히 극복할 수 없다는 말이 그의 마음을 건드렸다.

그는 강사의 손을 잡고 물속으로 들어갔다.

이를 악물었다. 온몸의 신경이 거부반응을 일으키며 흥분했지만 도망치지 않았다. 아니, 도망치기보다 오히려 물속으로 뛰어들어 공포의 실체를 보려 했다. 도대체 무엇이 자신을 그렇게 두려움으로 몰아넣고 있는지 확인하고 싶었다.

강사의 손을 놓고 물속으로 몸을 밀어넣었다. 곧바로 숨이 막히며 공포가 엄습했다. 살기 위해 손발을 거칠게 휘저었다. 온 힘을 다해 물을 헤치며 살아나기 위해 몸부림을 쳤다.

그때 갑자기, 사방이 어두워졌다.

어둠 속에서 누군가 그의 손을 잡았다. 그는 손을 놓치지 않으려고 필사적으로 매달렸다. 두려움에 눈을 뜨자 그의 시야에 어렴풋이 어머니의 얼굴이 보였다.

오랫동안 봉인되어 있던 기억이 갑자기 떠오르기 시작했다.

차가운 새벽공기를 가르며 그의 손을 꼭 잡고 바닷속으로 걸어들어가던 어머니. 거친 파도는 순식간에 그와 어머니를 바다 한가운데로 휩쓸어갔다. 바다는 차갑고 어두웠다.

죽는다는 게 뭔지 몰랐지만, 그는 죽기 싫다고 고함을 쳤다. 살기 위해 버둥거렸다. 어느 순간 잡고 있던 어머니의 손을 뿌리쳤다. 자신을 억세게 낚아채려는 그 갈고리 같은 손을 이빨로 깨물었다. 어머니는 더이상 그의 손을 잡지 않았다.

그는 자신을 붙잡은 힘센 팔에 매달려 수면 위로 올라왔다. 기침과 함께 뱃속으로 들어간 바닷물을 토해냈다. 새벽 바닷바람이 가슴 가득 들어왔다. 폐를 찌르던 고통이 조금씩 가라앉았다.

겨우 정신을 차린 그는 고개를 돌려 어머니를 찾았다. 시커먼 파도가 일렁일 때마다 어머니의 얼굴이 올라왔다 내려갔다. 뱃사람들의 손에 구조된 아들의 모습을 본 어머니는 몇 번 손을 내젓더니 이내 사라졌다. 그가 아무리 소리쳐도 더이상 어머니의 모습은 보이지 않았다.

"괜찮으세요?"

눈을 떠보니 강사가 걱정스러운 얼굴로 자신을 내려다보고 있었다. 강사는 물속에서 발작을 일으켜 의식을 잃어가는 그를 끌어올렸다고 했다. 그는 몸을 일으켜 위 속에 남아 있던 물을 토해냈다. 그러나 더이상 아무것도 나오지 않았다.

마음이 평온해졌다. 자신이 무엇을 두려워하는지 모를 때, 두려움은 그를 불안하게 만들었다. 하지만 그 실체를 알고 나니 더이상 두렵지 않았다.

이틀이면 끝나는 풀장 강습을 그는 며칠이나 더 받았다. 그리고 강습생들 틈에 끼여 자마미로 향했다. 포스터에 있던 바다는 아니었지만 그에 못지않게 아름다운 곳이었다.

깊지 않은 바다에서 스킨다이빙부터 시작했다. 공기탱크 같은 중장비를 메지 않고 잠수복에 오리발과 스노클만 착용한 채 바다로 들어갔다.

어두운 바다는 없었다.

푸르고 투명한 바다는 아무런 저항 없이 그를 받아들였다. 손을 등뒤로 모으고 천천히 다리를 크게 벌려 위아래로 킥을 했다. 눈앞으로 물고기들이 지나가는 모습이 보였다.

스노클을 벗고 눈을 떠 바닷속을 응시했다. 환영처럼 보이던 어머니의 모습은 기억 속에도 남아 있지 않았다. 그는 눈을 감고 바다 밑으로 가라앉았다. 숨을 참고 있었지만 고통은 느껴지지 않았다. 수평으로 누운 그의 몸은 부력에 의해 자연스럽게 다시 바다 위로 떠올랐다.

첫 다이빙 이후 계속 강습을 받으며 수많은 바다를 찾아다녔다. 그러는 동안 레벨이 올라 다이버마스터까지 되었다. 그때부터 수중사진을 배우기 시작했다.

깜빡 잠이 든 모양이었다. 어느새 욕조의 물은 차갑게 식어 있었다. 수건으로 몸의 물기를 닦은 그는 가운을 걸쳐 입고 거실로 나왔다.

어두운 거실에 놓인 커다란 수족관은 간접조명 역할을 해주었다. 산호초와 작은 열대어들은 그가 맞춰놓은 따뜻한 수온 속에서 평온하게 헤엄치고 있었다. 수족관 물고기들에게 먹이를 준 그는 냉장고를 열어 먹을 것을 찾았다.

욕조 안에서 잠시 눈을 붙인 덕분에 정신이 맑아졌다. 눈앞에서 깨져 흐트러지던 빛들도 사라졌다.

긴장이 풀린 덕분인지 무엇이든 뱃속으로 집어넣고 싶은 욕구가 생겼다. 그의 식욕과는 다르게 냉장고 안은 형편없이 비어 있었다. 먹을 만한 것은 아무것도 없었다. 하는 수 없이 햄 통조림을 땄다.

기름기로 미끈거리는 차가운 햄 조각을 칼로 도려내어 입에 넣었다. 먹을 만했지만 짰다. 소금이라면 바닷물만으로도 충분하다. 그는 결국 햄을 그대로 식탁 위에 내려놓았다.

벽시계를 보니 막 3시가 넘어가고 있었다.

그는 생수로 입을 헹구며 창가로 걸어갔다.

집에 들어올 때 내리던 비는 이미 그쳐 있었다.

창가에 놓인 의자에 앉아 건너편 오피스텔을 바라보았다.

건너편 오피스텔 건물의 불빛은 서너 군데만 남기고 대부분 꺼져 있었다. 건물 사이가 멀지 않아 블라인드나 커튼이 쳐지지 않은 방은 안이 들여다보였다.

불이 켜진 창의 커튼이 흔들렸다.

반쯤 열린 커튼 사이로 발가벗은 남녀가 뒤엉켜 서로의 몸을 핥는 모습이 보였다. 여자를 창가로 밀어붙인 남자는 여자의 머리를 거칠게 잡아당기며 엉덩이를 흔들어대고 있었다. 흥미로운 모습이었지만 그의 관심을 끌지는 못했다.

그는 남녀가 있는 방의 위층, 어두운 창문에 시선을 두었다.

아직 불이 꺼져 있다. 다시 시계를 보았다. 3시 15분.

평소라면 3시에 일어나야 하는데 아직도 불이 안 켜지다니, 무슨 일이 있는 것은 아닌지 걱정스러웠다.

잠시 후 창문이 밝아졌다. 그는 몸을 앞으로 숙이고 창문을 주시했다.

유진이 창문을 열고 심호흡하는 모습이 보였다. 그제야 안심이 되었다. 그는 유진의 호흡에 맞춰 숨을 깊게 들이마셨다. 비가 그치고 난 뒤의 새벽공기가 그의 가슴 깊숙이 들어왔다.

그는 매일 아침 그녀와 함께 같은 공기를 들이마시고 출근 준비를 하는 그녀를 쳐다보며 시간을 보냈다. 삼십 분이면 출근 준비를 끝내고 집을 나선다. 이른새벽 출근하는 그녀의 모습을 보는 것은 그에게 가장 중요한 하루 일과 중 하나다.

그는 창문의 커튼을 치고 침실로 가서 누웠다. 그녀의 방송 시간까지 한 시간 반 정도 여유가 있었다. 정신이 맑아 잠이 들까 싶었는데 생각보다 금방, 깊게 잠이 들었다.

일어나보니 어느새 두 시간이나 지나 있었다. 그나마 그녀의 뉴스를 놓치지 않은 게 다행이다 싶었다.

리모컨으로 티비를 켜자 화면에 유진의 얼굴이 떴다. 그녀의 얼굴은 당혹감에 얼어붙어 있었다. 카메라를 보는 시선이 불안정하게 흔들렸다. 그녀의 아래에 자막이 떴다.

'이미란 앵커 살해당해……'

생각보다 일찍 시체가 발견된 모양이다. 어차피 산책로 옆이라 아침에는 발견될 거라고 생각했다. 굳이 숲으로 깊이 들어가지 않은 것도 그 때문이다.

허둥거리던 유진은 곧 안정을 찾고 뉴스를 마무리지었다.

오늘은 화장도, 의상도 완벽하다. 멋있었다고 메일을 쓰고 싶었지만 참았다. 그녀가 원치 않는 일이니까.

뉴스가 끝나고 그도 출근 준비를 했다.

조금 일찍 집을 나온 덕분에 가게에 도착하니 7시가 조금 넘었다. 전날 새로 들여온 원두를 꺼내 분쇄기에 넣었다.

드립커피용으로 중간 분쇄를 한 원두를 큰 통에 담았다. 하루 판매량이 거의 일정하기 때문에 남거나 부족한 경우는 거의 없다. 배달된 빵과 케이크를 쇼케이스에 진열하고 오픈 준비를 마치니 8시가 가까워져 있었다.

가게 문 앞의 팻말을 'open'으로 바꾸고 자리로 돌아왔다.

새로 들여온 원두의 맛을 보기 위해 드리퍼에 여과지를 넣고 커피 가루를 담았다.

전기포트의 물은 이미 끓고 있었다. 불을 끄고 잠시 식기를 기다렸다가 여과지 속 커피 가루 위에 물을 고르게 붓기 시작했다. 가루가 충분히 적셔질 만큼 물을 붓고는 불기를 기다렸다. 몇 번 붓고 기다리기를 반복하는 사이 드리퍼 아래로 커피가 내려오기 시작했다.

따뜻한 수증기와 함께 향긋한 커피 향이 가게 안으로 퍼져나갔다. 커피를 잔에 따라 한 모금 마시는데 첫번째 손님이 들어왔다. WNN의 직원들이었다.

자리에 앉아 커피를 주문하자마자 그들은 이미란 사건에 대해 이야기를 나누기 시작했다. 충격 때문인지 표정들이 상기되어 있었다.

손님들에게 커피를 내준 뒤 자리로 돌아온 그는 식어버린 커피를 마시며 그들의 이야기에 귀를 기울였다.

손님들에게 그는 사람이 아니다. 커피머신이나 마찬가지다. 그들은 자신들의 이야기를 듣는 사람이 곁에 있다는 것을 의식하지 못한다. 그가 커피를 나르고 잔을 치우는 동안에도 그들은 이야기를 멈추지 않는다. 아무리 은밀한 이야기라고 해도 그의 존재를 의식해서 말소리를 줄이는 사람은 별로 없다. 하루 동안 그의 귀는 많은 것을 듣는다.

그날 하루 손님들 사이의 가장 큰 화제는 이미란 앵커의 사망 소식과 〈오늘의 뉴스〉에 정유진 앵커가 발탁되었다는 소식이었다.

다시는 메일을 보내지 않겠다고 결심했지만, 그 약속을 깨고 그녀에게 메일을 썼다. 누구보다 먼저 축하해주고 싶었다.

메일을 본 그녀가 어떤 표정을 지을지 궁금해졌다.

13

모니터 화면을 뚫어져라 쳐다보며 몇 번이나 메일을 확인했다. 하지만 몇 번을 쳐다봐도 그가 보낸 메일이 맞았다.

유진의 팔에 소름이 돋았다.

다시 메일을 보내지 않을 거라고 생각했다. 이제는 정말 끝난 줄 알았다. 그런데 그가 다시 메일을 보냈다. 더구나 이번에는 장미꽃까지 보냈다.

유진은 꽃바구니로 시선을 돌렸다.

강렬한 장미 향이 코끝으로 느껴졌다. 견딜 수가 없었다. 온몸으로 벌레가 기어가는 것 같은 불쾌함에 저 깊은 곳에서부터 분노가 치밀어오르기 시작했다.

꽃바구니를 쳐다보던 유진은 장미꽃을 움켜쥐었다. 그리고 있는 힘을 다해 꽃송이를 잡아 뜯었다. 오아시스에 꽂혀 있던 장미들이 뭉텅이로 뽑혔다. 가시에 손이 찔렸지만 아무 느낌이 없었다. 유진은 미친듯이 꽃송이를 뽑아 바닥에 팽개쳤다.

꽃바구니는 금세 망가졌다.

유진은 꽃바구니도 바닥에 팽개치곤 발로 짓밟기 시작했다. 생각할수록 화가 치밀었다. 이제는 그의 손아귀에서 벗어났다며 안심하던 자신이 한심했다. 두려움과 불안, 거기에 안이하게 군 스스로에 대한 분노가 한꺼번에 폭발했다.

바닥에 떨어진 장미는 구두에 짓밟혀 보기 흉한 쓰레기로
변했다.

"뭐하는 거야?"

최 실장의 목소리를 듣고서야 퍼뜩 정신이 들었다.

유진은 헝클어진 머리와 옷매무새를 가다듬고 고개를 들었
다. 유진의 시야에 황당한 표정으로 서 있는 최 실장과 동료
앵커들이 들어왔다. 그들 모두 유진의 행동을 어떻게 받아들
여야 할지 몰라 당황한 기색이 역력했다. 최 실장은 유진의 발
길질에 망가진 장미들을 바라보았다. 그리고 도무지 이해할
수 없다는 표정으로 유진을 쳐다보았다. 그의 표정이 차갑게
굳었다.

유진은 사무실이라는 것도 잊어버리고 자신이 그런 행동을
했다는 사실이 놀라웠다. 어떻게 변명해야 할지 아무 말도 떠
오르지 않았다. 머릿속이 텅 빈 것 같았다.

최 실장의 뒤에 서 있던 소영이 보란듯이 유진의 발치에 떨
어져 있는 장미를 집어들더니 영문을 모르겠다는 듯 유진을
쳐다보며 물었다.

"도대체 왜 이런 거야? 우리가 보낸 꽃바구니가 그렇게 맘
에 안 들었니? 그래, 네가 발탁된 일 때문에 잠깐 얘기를 하긴
했어. 하지만 그렇다고 이렇게까지 해야 했니?"

유진은 그제야 앵커실에서 전통으로 내려오는 관례가 생각

났다. 새 프로그램을 진행하게 되면 그 앵커에게 장미 꽃바구
니를 선물한다.

그런데 왜 그 사실을 깜빡했을까? 메시지 카드가 없으니 착
각을 한 것이다.

“……”

아무 말도 할 수가 없었다. 사실을 이야기하면 더 큰 오해가
생긴다. 유진은 그대로 입을 다물었다. 꽃바구니를 보는 순간
유진은 메일을 보낸 남자를 떠올렸다. 당연히 그가 보낸 것이
라고 생각했다.

“정유진! 어떻게 된 거야?”

최 실장이 다그쳤지만, 유진은 여전히 입을 열지 않았다.

“죄송합니다. 제가 착각했습니다. 정말 죄송합니다.”

유진은 얼른 모두에게 고개 숙여 사과했다. 하지만 자세한
설명도 하지 않고 입을 다무는 유진에게 최 실장도, 동료들도
싸늘한 시선을 보냈다.

유진은 얼른 꽃바구니를 주워 들고 사무실을 나와 화장실로
향했다.

그가 보고 있을 거라곤 생각하지 않았다. 오늘은 첫 방송이
었다. 아무리 그녀의 모든 것을 주시하고 있다 해도 갑작스럽
게 맡은 방송의 시간을 아는 건 쉽지 않은 일이다.

조금 전 읽었던 메일이 생각났다. 한동안 연락이 없다가 갑

자기 이런 메일을 보낸 것이 아무래도 마음에 걸렸다.

조그만 선물이라고 했다. 메일은 이미 유진이 선물을 받았을 거라고 짐작하며 보낸 것이었다. 당황하지 않았으면 좋겠다고 했다. 선물?

화장실 입구에 놓인 커다란 쓰레기통이 보였다. 장미꽃을 던지려던 유진은 순간 그가 말한 선물의 의미를 깨달았다.

갑자기 몸이 얼었다. 상상하기도 싫었다. 설마, 그것만은 아니라고 도리질치고 싶었다. 하지만 그럴수록 그녀의 생각은 점차 확신으로 바뀌어갔다. 머리끝에서 발끝까지 온몸의 신경이 곤두서는 기분이었다.

장미를 움켜쥔 손이 가시에 찔렸지만 의식하지 못했다. 귀를 틀어막고 그대로 주저앉았다. 비명이라도 지르고 싶은 심정을 유진은 간신히 참아내고 있었다.

유진에게 메일이 오기 시작한 것은 6개월 전이었다.

방송 일을 시작한 뒤 간간이 팬이라면서 메일이 왔다.

유진은 자신을 유명인이라고 생각한 적이 한 번도 없기 때문에 그런 메일이 신기하기도 하고 한편으로는 부담스러웠다.

그나마 다행스러운 건 그들의 관심이 그렇게 오래가지는 않는다는 것이다. 답장받을 가능성이 없다는 걸 확인하면 그들의 관심은 급속도로 식는다.

하지만 그는 달랐다. 처음부터 유진의 답장 같은 것은 생각지 않았던 듯했다.

첫번째 메일은 방송을 잘 봤다는 단순한 소감 정도만 적혀 있었다.

한 시간의 아침 방송을 마치고 제작진과 가벼운 회의를 끝낸 뒤 사무실로 돌아와, 퇴근 준비를 하며 메일을 확인하다 그의 것도 읽었다.

특별히 기억나는 것이 없는 평범한 내용이어서 다른 메일과 함께 지워버린 후 유진의 기억에서도 잊혔다. 그의 메일을 의식하게 된 건, 하루도 빠짐없이 매일 같은 시각에 메일이 도착한다는 것을 알고부터였다.

내용은 늘 비슷했다. 발음이나 표정에 관한 이야기도 있었고 메이크업이나 헤어, 의상에 대한 세세한 조언도 있었다. 얼마나 꼼꼼하게 유진의 방송을 챙겨보고 있는지 느껴졌다. 유진의 방송이 끝나기가 무섭게 바로 메일을 써 보내는 것 같았다.

처음엔 대충 훑어보던 메일을, 시간이 지날수록 꼼꼼히 되새겨가며 보게 되었다. 이렇게까지 꼼꼼히 챙겨봐주는 팬이 있다는 게 고마웠다.

그는 마치 유진의 사생활을 전부 들여다보기라도 한 것처럼 그날의 기분까지 정확히 짚어냈다. 자신은 전혀 내색하지 않았다고 생각했기에 브라운관을 통해 마음을 눈치채는 누군가가 있다는 사실이 놀랍기만 했다.

유진은 그의 메일을 보면서 방송에서 자기 모습이 시청자에게 어떻게 비치는지 확인했고, 도움이 될 만한 조언들은 다이어리에 따로 메모해놓기도 했다. 시간이 가면서 그가 과연 어떤 마음으로 메일을 보내는지 궁금해지기 시작했다.

여전히 답장은 보내지 않았다. 대중의 시선에 노출되는 직업이라 간혹 생각지도 못했던 오해를 사거나 엉뚱한 일에 휘말릴 수 있기 때문이다.

팬이라는 말에 무심코 사진을 같이 찍었던 한 선배는 그 팬이 사진과 함께 올린 글 때문에 졸지에 그와 사귀는 것처럼 오해받아 기겁했고, 또다른 선배는 결혼을 앞두고 한 번도 만난 적 없는 사람과 혼인신고가 되어 있는 걸 발견해 충격을 받았다. 어떻게 전화번호를 알아냈는지 하루에도 수십 통씩 전화를 걸고, 번호를 바꾸면 한 시간도 되지 않아 새 번호로 문자를 보내며 마치 애인인 듯 구는 사람 때문에 고생한 동료도 있었다. 또 집 앞에서 기다리는 팬 때문에 경찰을 부른 후배도 있었다. 그래서 방송사에 입사하고 받는 연수 기간에 선배들이 나서서 적절한 수위와 행동 지침을 조언해준다.

사람에 따라 '답메일 정도야' 하고 대수롭지 않게 여기는 동료도 있었다. 하지만 유진은 그것마저도 조심하는 편이었다.

답장을 보내는 입장에서는 가벼운 감사 인사일 수 있지만,

받는 입장에서는 생각지도 못한 상상력으로 부풀 수 있다. 유진은 처음부터 오해를 부를 만한 행동은 삼가는 게 좋다고 생각했다.

하루도 빠짐없이 방송 모니터를 해주는 그의 메일이 고맙기도 하고 그가 어떤 사람인지 궁금하기도 했다. 하지만 한 달이 넘어가자 조금씩 부담스러워졌다.

한 달을 하루같이, 매일 같은 시간 자신의 방송을 지켜보고 메일을 보내는 일은 단순한 팬심으로만 보기 어려웠다.

물론 메일의 내용은 늘 정중했다. 방송의 모니터 외에는 가벼운 격려와 응원의 글이 전부였다. 하지만 하루도 빼놓지 않고 같은 시간에 메일을 보낸다는 사실 자체가 뭔가 개운치 않았다. 집착이라고 생각될 만큼 집요함이 느껴졌다. 어쩌면 선후배들이 이야기하던 스토커 팬이 아닐까 싶었다.

대학 동기이자 입사 1년 후배인 선주에게 상담을 했다.

처음엔 광팬이 생겨서 좋겠다고 웃어넘겼지만, 유진의 얘기와 함께 그동안 유진이 받아 저장해둔 메일까지 보자 조금 걱정이 되는지 조심하라고 조언했다.

"이거 봐, 메일을 보낸 시간도 일정하네. 방송 끝나면 바로 보내는 모양이야."

"응, 방송 끝내고 분장실에서 화장을 지운 뒤에 사무실로 돌아오면 메일함에 늘 와 있었어."

"답장 한 번도 안 보낸 거 맞지?"

"응."

선불리 답장을 보내지 않는 게 좋겠다는 말에 유진은 고개를 끄덕였다. 선주는 앞으로는 메일을 열어보지도 말라고 했다. 수신한 것을 알면, 답장이 없더라도 메일이 전달되고 있다는 생각에 계속 보낼 거라고 했다. 늘 정중하고 방송에 관련된 모니터링뿐인 내용을 생각하니 그렇게까지 해야 하나 싶었지만, 유진은 잠자코 선주의 말을 들었다.

"그런데 이 사람한테 온 메일은 왜 다 모아둔 거야?"

생각지도 못한 선주의 말에 선뜻 대답하기가 어려웠다. 그가 보낸 메일은 그날 유진이 어떻게 방송했는지가 고스란히 담겨 있었다. 자신이 저질렀던 작은 실수들, 행동들이 기록되어 있었다. 어쩌면 그 기록 때문에 쉽게 지워버리지 못했는지도 모른다.

"이 사람 말 듣고 의상이나 화장도 바꾸고 하니?"

"……"

"내가 이런 말은 안 하려고 했는데, 혹시 질 댄도라는 사람 알아?"

유진은 고개를 저었다. 선주가 무슨 이야기를 꺼내려고 하는지 궁금해졌다.

"영국 BBC 방송의 여성 아나운서였어. 다이애나비만큼이나 유명하고 인기도 많았대. BBC 6시 뉴스도 진행했다고 하니 알 만하지. 그 아나운서가 했던 대표 프로그램이 전 세계적으로 유명한 〈크라임 와치〉라는 범죄 관련 프로그램이야. 우리로 치면 〈공개수사 25시〉 뭐 그런 방송일 거야. 그런데 1999년에 자기 집 앞에서 대낮에 살해당했어. 범인이 누군지 알아?"

"……스토커였어?"

선주는 극적 효과를 노리는지 유진을 쳐다보며 가만히 고개를 끄덕였다.

오싹하니 소름이 끼쳤다. 유진은 눈을 동그랗게 뜨고 선주의 다음 말을 기다렸다.

"이름은 잘 기억나지 않는데 아무튼 몇 년 동안이나 질 댄도를 따라다니던 스토커였대. 무슨 이유로 살해했는지는 아무도 몰라."

"야, 그러지 마."

유진은 섬뜩한 기분을 느끼며 그런 이야기를 꺼내는 선주가 살짝 원망스러웠다.

"내가 왜 이 얘길 하냐면, 네가 방송에서 그 사람 말대로 달라진 모습을 보이면 그 사람은 그걸 네가 보내는 답장이라고 생각할 거라는 거야. 꼭 메일만이 답장은 아니라는 얘기야."

그런 생각은 한 번도 해보지 못했다. 조심한다고 했지만 선주의 말을 들으니 자신은 전혀 조심하거나 주의를 기울이지 못했다. 답장하지 않았는데도 메일에 응답했다고 느꼈다면, 그로서는 꾸준히 메일을 보낼 이유가 충분했다.

유진의 얼굴에 스쳐가는 불안을 보았는지 선주가 웃어 보이며 말했다.

"너무 겁먹지는 말고. 난 그냥 조심하라는 의미에서 하는 얘기니까. 가장 최악을 알아야 조심을 할 거 아냐?"

선주와 헤어지고 나서 집에 돌아온 유진은 아까 들은 질 댄도를 인터넷으로 검색해보았다.

선주의 말대로 질 댄도는 자신을 따라다니던 스토커에게 살해당했다. 배리 조지라는 남자였다. 배리 조지에게 살해당했을 당시 질 댄도는 약혼한 상태였다고 했다. 살인을 저지른 이유는 나와 있지 않았다. 그녀가 범죄 관련 프로그램을 하고 있었던 게 이유였을지도 모른다. 시청자들은 방송에서의 이미지로만 사람을 판단하니까.

그녀가 죽고 나서 〈크라임 와치〉를 같이 진행했던 닉 로스와 방송인들이 '질 댄도 범죄과학연구소기관'을 설립했다는 기사도 보았다.

유진은 생각난 김에 스토커에 관한 것들도 찾아보았다. 가장 마음에 걸리는 내용은 스토커의 심리였다.

스토커는 '자신이 좋아하는 상대방에게 성의를 보였을 때 무시당하면 분노하기도 하고 상대방을 괴롭힘으로써 그 보상

을 받으려고 한다'거나 '상대방을 자기 마음대로 하려 하고 애
완동물처럼 돌봐줘야 한다고 생각한다'고 적혀 있었다.

스토커를 퇴치하기 위해서는 초기에 단호한 거절의 뜻을 보
여야 한다는 글을 보자, 다시 한번 선주가 한 말이 생각났다.

답장을 보낼 수도 없는데 어떻게 거절의 뜻을 표현할 수 있
지? 앞으로 그의 메일을 보지 않는다고 해도 그를 거부한다는
의사표시를 할 방법은 찾을 수가 없었다. 당장 유진이 할 수
있는 건 메일함에 저장해두었던 그의 메일을 모두 지우는 일
뿐이었다.

다음날부터 그에게서 메일이 오지 않았다. 마치 유진의 기분
을 알고 있는 것 같았다. 도청이라도 하는 게 아닌가 싶었다.

한 달 동안 하루도 빠지지 않고 오던 메일이 그렇게 다음날
도, 그다음날도 보이지 않았다. 방송이 끝나면 습관처럼 메일
함을 열어 그날의 방송을 모니터하던 리듬이 깨졌다.

첫날은 어떻게 알았을까 싶어 조금 불안하기도 했다. 하지
만 며칠이 지나면서 마음이 조금씩 홀가분해졌다. 메일함을
확인할 때마다 불안감과 긴장감을 느껴야 했지만, 며칠 동안
그의 메일이 보이지 않자 팽팽하던 긴장감도 조금씩 바람 빠
진 풍선처럼 시들해지기 시작했다.

선주의 이야기를 들은 뒤, 유진의 머릿속에 떠오른 그의 이
미지는 어두운 방안에서 녹화해둔 자신의 방송을 반복해서 돌

려보고, 벽 가득 자신의 사진을 붙여둔 스토커 같은 모습이었
다. 하지만 막상 그의 메일이 오지 않자 잠깐 가졌던 안도감은
초조함으로 바뀌었고, 그가 보낸 메일 속 좋은 내용들이 하나
둘 떠오르기 시작했다. 아무리 고민해도 선주가 말한 그런 이
미지의 스토커라고는 생각되지 않았다.

그렇게 사흘, 나흘이 흘렀다. 여전히 메일은 오지 않았다.
혹시 메일을 안 보내는 게 아니라 못 보내는 게 아닐까 하는
생각도 들었다. 그동안 부담스러웠던 마음은 사라지고 무슨
일이 생긴 건 아닌지 신경이 쓰였다. 어쩌면 스토커일지도 모
른다고 생각했던 자신의 마음을 들킨 건 아닐까.

동료들이 점심을 먹으러 간 사이, 유진은 선주에게 문자를
보냈다.

—5일째야. 무슨 일이 있는 걸까?
—잘된 일 아냐?

선주는 무심하게 답장을 보내왔지만 유진은 쉽게 넘겨버릴
수가 없었다.

—정말 무슨 일이 있는 거면 어떡해?

유진의 문자가 답답했는지 선주가 직접 전화를 걸어왔다.

"도대체 뭐가 문젠데?"

"아니, 한 달 넘게 하루도 빠짐없이 메일을 보내던 사람이 야. 갑자기 이렇게 메일을 안 보낸다는 게 이상하지 않아?"

"바라던 거 아냐?"

"……"

유진으로서는 변명할 말이 없다. 사실 이렇게 고민할 일이 아닌지도 모른다. 이렇게 별 말썽 없이 조용히 끝나는 게 가장 이상적일 것이다.

"너 그동안 답장 보낸 적 없지?"

"응."

"그럼, 지친 모양이지. 생각해봐, 한 달이 넘게 메일을 보내 도 아무 반응이 없는데 아무리 팬이라도 계속 편지 쓸 기분이 나겠어?"

서운한 마음이 들었다.

자신도 경계를 하긴 했지만 조심하라고 신신당부한 건 선주 였다. 광팬이니, 누가 죽었느니 하며 마음속에 불안한 기운을 잔뜩 불어넣더니, 이제 와서 유진이 지나치게 냉담했다는 식 이다. 유진은 조금 기분이 상해 전화를 끊었다. 그래, 잘됐다. 이대로 잊어버리자 마음먹었다.

혹시라도 자신의 무반응 때문에 마음이 상한 거라면 어쩔 수 없었다. 그렇다고 이제 와서 혹시 무슨 일이 있는 거냐고 메일을 보내 물어볼 수는 없다. 그렇게 정리하자고 생각했다.

이제 그만 그의 일은 잊어버리자는 생각에 방송이 끝난 뒤에도 메일함을 확인하지 않았다. 어쩌다 메일함을 확인해도 여전히 그의 메일은 없었다.

걱정스러웠던 마음이 차츰 희미해져갈 때 다시 그의 메일이 도착했다. 일주일 만이었다.

저녁 운동을 끝내고 샤워를 마친 뒤 잠자리에 들기 전이었다. 새롭게 올라온 뉴스들을 확인하기 위해 방송사 홈페이지에 로그인하니 새 메일이 도착했다는 아이콘이 반짝거리고 있었다. 무심코 열어본 메일함에서 그의 아이디를 확인하자 마음이 복잡해졌다. 반가움과 함께 또다시 고개를 드는 부담감이 뒤섞여 한동안 주춤거리며 망설였다.

어쩌면 괜한 일을 벌이게 되는 것은 아닐까? 요즘처럼 험한 세상에, 선주의 말처럼 미치광이 팬이라도 만나게 된다면 어쩌지? 이대로 메일을 삭제하고 머릿속에서 지워버리는 게 낫지 않을까? 짧은 시간 동안 여러 생각이 머리를 스쳤다. 유진은 몇 번이고 마우스 포인터를 삭제 버튼에 올려놓고 클릭해버릴까 망설였지만, 일주일 동안이나 메일을 보내지 않았던 그가 새삼 메일을 보낸 이유가 궁금했다. 몇 번이나 삭제와 확인 버튼 사이를 왔다갔다하던 유진은 결국 그의 메일을 열었다.

며칠 동안 유진의 머리를 혼란스럽게 했던 것을 아는지 모르는지 메일 내용은 간단했다. 그동안 메일을 보내지 못했던 이유가 간략하게 적혀 있었다. 여행을 다녀왔다고 했다. 이미지 파일 하나도 첨부되어 있었다. 유진은 파일을 클릭했다.

다운받은 파일은 눈부신 푸른 바다에서 스킨스쿠버중인 사진이었다. 물속 풍경으로 보아 외국 바다 같았다. 바위에 붙은 기묘한 모양의 산호와 이름도 모르는 형형색색의 열대어들이 그의 주위를 둘러싸고 있었다. 물안경과 입에 물고 있는 세컨드 스테이지 때문에 얼굴은 잘 보이지 않았다. 그는 유진에게 바닷속 풍경을 보여주고 싶다고 했다. 하지만 사진으로는 도저히 그 느낌을 낼 수 없다고도 했다.

바다를 보는 순간 유진의 마음에 단단하게 채워져 있던 자물쇠가 툭 열리는 기분이었다. 한 달이 넘는 동안 그의 메일을 받으면서 유진을 불안하게 만든 것이 무엇이었는지 비로소 알게 됐다.

그는 한 번도 본인에 대해 이야기하지 않았다. 유진이 방송을 통해 온전히 자신을 노출하는 반면, 그는 자신에 대한 어떤 이야기도 하지 않았다.

상대는 나에 대해 알고 있지만 나는 상대에 대해 아무것도 알지 못한다는 건 불안을 증폭시킨다. 그에게 가졌던 경계심은 어쩌면 그가 어둠 속에 숨어 있는 존재이기 때문일 것이다.

도무지 어떤 사람인지 가늠할 수 없는 상황에서 유진의 상상력은 어두운 곳으로만 흘렀다.

그가 처음으로 자신을 드러냈다. 그 사실이 그녀를 안심시켰다. 어둠 속에서 나와 실체를 드러낸 그의 모습은 밝고 건강하고 자유로운 느낌이었다. 따뜻한 열대의 바닷속을 헤엄치고 있는 그는 그녀가 상상하던 모습과는 전혀 달랐다. 여유로운 미소와 부드러운 표정이 그의 성장과정이나 환경을 짐작케 했다. 스토커일지도 모른다고 생각했던 자신이 부끄럽게 느껴졌다.

유진은 바닷속을 유영하며 카메라를 쳐다보고 있는 그의 사진을 오랫동안 바라보았다. 그리고 처음으로 답장을 보냈다.

그동안 모니터링해준 데 대한 감사 인사를 간단히 썼다. 그동안 메일이 없어 걱정했다고도 적었다. 그의 메일을 기다리고 있었다는 느낌을 주겠지만, 굳이 숨기고 싶지 않았다. 단 몇 줄을 쓰면서도 한참을 고심했다.

전송 버튼을 누르기 전, 유진은 그동안 지켜왔던 룰을 깨는 게 과연 옳은 일인지 확신이 서지 않았다.

그동안 그를 오해했던 데 대한 미안함과 자신을 지켜봐주는 팬이 푸른 바다가 어울리는 건강한 사람이라는 점이 마음을 흔들었다. 설마 한 통의 메일로 큰일이야 나겠나 싶었다. 선주 얘기대로라면 이쯤에서 감사의 메일 정도도 보내지 않는 사람이 정말 냉담한 것이다.

메일을 보내놓고 그의 답장을 받기까지 유진은 몇 번이고 자신의 결정에 대해 고민했다. 하지만 그런 걱정들이 기우라고 느껴질 만큼 그의 메일은 여전히 정중하고 단정했다. 조금씩 개인적인 사소한 이야기를 하는 것 말고는 달라진 점이 없었다. 오히려 뭔가 기대감을 갖고 답장을 기다리던 유진을 의기소침하게 할 만큼 그는 전과 다름없었다.

달라진 것은 유진이었다.

14

한 번 답장을 보낸 뒤로 이따금 그녀도 메일을 썼다.

그의 메일에 의상과 관련된 모니터링이 있으면, 방송에서 입는 의상은 자신의 선택이라기보다는 앵커들을 담당하는 스타일리스트가 추천한 쪽으로 입게 된다고 이야기해줬다. 화장이나 헤어 역시 마찬가지라고. 자신이 방송에 나오기까지 얼마나 많은 전문가가 보이지 않는 곳에서 움직이는지, 방송 제작의 뒷이야기들을 적어 보냈다.

유진 개인을 위한 스타일리스트는 없다.

수입이 많은 방송인이 아니니, WNN 앵커실을 담당하는 전속 스타일리스트의 도움을 받는다. 앵커들의 의상을 책임지는 스타일리스트 2명, 메이크업과 헤어 담당자 각각 1명씩으로 꾸려진 두 팀이 아침저녁으로 앵커들의 의상과 화장, 머리를 책임진다.

스타일리스트는 의류 회사가 협찬하는 다양한 의상을 받아 온다. 그렇게 가져온 의상을 앵커의 이미지에 맞춰 몇 벌 골라 주고 앵커는 그 옷을 입고 방송에 임한다.

가끔 스타일리스트가 가져온 옷이 맘에 들지 않아 자기 옷을 입는 앵커도 있다. 그럴 때면 스타일리스트는 자기 분야에 대한 도전이라고 받아들이는지, 다음부터는 그 앵커의 의상을 아예 준비하지 않거나 딱 한 벌만 가져와 난처하게 만들기도 한다. 보이지 않는 기싸움을 거는 것이다.

그렇지 않아도 챙겨야 할 것이 많은 앵커들은 그들과의 신경전으로 시간을 소모하고 싶지 않아 그런 충돌은 피한다. 오히려 사교성 좋은 앵커들은 스타일리스트에게 작은 선물을 하거나 사무실로 들어온 초대권 등을 주며 따로 좋은 의상을 빼 놓도록 손을 쓰기도 한다.

그렇다고 스타일리스트들이 제멋대로 행동하는 것은 아니다. 그들은 1년 단위로 계약을 갱신하는 계약직이기 때문에 앵커들의 평가에 따라 해고될 수도 있다. 따라서 아주 까다롭게 구는 경우가 아니라면 아무리 의견 차이가 있어도 조율하며 좋은 관계를 유지한다.

유진의 경우에는 의상에 그다지 신경을 쓰는 편이 아니어서 대체로 스타일리스트의 의견을 따르는 편이었다.

의상에 관한 메일을 받은 날, 선주와 점심을 같이 했다. 공교롭게 선주도 의상 이야기를 꺼냈다.

"다영이 말이야. 너랑 싸웠어?"

"아니. 왜?"

"그럼 뭐가 거슬렸나?"

선주는 유진의 눈치를 보다가 조심스럽게 말을 꺼냈다.

"오늘 입은 옷 말이야. 진짜 안 어울리더라. 그래서 난 둘이 뭔 일 있는 줄 알았어."

"그렇게 이상했어?"

"턱까지 올라오는 옷을 누가 입어? 화면에 얼마나 답답하게 나오는데……"

"……"

"다들 밀쳐둔 옷인데 어떻게 그걸 너한테 입혀?"

사람들에게 살갑게 구는 편은 아니지만 그렇다고 시기를 받을 만큼 모나게 굴지도 않았다.

"뭐 때문인지는 모르겠지만 그대로 넘어가면 안 돼. 내버려두면 점점 더할 거야."

선주는 자기 일처럼 흥분하며 단단히 주의를 주라고 거듭 일렀다.

한 사람에게만 들었다면 넘어갈 수 있지만, 같은 이야기를 두 번 듣게 되면 고개를 꺄웃하게 된다. 생각하기에 따라 별일 아닐 수 있지만 그 얘기가 사실에 근거한다면 어떤 이유 때문인지 확실히 알아야 한다.

선주와 점심을 먹고 유진은 다시 사무실로 올라갔다.

다영을 만나기 전에 먼저 확인부터 하고 싶었다. 마침 편집실이 하나 비어 있어, 스태프에게 부탁한 녹화 테이프를 가져와서 모니터링을 하기 시작했다.

확실히 유진의 의상은 색상도 어둡고 디자인도 답답해 보였다. 모니터를 끄고 어떻게 해야 하나, 잠시 고심했다. 일단 스타일리스트의 이야기를 들어봐야겠다고 생각했다.

편집실을 나와 분장실에 들렀다. 하지만 다영의 모습은 보이지 않았다. 협찬사에 들렀다가 바로 퇴근할 거라는 말을 전해듣고 그냥 밖으로 나왔다. 일부러 전화해서 할 이야기도 아니니 다음날 만나 물어보기로 했다.

다음날 일찍 출근해 분장실에 들른 유진은 뜻밖의 소식을 들었다.

다영이 비상계단에서 굴러 다리가 부러지는 바람에 병원에 입원했다는 것이다. 심하게 다쳤는지 몇 달은 입원해야 한다고 했다. 이미 다영을 대신할 새 스타일리스트가 와 있었다.

갑작스러운 사고 소식도 당황스러웠지만 오가는 이야기를

들어보니 사고 경위가 석연치 않았다. 누군가 다영을 비상계단으로 불러내고는 뒤에서 밀었다는 것이다. 헤어진 남자친구 소행일 거라는 얘기도 있었고 돈을 떼인 친구가 그랬다는 추측도 있었지만, 어느 것도 정확하지는 않았다.

사고 소식을 들은 유진은 기분이 묘해졌다.

그가 다영의 사고와 무관하지 않을지도 모른다는 의심을 품게 된 것은 다영의 사고 소식을 들은 지 일주일쯤 지나서였다.

선주가 우연히 유진의 노트북에서 그의 사진을 발견한 것이 시작이었다. 가지고 있던 노트북이 말썽을 부려 결국 AS센터에 맡기게 된 선주가 유진의 노트북을 잠시 빌려 쓰게 됐다. 유진이 한참 원고를 체크하고 있는데 선주가 유진의 책상으로 다가왔다. 그녀의 표정이 이상했다.

"너 왜 나한테 얘기 안 했어?"

"……뭐?"

"난 우리 사이에 비밀이 없다고 생각했는데, 이러면 섭섭하지?"

무슨 얘긴지 짐작도 못한 유진은 선주에게 헛웃음을 지으며 물었다.

"뭐 때문에 그러는데?"

"어쭈? 시치미 떼는 거 봐?"

유진을 내려보던 선주는 유진의 팔을 잡아끌어 자기 책상으로 갔다. 옆에 있던 의자를 끌어다 유진을 앉히고 노트북을 열었다. 화면에는 그가 준 수중사진이 띄워져 있었다. 사진 폴더에 그의 사진을 다운받아뒀는데, 그 사진을 본 선주가 남자친구라고 오해한 것 같았다.

유진은 자기도 모르게 빙그레 얼굴에 미소를 지었다. 이 사진 속 주인공이 메일을 보낸 사람이라는 걸 알면 선주는 무슨 말을 할까?

질 댄도를 예로 들면서 조심하라고 신신당부했던 선주였다. 그뒤로 편지를 주고받는 사이가 된 지 한 달이 넘었는데, 아직 선주에게는 털어놓지 못했다.

그를 스토커 취급하던 선주에게 이제는 그와 메일을 주고받는다는 말을 꺼내기가 쉽지 않았다. 이미 그 일에 대해서는 잊었을 텐데 굳이 얘기를 꺼내봐야 싫은 소리를 들을 게 뻔했다. 그렇게 하루이틀 미루다보니 아직도 말을 꺼내지 못한 것이다.

유진은 선주의 얼굴을 바라보다가 문득 장난이 치고 싶어졌다. 예전에 스토커 운운하며 불안감을 조성했던 기억이 떠올라서 조금 골려주고 싶었다.

"누군 거 같아?"

"치과의사잖아? 여기 빌딩 6층에 있는 치과."

"뭐?"

유진은 너무 놀라 입을 벌린 채 선주를 쳐다보았다.

망치로 머리를 한 대 얻어맞은 기분이었다. 워낙 자기 이야기를 꺼내지 않는 사람이라 여전히 그에 대해 아는 것이 부족했다. 하지만 이렇게 가까운 곳에 있었다니, 어안이 벙벙했다.

선주는 유진의 반응을 어떻게 받아들여야 할지 몰라 머뭇거리다 말문을 열었다.

"뭐야, 이렇게 사진까지 가지고 있으면서 누군지도 몰랐단 말이야?"

선주는 유진의 반응이 의아한 듯 물었지만 유진은 아무 말도 못하고 고개만 끄덕였다.

"이 사진 어디서 난 건데?"

그 말을 듣는 순간 유진은 마치 살얼음판을 걷는 기분이 들었다. 한 발만 잘못 디뎌도 그대로 얼음이 갈라져 알 수 없는 곳으로 빠져버릴 것 같은 느낌. 하지만 그대로 멈춰 서 있을 수도 없었다. 의혹의 무게를 견디지 못하고 얼음은 깨질 테니까.

"메일로 받았어…… 전에 얘기했었지? 방송 끝나고 늘 메일을 보내던 사람."

"전에 얘기했던 그 스토커?"

유진은 고개를 끄덕였지만 선주는 아무래도 이상한지 고개를 흔들었다.

"누군지 모른다고 하지 않았어? ……너 혹시?"

고백의 순간이 다가왔다.

“······그뒤로 이 사진을 보내왔어. 왠지 얼굴을 보니까 안심이 돼서······ 나도 답장을 보냈고.”

선주는 뭔가 곰곰이 생각하는 눈치였다.

“근데 넌 아직도 이 사람이 누군지 몰랐다고?”

쨍, 얼음이 의혹의 무게를 이기지 못하고 갈라졌다.

“아냐, 말도 안 돼. 이렇게 사진을 보낼 정도면 자신이 누군지도 밝혀야 하는 거 아냐? 더구나 같은 빌딩에 있는데.”

간신히 버티던 얼음이 갈라지고 유진은 얼음 아래 깊은 수렁으로 빠졌다. 선주의 말이 맞다. 이렇게 가까이 있으면서, 엘리베이터에서라도 마주쳤을 수도 있는데, 그는 마치 오로지 방송으로만 만날 수 있는 사이처럼 유진을 대했다.

갑자기 선주가 일어나더니 유진의 손을 잡아끌었다.

“왜?”

“지금 가보자. 가서 확인해보면 알 수 있겠지.”

“뭘 확인해봐. 됐어.”

“이상하지 않아? 같은 건물에서 하루이틀도 아니고, 그렇게 오래 속인다는 이해가 돼?”

“······”

선주가 던진 질문은 유진 자신도 가장 궁금해하던 것이었다.

“무슨 속셈인지 좀 알아야겠어.”

유진은 어쩔 수 없이 선주의 손에 이끌려 엘리베이터로 향했다. 직접 눈으로 확인하고 싶은 건지, 아니면 이대로 온라인 관계로만 남고 싶은지 선뜻 판단이 서지 않았다. 하지만 분명한 건, 이대로 묻어둔다면 온라인에서의 관계도 지속될 수 없다는 사실이었다.

점심시간이 지난 치과는 예약 환자로 북적거렸다. 긴장을 감추며 치과 문을 열고 들어선 유진의 눈에 벽에 걸린 액자가 보였다. 메일로 보내온 그 사진이었다.

"어때? 저 사진 맞지?"

유진은 아무 말도 하지 못하고 물끄러미 사진을 바라보았다. 액자 속 사진은 파일로 받은 것보다 훨씬 커서 푸른 바다가 그대로 느껴졌다. 그의 얼굴도 더 선명하게 보였다.

"저 사진, 여기 의사 선생님 맞죠?"

선주가 프런트에 앉아 있는 여자에게 물었다. 여자는 사진에 시선을 주다가 고개를 끄덕이며 미소를 지어 보였다.

"네, 우리 선생님 맞아요. 취미로 스킨스쿠버를 하시거든요. 멋있죠?"

여자의 눈에는 흠모의 감정이 듬뿍 담겨 있었다.

선주는 여자의 말을 무시하고 지금 의사를 만날 수 있는지 물었다. 여자는 모니터로 스케줄을 확인하더니 예약 손님들 때문에 시간을 빼기 곤란하다고 했다. 한두 시간 정도는 기다려야 만날 수 있다고 했다.

"우린 진료를 받으러 온 게 아니라 얼굴만 잠깐 뵈러 왔어요. 여기, 전 WNN 김선주 앵커예요. 여긴 정유진 앵커고요."

선주가 명함을 내밀며 방송국에서 왔다는 점을 강조했다. 아무리 바쁜 사람이라고 해도 방송국이라는 말을 들으면 잠시 시간을 내주기 마련이다.

"그럼 방송 때문에? 잠깐만 기다리세요."

여자는 얼른 자리에서 일어나 총총걸음으로 진료실에 들어갔다.

선주가 사진 앞에 멍하니 서 있는 유진의 팔을 잡아당겼다.

"뭐해? 실물이 눈앞에 있는데?"

이상했다. 몇 개월 동안 메일을 주고받은 그와 만나게 되었는데도 아무 느낌이 없었다. 그에게 편지를 쓰고 답장을 받으며 느꼈던 친밀감은 어디론가 사라져버리고 없었다. 마치 꿈속에서 느껴지던 생생한 현실감이 잠에서 깨어나면 순식간에 사라지는 것처럼, 미묘한 느낌만 남아 있었다.

방송국의 위력이 대단한 것인지, 진료실 문이 열리고 곧 사진 속의 남자가 나왔다. 선주의 명함을 들고 나온 그가 선주와 유진을 번갈아 보았다.

"저를 찾아오셨다고요?"

그는 선주와 유진을 번갈아 보다가 가까운 쪽인 선주에게 말을 걸었다.

그의 시선을 본 유진은 한눈에 깨달았다.

그는 메일의 주인공이 아니다. 하루도 빠짐없이 자신의 방송을 모니터하는 바로 그 사람이라면 이렇게 자신을 스쳐지나갈 리 없다. 일부러 모른 척하는 게 아니라, 정말로 유진이 누군지 모르는 표정이었다.

"혹시 정유진 앵커 아세요?"

선주가 유진을 돌아보면서 의사에게 물었다. 의사는 유진의 얼굴을 쳐다보다가 고개를 갸우뚱했다. 무슨 일인지 이해가 되지 않는다는 듯 둘의 얼굴을 번갈아 보았다.

"됐어, 그냥 가. 죄송합니다. 아는 분인 줄 알았어요."

유진은 선주의 팔을 잡아끌며 치과를 나왔다. 의사도, 프런트에 앉은 여자도 황당하다는 얼굴로 그들을 쳐다보았다. 마치 무슨 장난을 치고 있는 거냐는 표정이었다. 유진의 얼굴이 화끈거렸다.

"뭐야, 확인해보자니까."

"확인 끝났어. ……그 사람 아니야."

유진은 자신을 향하는 선주의 시선을 피해 고개를 돌렸다. 속았다는 생각도, 놀림을 당했다는 생각도 들지 않았다. 그저 멍했다.

"그래, 내가 봐도 그런 거 같더라. ……올라가서 뭐 좀 마시자."

선주의 말에 순순히 14층 직원 휴게실로 올라갔다. 둘은 자판기에서 커피를 뽑아 창가에 자리를 잡고 앉았다. 선팅이 된 유리창 너머로 보이는 거리는 환한 대낮인데도 불구하고 어둡게만 보였다.

둘은 아무 말 없이 창밖을 바라보았다.

개미처럼 작게 보이는 사람들이 바쁘게 서로를 스치며 지나가고 있었다.

도대체 그 사람은 어떤 사람일까? 우연히 길에서 마주친다고 해도 모르고 지나치겠지.

유진은 눈먼 사람처럼 메일을 통해서만 그를 만지고 그를 판단했다. 실체와는 무관하게 자신이 느낀 감각만으로 그에게 호감을 품었다. 하지만 그는 유진에게 자신을 감추고 엉뚱한 사진을 보내 다른 사람으로 착각하게 만들었다. 아니, 그는 거짓말을 했다.

자신이 느낀 호감이 그렇게 거짓과 오해와 기만으로 만들어진 것이라는 사실이 기가 막혔다. 여러 가지 감정이 뒤섞여 기분을 우울하게 만들었다.

"참나, 어떻게 남의 사진으로 사람을 속일 수가 있어? 내가 그 사진을 봤으니 망정이지……"

"……그 사진이 치과에 걸린 건 어떻게 알았어?"

"얼마 전에 스케일링하러 갔었잖아, 그때 봤어. 보통은 병원에 자격증이나 걸지 그런 사진은 안 거니까 기억하고 있었지.”

“……”

유진이 묵묵히 커피만 마시자 선주가 걱정스러운 표정으로 쳐다봤다.

“괜찮아?”

“응. 괜찮아.”

“더이상 메일 안 온다고 했잖아? 언제 다시 오기 시작한 거야?”

얘기하고 싶지 않았다.

그에 대한 그 무엇도 말하고 싶지 않았다. 조금씩 특별한 감정들이 벽돌처럼 하나씩 쌓여가고 있었는데 한순간에 무너진 느낌이었다.

“하긴, 이제 와서 그런 얘기 해봤자 뭐해, 지금이라도 알게 된 게 다행이지.”

선주의 이야기는 귀에 들어오지 않았다.

다만 그가 왜 남의 사진을, 그것도 하필이면 같은 빌딩에 있는 사람의 사진을 자신에게 보냈는지는 의문이었다.

“아무래도 예감이 안 좋아. 너 다시는 그 사람 메일 받지 마. 아예 수신 거부 해놓고 무시해. 알았어?”

“왜 그랬을까?”

“뭐?”

"이상하잖아. 속일 마음이었으면 들킬 염려가 없는 사진을 보내야 하는데, 같은 건물에 있는 사람의 사진을 보냈어."

"우연히 어디서 구한 모양이지. 얘가 지금…… 아예 무시하라니까. 더이상 엮이지 말란 말이야. 전에 내가 말해준 사람 기억 안 나?"

선주의 말처럼 그냥 무시하고 없던 일로 지워버릴 수는 없었다.

그날 밤, 유진은 컴퓨터 앞에 앉아 인터넷 메일함을 열어놓고 한참을 고민했다. 보내야 할지, 그대로 무시하고 지워버려야 할지 몇 번을 망설였다. 그리고 결국 남자에게 메일을 보냈다. 어쨌든 제대로 마무리를 지어야 했다. 만약 그가 스토커라면 '단호한 거절'을 할 필요가 있다고 생각했다.

유진이 보낸 메일은 딱 한 줄이었다.

왜 그랬어요?

다음날 아침, 방송을 끝내고 사무실로 돌아와서도 유진은 메일함을 열어보지 않았다. 막상 메일을 보내고 생각해보니 딱히 그의 대답을 듣고 싶었던 게 아니었다.

그 메일은 '왜 나를 속였느냐'고 그에게 물은 게 아니었다. 오히려 자기 자신에게 묻는 편지라는 생각이 들었다. 왜 스스로 정해놓은 규칙을 깨뜨린 걸까? WNN에 입사할 때 선배들이 그렇게 신신당부했는데. 아니, 그보다 언제나 쉽게 마음을 열지 않고 늘 신중했는데. 그런 자신이 이런 일에 휘말렸다는 게 유진은 믿기지 않았다. 무언가에 홀린 것 같았다.

분명한 건 그것 역시 유진이 스스로 결정한 선택이라는 것이었다. 자신의 결정을, 자신의 판단을 이렇게 후회해본 적이 없었다.

그에게 메일이 온 것을 알았지만 며칠 동안 열어보지 않았다. 그대로 지워버릴까 망설이다가 마지막이라는 생각으로 결국 메일을 열었다.

거기에는 유진이 전혀 생각지도 못한 내용이 적혀 있었다.

그 여자가 한 짓을 생각하면 더한 짓이라도 했을 거야.

여자라니. 처음엔 무슨 얘기인지 잘 이해가 가지 않았다. '그 여자'가 누구를 말하는 것인지, 무슨 짓을 했다는 것인지 감이 잡히지 않았다.

그때 문득 다영의 일이 생각났다. 누군가에게 등을 떠밀려 계단에서 구르는 바람에 크게 다쳤다는 다영. 그게 그의 짓이라면? 머리카락이 곤두서는 듯한 느낌과 함께 등골이 서늘해졌다.

그길로 병원을 찾아가 다영을 만났다.

다영은 유진의 병문안이 뜻밖이라는 듯 두 눈을 동그랗게 떴다. 어떻게 사고가 난 건지 물었지만 다영 자신도 잘 모르는 듯했다.

"회사에서 다음날 쓸 의상을 정리하고 있는데 핸드폰으로 전화가 왔어요. 의상을 가지고 온 사람인데 비상계단 문이 잠겼다며 열어달라고 해서 나갔죠."

별생각 없이 '엘리베이터가 고장났나보다'라고만 생각했다고. 비상계단은 어두웠고, 문을 열고 들어서자마자 누군가에게 등을 떠밀려 그대로 계단 아래로 굴렀고, 정신을 잃는 바람에 등을 떠민 사람의 얼굴은 아예 보지도 못했다고 했다.

"전화번호는, 핸드폰에 찍힌 전화번호는 확인해봤어요?"

"경찰에서 확인했어요. 그거 공중전화 번호래요. 누가 작정하고 그런 거 같아요."

짐작 가는 사람이 있냐는 말에 다영은 어이없는 표정을 지으며 고개를 흔들었다.

"이상한 소문 돈다는 거 알아요. 그런 짓 할 남자친구 없어요. 친구 돈 떼먹은 것도 없고요. 당사자 없다고 소문이 참 이상하게 돌더군요."

아마 병문안 온 다른 직원들에게서 그 얘기를 들은 모양이었다. 그녀는 누군가에게 떠밀려서 다쳤다는 사실보다 생각지도 못한 소문이 퍼진 게 더 억울하고 화가 나는 듯했다.

"그뒤로 경찰에서는 다른 소식 없고요?"

유진은 혹시나 새로운 얘기가 있을까 싶어 물었지만, 다영은 고개를 저었다.

"경찰은 그런 건 사건으로 취급도 안 해요. 어차피 증거가 없어서 잡지도 못할 거라고, 형식적으로 몇 마디 물어본 게 전부예요. 진짜, 경찰이 왜 그 모양인지……"

일주일 넘게 병원에 있던 다영은 혼자 지루했는지 평소 친하지도 않았던 유진을 붙들고 이런저런 수다를 떨고 싶어했다. 하지만 유진은 그럴 기분이 아니었다. 일이 있어서 가봐야겠다고 자리에서 일어나며 몸조리 잘하라고 인사를 건네자, 다영이 잠시 망설이다 입을 열었다.

"이렇게 병문안 와줘서 고마워요. 나 싫어하는 줄 알았는데……"

"내가 다영씨를 왜 싫어해요?"

"그러게 말이에요. 괜히 남의 말만 듣고 유진씨를 오해했어요. 잘 가요 언니."

다영은 유진의 손을 잡고 생전 처음 언니라는 소리까지 해가며 병실 문 앞까지 배웅을 했다. 병실 문을 닫고 돌아서는데 유진은 왠지 서글픈 생각이 들었다. 오해였든 뭐였든, 다영이 의도적으로 유진의 의상을 고른 것은 사실이었다. 남들은 다 알고 있는데 자신만 눈치채지 못했던 것이다.

남자의 메일에는 '그 여자가 한 짓을 생각하면 더한 짓이라도 했을 거야'라고 적혀 있었다. 그는 자신이 유진을 위해 그런 짓을 했다고 고백한 것이나 다름없다. 더한 짓이라도 했을 거라는 말이 머릿속을 맴돌았다. 그나마 다리가 부러지고 몇 군데 멍이 든 걸로 끝나서 다행이지만, 만약 그가 그보다 더한 결과를 생각하고 한 일이라면……

유진은 꼬리를 물고 이어지는 생각을 털어내기 위해 머리를 흔들었다. 더이상 생각하고 싶지 않았다. 상상만 해도 끔찍했다. 스토커는 초기가 지나 중기가 되면 폭력적으로 변한다더니, 그게 무엇을 의미하는지 실감할 수 있었다.

유진은 남자의 메일주소를 수신 거부로 설정해 그와의 유일한 연락 수단을 없애버렸다. 경찰서에 찾아가볼까 생각도 했지만 이미 일단락된 것 같아 그대로 묻어두기로 했다. 그렇다고 남자의 행동을 정당화할 생각은 없었다. 아니, 진심을 이야기하자면, 남자에 대해 수사가 시작되면 정체가 밝혀지는 것뿐만 아니라 그가 왜 그런 일을 벌였는지도 드러날 것이다. 그러면 유진까지 조사받아야 하는 상황이 올지도 몰랐다.

방송국을 생각해도 굳이 사건에 파고드는 게 좋을 것 같지 않았다.

한번 바람을 타고 날아오른 소문은 걷잡을 수 없다. 분명 엉뚱한 곳으로 불어갈 것이다. 작은 씨앗 하나가 사람들의 입을 통해 어떻게 자라나는지 너무 많이 봐온 유진은 그 씨앗이 어떻게 자라 어떤 열매를 맺을지가 눈에 보이는 듯했다.

처음엔 광팬의 짓이라고 이야기하겠지만, 시간이 지나 남의 말을 좋아하는 사람들에게 옮겨지면 '팬이 어떻게 방송국 속 사정을 알았겠느냐'부터 시작해서 '혹시 사주한 거 아니야?'라며 입에 담기 힘든 말들까지 해댈 것이다. 말로 먹고사는 동네라 그런지 직원들 사이에는 정말로 많은 소문과 스캔들, 비밀들이 금세 피어올랐다가 사라졌다.

인정하고 싶지 않았지만, 마음 한구석에는 다영에게도 일말의 책임이 있다는 생각이 있었다. 자기 안에 이런 악의가 숨어 있다는 사실이 놀라웠으나 굳이 그 본성을 부정하고 싶지는 않았다. 애초에 작은 빌미를 만든 건 다영이다.

바보처럼 아무것도 모르고 당하고 있었다. 더구나 다영에게 그런 행동을 하도록 의심을 심어준 사람들이 있다는 게 화가 났다. 집으로 돌아와 한참을 울었다.

눈에 보이지 않는 사람들의 근거 없는 악담으로 피해를 보고, 다영의 일 때문에 자기 역시 잔혹한 일면을 가졌다는 것을 깨달았다는 게 슬펐다.

방송 취재를 하며 들었던 '깨진 유리창' 이론이 생각났다.

빈 건물에 유리창이 하나 깨졌을 때는 처음엔 대수롭지 않게 생각하지만, 그 깨진 유리창이 그대로 방치되면 나중에는 그 일대가 무법천지로 변한다는 이론이었다. 취재 당시 만난 범죄학 교수는 이보다 좀더 쉽게 설명을 해줬다.

깔끔하게 정돈된 공원에서는 누구도 쉽게 쓰레기를 버리지 못한다. 하지만 누군가 그곳에 종이컵을 하나 버리는 순간, 그곳을 지나는 사람들은 그 종이컵에 담배꽁초며 휴지를 버리기 시작하고, 종이컵 주변이 온통 쓰레기로 넘쳐나게 된다는 것이다.

어쩌면 사소한 농담으로 시작했을 누군가의 험담이 결국 다영의 행동을 불러왔고, 그 행동은 다시 큰 사고로 이어졌다. 그리고 그 와중에 유진 역시 사고의 진실에 대해 함구함으로써 악순환에 합류했다.

누군가 나서서 그 깨진 유리창을 새로 끼웠다면, 누군가 공원의 종이컵을 주워 휴지통에 버렸다면, 점점 악화되는 순환의 고리를 막을 수 있었을 것이다.

유진에게도 그 악순환을 막을 기회가 있었다. 하지만 그녀는 그러지 않았다.

'그냥 그와의 연락은 끊어버리고 이 일은 영원히 기억에서 지워버리자'고, 그렇게 소극적인 결정을 내리고 일을 정리했다. 다영의 사고 같은 건 마음속에 묻어버렸다.

그에게서 더이상 메일은 오지 않았다. 그렇게 끝난 줄 알았다. 정말로 다 끝난 일인 줄 알았다. 그리고 몇 달이 흘렀다.

이 선배가 살해당했다는 소식을 들었을 때도 그를 떠올리지 못했다.

시간이 그에 대한 기억을 희미하게 만들기도 했지만, 이 선배의 죽음에 그를 떠올릴 만큼 이 선배와 밀접한 관계도 아니었다. 하지만 곧 그 생각이 잘못되었다는 것을 깨달았다.

유진은 그를 찾아내야겠다고 마음먹었다.

이 선배가 살해되고 며칠 뒤, 사무실로 형사들이 들이닥쳤다. 그렇지 않아도 동료의 죽음으로 어수선하던 사무실은 낯선 방문객으로 인해 더욱 뒤숭숭했다. 이 선배와 함께 일했던 팀장과 피디 동료들의 면담은 이미 끝낸 상태라고 했다.

방송 준비를 하던 앵커도 몇 있었지만, 형사들은 곧장 유진에게 다가와 잠시 이야기를 나누자고 했다.

유진은 빈 회의실을 찾아 그들과 마주앉았다.

형사들의 질문을 받는 동안 유진은 그들의 이야기에 집중하기 어려웠다.

남자의 메일이 계속 마음에 걸렸다. 머릿속에서 멋대로 뻗어나가는 이 무서운 억측을 이야기해야 할지 확신이 서지 않았다. 아니, 억측이라고 할 수 없었다. 그건 유진도 잘 알고 있었다.

몇 달 동안 연락이 없던 그가 하필이면 사건이 있던 날 메일을 보냈다.

그것은 우연일까?

그는 유진을 위해 선물을 준비했다며 놀라지 않았으면 좋겠다고 했다. 하지만 어떤 선물도 도착하지 않았다. 유진은 엉뚱하게도 장미꽃 바구니를 그의 선물이라고 착각했다.

이미란이 살해되고 유진이 후임으로 〈오늘의 뉴스〉를 진행하게 됐다. 만약 그것이 그가 준비한 선물이라면? 갑자기 떠오른 생각은 유진의 머릿속을 하얗게 만들었다.

화장실 휴지통에 꽃바구니를 버리고 온 유진은 곧장 사무실로 돌아와 메일이 도착한 시간을 확인했다.

15시 40분.

메일은 그녀가 〈오늘의 뉴스〉를 진행하기 이십 분 전에 발송됐다.

고개를 저었다. 이건 불가능하다.

설령 이미란이 죽었다고 해도 그녀가 후임으로 그 자리에 앉게 될 거라는 장담은 할 수 없다. 간부회의를 거쳐 결정된 일이고 자신도 아침에야 알았다. 그런데 그는 어떻게 방송이 나가기도 전에 그녀가 오후에 〈오늘의 뉴스〉를 진행하게 된다는 걸 알았을까?

유진은 최 실장에게 간부회의에서 자신이 후임으로 결정된 시간이 언제쯤인지 물어보았다.

방금까지 꽃을 집어던지던 유진이 엉뚱한 질문까지 하자, 최 실장은 한동안 말이 없었다.

"도대체 무슨 일이야? 꽃은 왜 집어던지고."

"죄송해요. 제가 착각했어요. 중요한 문제예요. 언제였는지 좀 알려주세요."

유진의 목소리에서 묻어나는 절박함을 느꼈는지 최 실장은 언짢은 표정을 풀고 아침의 일을 떠올렸다.

"8시 반쯤이었나?"

간부회의가 끝난 8시 반에서 그가 메일을 보낸 오후 3시 반까지는 불과 일곱 시간 남짓이다.

그 말은 유진에게 무슨 일이 생기면 일곱 시간 안에 그가 알게 된다는 뜻이다.

유진의 발탁은 갑작스러운 일이라 보도 자료가 나간 것도 아니고 외부에 알려질 시간도 없었다. 방송국 안에 있는 사람이 아니면 알기는 불가능하다.

그런 결론을 내리자 모든 의문이 풀리는 것 같았다.

다영의 일이나 치과의사의 사진도 방송국 내 인물이라면 설명이 된다. 하지만 방송국에는 수백 명의 사람이 있다. 그들 중 누가 메일을 보낸 사람인지 찾아낼 수 있을까?

첫번째 열쇠는 찾았지만, 그것만으로는 비밀의 문을 열 수 없다.

"사건 당일에 무슨 일 있었어요?"

"네?"

"아니, 누가 꽃다발 얘기를 해서 말이죠."

서 형사라는 사람은 뭔가 알고 있다는 표정으로 유진을 쳐다보며 말을 줄였다. 유진이 먼저 입을 열기를 기다리고 있는 것이다.

유진은 가만히 자신의 대답을 기다리는 형사들을 보자 메일에 대해 털어놓고 싶은 충동을 느꼈다. 형사들이 내 말을 믿어줄까?

하지만 그럴 수 없다.

그렇지 않아도 이미란 사건으로 모두가 충격을 받은 상황이다. 확실한 증거도 없이 범인이 방송국 안에 있는 인물이라고 말하는 것은 성급하다. 더구나 이야기를 풀어놓기 시작하면 다영의 사고까지 거슬러올라가야 한다. 자칫하면 그녀가 사고를 덮은 데 이어 살인사건까지 불러온 사람이라는 오해를 살 수도 있었다.

형사들과 마주앉아 이야기하면서 유진의 생각은 더욱 확고해졌다.

우선은 그가 누군지 알아내야 한다. 그리고 그가 이 선배를 살해했다는 증거를 찾아야 한다. 어쨌든 이 사건의 책임은 자신에게 있었다. 다영의 사고 때 그의 정체를 제대로 밝혀냈다면 이 선배는 평소와 다름없이 뉴스센터에서 방송을 준비하고 있었을 것이다.

"갑자기 큰 프로를 맡게 돼서 좀…… 예민했었어요. 다른 앵커들의 반발이 있었거든요."

서 형사는 유진의 얼굴을 쳐다보다 가볍게 고개를 끄덕였다. 유진의 말에 수긍을 하는 눈치였다. 그뒤로 몇 개의 질문을 더 해왔지만 형식적인 것들이었다.

15

이미란 사건은 일주일이 지나도록 수사에 아무런 진전이 없었다.

방송과 신문의 관심으로 피곤할 거라고 생각했지만, 예상보다 기자들의 관심은 크지 않았다. 이미란 사건이 발생한 다음 날 우연찮게 톱스타 커플이 치정과 불륜으로 얼룩진 폭력사건에 연루되는 바람에 모든 기자가 그쪽으로 몰려갔기 때문이다.

결혼 3년 차인 그들이 서로에게 주먹질을 하게 된 원인을 제공한 문제의 여자가 한창 인기를 얻기 시작한 신인이라 신문이며 방송에서는 새로운 소식을 파헤치기에 여념이 없었다.

양파처럼 자꾸 새로운 사실이 드러나면서 사건은 점점 흥미진 진해졌다.

덕분에 이미란 사건은 사흘도 되지 않아 사람들의 관심에서 멀어졌다.

사건을 담당하는 서 형사로서는 여간 다행스러운 일이 아니었다. 다만 WNN 경영진에게서 조속한 사건 해결을 바란다는 전화를 받은 서울시경은 수사 진척 상황을 지켜보다가 평소보다 일찍 수사지원팀을 관할서에 투입하기로 결정했다. 초동수사에 참여했던 강 형사가 지원 명령을 받았다.

담당 형사로서 자존심이 상할 만한 상황이었지만 서 형사는 내색하지 않았다. 그는 강 형사에게 그동안의 진척 상황을 공유했다.

이미란의 핸드폰을 통해 사건 당일 전화 연락을 주고받았던 사람들의 명단을 확보하고, 아파트 단지 입구에 있는 CCTV에서 그날 밤 이미란이 나간 시각을 확인했다. 이미 통화 목록에 있는 사람들에 대한 1차 면담은 마친 상태였다.

이미란의 직장 동료와 주거지 주변의 불량배까지, 조금이라도 관련이 있을 법한 사람들은 모두 조사했다. 하지만 늦은 시간에 비까지 내린 사건 당일의 상황 때문인지 목격자를 찾는 일은 쉽지 않았다.

서 형사가 그동안의 수사 진행 상황에 대해 설명하는 동안 강 형사는 수첩에 동그라미만 그리고 있었다. 그의 수첩을 힐끗 본 서 형사는 그가 이야기를 듣지 않다는 것을 깨닫고 말을 멈추었다.

뒤늦게 서 형사가 조용해진 것을 깨달은 강 형사는 머리를 긁적였다.

"그건 뭐예요?"

서 형사가 턱짓으로 강 형사가 수첩에 끄적인 낙서를 가리켰다. 집중하지 못하고 딴생각하는 강 형사가 아무래도 이상해 보였다. 함께 일한 경험은 많지 않지만 이런 모습을 본 건 처음이었다.

강 형사는 얼른 수첩을 덮고 말을 돌렸다.

"집전화는 없나?"

"예?"

"여기엔 핸드폰 통화 내역만 있어서 말이야. 집에 있었으니까 집전화도 확인해야지."

서 형사는 아차 싶었다.

"확인해보겠습니다."

"그리고 CCTV는 입구 쪽 말고는 없는 거지?"

"큰길에서 골목으로 들어가는 길에도 있어서 그것도 확인하고 있습니다."

"골목 말고 아파트 단지 말이야."

"예, 아파트 입구에만 있던데요?"

"그럼 아파트 출입구가 아닌 곳으로 나왔다면 알 수 없다는 얘기군."

"……?"

"왜, 아파트 단지마다 출입문 말고 드나들 수 있는 작은 문들이 군데군데 있잖아?"

강 형사의 말이 맞다. 사실 건물 내부나 외길이 아닌 이상 CCTV는 큰 의미를 갖지 못한다. 어디로든 출입이 가능하다면 이미란도 범인도 얼마든지 CCTV에 찍히지 않았을 확률이 높다.

"부검 결과는 나왔어?"

서 형사는 수첩을 뒤적이더니 메모를 읽어내려갔다.

"예, 우선 검안 내용만 확인했는데, 흡입 마취제를 썼던 것 같아요. 입안에 남아 있는 약 성분은 세보플루란으로 보이고, 현재 분석중이니까 곧 결과가 나올 겁니다."

이미란의 손이 가지런히 묶여 있던 게 이해가 갔다. 의식을 잃었으니 쉽게 손을 묶었을 것이다. 마취제는 일반인이 구하기 어려운 만큼 의료기관이나 약품 취급 관계자로 범위를 좁힐 수 있겠다 싶었다.

"그리고 손톱에서 살점이 나왔어요. 몸싸움이 있었던 거 같아요."

“그래?”

“몸싸움을 하다가 안 되니까 마취제를 쓴 게 아닐까요?”

“마취제를 준비했다면 굳이 싸우다가 사용할까? 더구나 거칠게 싸우면서 여자의 얼굴에 마취제를 들이대기도 쉬운 일이 아닐 텐데……”

“아무튼 범인의 것이라고 판단하고 일단 DNA 분석 의뢰는 해놨어요.”

“서 형사 감은 어때?”

“에?”

“어느 방향을 가리키고 있냐고, 육감 말이야.”

“지금 농담하는 거죠?”

서 형사는 그의 말을 농담으로 받아들였다. 과학수사라는 말이 등장하면서 육감이란 단어는 이미 사라진 지 오래다. 이제 수사관들에게 과학은 절대 신앙이 되었다.

서 형사는 또다시 뭔가 이상한 느낌이 들어 강 형사의 안색을 살폈다. 아무리 봐도 평상시의 강 형사와는 달랐다. 왠지 몸만 그 자리에 있고 생각은 다른 곳에 있는 듯했다.

“무슨 일 있어요?”

서 형사의 말에 강 형사는 억지로 웃어 보이며 고개를 저었다. 그는 잡념을 떨치고 일에 몰두하려는 듯 서 형사가 준비한 사건일지들을 살폈다.

“아무리 직장 상사라고 해도 말이야, 혼자 사는 여자에게 밤 12시가 다 된 시간에 전화했다는 건 단순한 관계로는 안 보이는데?”

“그렇지 않아도 그게 이상해서 확인을 해봤는데, 통화하고 난 뒤에 이미란이 아파트 단지에서 나오는 게 CCTV에 찍혀 있더군요.”

“그럼 방송국부터 가보자고.”

남 팀장은 WNN 11층 뉴스센터에서 뉴스 진행을 지켜보고 있었다.

이미 경비를 통해 형사들이 온다는 사실을 알고 있어서 그런지 강 형사를 맞는 그의 태도는 침착하고 여유로워 보였다. 하지만 악수를 나눈 순간, 강 형사는 그의 표정과 행동에서 불편한 기색을 느낄 수 있었다.

강 형사와 함께 온 서 형사의 얼굴을 기억하는지 그는 가볍게 고개를 끄덕였다.

“이미 참고인 진술은 끝난 걸로 알고 있는데요?”

“네, 그렇습니다. 그런데 한 가지 더 확인할 게 있어서 말입니다.”

그 말에 마치 기싸움이라도 하듯 강 형사의 눈을 지그시 쳐다보던 남 팀장은 결국 알았다는 듯 고개를 끄덕이고는 비어 있는 회의실로 강 형사를 안내했다.

강 형사와 서 형사를 자리로 안내한 남 팀장은 가장 상석인 회의실 안쪽 중앙에 자리를 잡았다.

그가 어떤 의도로 그렇게 자리를 잡았는지 눈치챈 강 형사는 쓴웃음이 나왔다.

그는 지금 자신의 위치를 형사들에게 확인시키고 싶은 것이다. 다른 사람이라면 모르겠지만 강 형사에게 그런 허세는 괜한 짓이다. 오히려 그런 남 팀장의 태도는 그의 불안을 확인시켜주는 꼴이었다.

"사건 당일 밤 12시쯤에 통화를 했다고 하셨죠?"

"개편 때문에 의논할 게 있어서 전화했었죠."

"통화만 하신 겁니까?"

"이미 얘기했을 텐데요?"

남 팀장의 대답을 들은 강 형사는 무표정하게 고개를 끄덕이며 수첩을 뒤적거렸다. 그리고 침묵이 길어졌다. 그 긴 침묵의 시간이 그렇지 않아도 위축되어 있는 남 팀장을 더 불안하게 했다. 강 형사를 바라보던 그는 탁자 위에 올린 손을 가만두지 못하고 톡톡 탁자를 두드리기 시작했다.

그 소리를 기다리기라도 한 듯 강 형사가 그제야 고개를 들고 남 팀장을 쳐다보았다. 하지만 말은 걸지 않고 계속 그를 쳐다보다가 작은 한숨을 내쉬며 고개를 흔들었다.

　심리전이라면 강 형사가 한 수 위다. 뭔가 숨길 게 있는 사람은 자신의 불안감을 감추기 위해 끊임없이 이야기하며 주의를 돌리려 한다. 그런 사람에게 침묵은 불안을 가중한다. 결국 그 침묵을 견디지 못하고 스스로 입을 열기 마련이다. 그 역시 강 형사의 침묵에 걸려들었다.

“왜 그러시죠?”

남 팀장이 강 형사의 침묵과 시선을 더이상 참지 못하고 입을 열었다.

강 형사가 고개를 절레절레 흔들며 말을 이었다.

“혹시 타조가 도망칠 때 어떻게 하는지 아세요?”

“네?”

뜻밖의 질문에 남 팀장이 머뭇거렸다.

“타조 말입니다. 이놈은 도망치다 안 되겠다 싶으면 머리를 땅에 처박고 꼼짝도 안 하죠. 커다란 몸통은 그대로 드러내놓고도 자기는 제대로 숨었다고 생각합니다.”

남 팀장의 얼굴이 시뻘겋게 달아올랐다. 강 형사가 하는 말의 의미를 알아들은 것이다.

“사람이 거짓말을 할 때는 여러 가지 이유가 있죠.”

남 팀장이 무언가 말하려 했지만, 강 형사가 손을 들어 그의 말을 막았다.

강 형사는 더이상 남 팀장의 거짓말을 들을 여유도, 신경전을 펼칠 생각도 없었다. 그로서는 그날 밤 정확하게 무슨 일이 있었는지 확인하는 게 중요했다. 사건과 관련된 일만 제대로 진술한다면 사소한 거짓말 같은 건 상관하고 싶지도 않았다.

"사소한 거짓말이야 누구나 할 수 있죠. 하지만 이건 살인사건입니다. 그것도 같이 일하던 직원이 살해당했어요. 그런데도 거짓말을 하시다니, 도대체 뭘 감추고 있는 거죠? 이 사건이 해결되든 말든, 범인을 잡는 일에는 관심이 없는 겁니까?"

그의 얼굴이 창백하게 굳었다.

자신의 거짓말이 사건 해결에 영향을 줄 수 있다는 생각은 하지 못한 듯했다. 남 팀장의 얼굴을 살피던 강 형사는 그제야 그가 진실을 말할 준비가 되었다는 것을 확인하고 질문을 계속했다.

"그냥 통화만 하셨다고 했던가요? 그런데 이상하게 이미란 씨는 남진수씨와 통화를 하고 바로 외출을 했습니다. 상식적으로 생각하면 전화를 받고 나갔다, 이렇게 봐야 하지 않을까요?"

"……"

"그걸 확인할 방법이 없을까 해서 여러 가지를 찾아봤죠. 우선 아실지 모르겠지만 아파트 앞 골목에는 CCTV가 설치되어 있습니다. 근처를 지나는 사람들이나 자동차의 번호판을 식별하는 건 그렇게 어렵지 않더군요."

누군가 문을 벌컥 열었다가 남 팀장과 형사들이 앉아 있는 것을 보고는 당황한 듯 얼른 문을 닫았다.

뚫어질 듯 쳐다보는 강 형사의 시선을 피하고 있던 남 팀장이 자리에서 일어나 문 쪽으로 걸어갔다. 그는 잠금쇠를 돌려 문을 잠그고는 다시 자리에 앉았다.

"한 가지 부탁이 있습니다. 지금 제가 하는 이야기가 외부로 새지 않게 해주실 수 있습니까?"

"저희는 수사하기 위해 온 것뿐입니다. 다른 건 관심 없고 누구에게 이야기를 퍼뜨릴 생각도 없습니다."

강 형사의 말을 들은 남 팀장은 잠시 생각에 잠겼다가 고개를 들었다.

"맞습니다. 아까 말한 대로 아파트 앞에서 전화해서 만났죠. 그리고 제 차에서 삼십 분 정도 이야기를 나눈 뒤 아파트로 들어가는 것을 보고 돌아왔습니다. 그게 전부입니다."

"어떤 일로 찾아갔었는지 물어도 될까요?"

"오해가 좀 있었어요. 함께 기획하고 있던 프로그램이 있었는데, 제가 다른 사람을 진행자로 앉힌다고 생각했나봐요. 사실 저는 두 사람을 함께 진행자로 쓸 생각이었습니다."

"그런데 왜 처음엔 사실대로 이야기하지 않으셨죠?"

"늦은 밤에 찾아간 것 때문에 괜한 오해를 살까봐 그랬습니다. 이미 죽은 사람인데 밤에 찾아간 사실이 알려지면 이상한 소문이 돌 테니까요."

"남진수씨에게 혐의가 갈까봐 그런 것은 아니고요?"

"골목에 CCTV가 있다고 하셨나요? 그럼 제 차에서 미란이 내리고 아파트로 들어가는 게 찍혔겠죠? 그리고 제 차가 큰길로 나가는 모습도 찍혔을 거고 말입니다."

그의 말이 맞다.

강 형사는 이미 그가 이미란을 만나고 그대로 돌아갔다는 것을 알고 있었다. 하지만 그렇다고 해서 그의 혐의가 완전히 풀린 것은 아니다. 그는 계속 부인하고 있었지만 방송국 동료들의 진술을 통해, 그리고 통화 내역을 확인하며 이미란과 남진수가 어떤 관계인지 알고 있었다.

이미란의 집 주변에 설치된 CCTV의 존재를 안다면 사각지대 역시 계산했을지도 모른다. 그의 거짓 진술에 대한 이유를 확인할 필요가 있다. 동시에 방송국 내부에서 이미란 주변 사람들에 대한 보이지 않는 연결고리도 조사해야 한다.

아무리 우발적이고 즉흥적인 사건이 많아졌다고 해도 여전히 대부분의 살인사건은 피해자 주변의 인과관계에서 비롯된다. 겉으로 보이는 관계 이면에 생각지도 못했던 관계와 감정들이 숨어 있다. 피해자의 주변을 철저히 조사함으로써 사건이 어디에서 시작되었는지 그 뿌리를 찾아낼 수 있을 것이다.

강 형사는 혀로 입술을 축이고 있는 남 팀장을 바라보았다.

아직 그는 겉으로 드러난 뿌리의 일부일 뿐이다. 하지만 그 뿌리를 캐다보면 사건과 연관이 있는 또다른 뿌리가 모습을 드러낼지도 모른다. 하지만 이미란과 남 팀장의 개인적인 관계에 대한 부분은 더이상 파고들지 않기로 했다. 어차피 다른 사람들의 진술로 부족한 그림은 채워질 것이다.

"평소 피해자와 사이가 안 좋았다거나 하는 사람은 없습니까?"

"사소한 일들이야 있지만 이런 일이 생길 정도로 누군가 앙심을 품을 일도 없습니다. 다들 자기 일 챙기기도 바쁘니까요."

"친하게 지내던 동료는?"

"앵커실 동료 중에서는 동기들하고 비교적 친하게 지냈을 겁니다."

"동료끼리 다툰다거나 경쟁하던 사람은 없습니까?"

남 팀장은 가볍게 고개를 저었다.

강 형사는 서 형사에게 그만 끝내자는 눈짓을 보내고 곧 자리에서 일어났다.

직장 상사보다는 동료들이 그녀에 대해 더 잘 알 것이다. 앵커실로 내려가 평소 이미란과 친했던 몇 명의 앵커와 이야기를 나누기로 했다.

앵커실에는 최 실장과 방송 준비중인 서너 명의 앵커만 자리를 지킬 뿐 대부분의 자리는 비어 있었다. 또다른 앵커들은 방송 준비를 위해 분장실에 있다고 했다. 자신의 방송 시간에 맞춰 출근하기 때문에 그들을 한자리에서 만나는 것은 불가능하다는 얘기도 들었다. 최 실장과 남아 있는 몇 사람에게서 전해들은 이미란에 대한 얘기는 남 팀장에게 들었던 것과 별반 다르지 않았다.

같은 사무실에 나란히 책상을 놓고 지낸다 해도 각자 맡은 방송을 하다보면 한 달에 한 번 얼굴 마주하기도 쉽지 않다고 했다. 새롭게 들은 이야기라고는 사건이 있던 당일에 앵커실 전체 회식이 있었고, 이미란은 불참했다는 것뿐이었다.

앵커끼리 어울리기보다는 프로그램을 함께하는 팀별로 더 친하다는 한 앵커의 말에, 이미란이 함께 일했던 뉴스 팀을 만나보기로 했다.

마침 이미란이 진행하던 〈오늘의 뉴스〉 팀이 방송중이어서 강 형사와 서 형사는 바로 뉴스센터로 향했다. 뉴스룸에는 이미란 대신 정유진이라는 앵커가 앉아서 뉴스를 진행하고 있었다. 이미란이 불의의 사고를 당한 뒤 후임으로 발탁된 인물이라고 했다.

강 형사는 방송이 끝나기를 기다리며 뉴스룸이 보이는 테이블 한쪽에 자리잡고 앉았다.

누군가가 종이컵에 담긴 커피를 가져다주었다.

시계를 쳐다보던 서 형사가 인사를 하며 얼른 종이컵을 받았다. 서 형사는 강 형사 옆에 앉아 커피를 한 모금 마시더니 한숨을 내쉬었다.

“쉽지 않겠죠?”

“언제 쉬운 적 있었나?”

그때 서 형사의 전화벨이 울렸다. 주변에 있던 방송국 직원들이 돌아보았다. 서 형사는 아차 싶었는지 손을 들어 미안하다는 손짓을 보내고는 얼른 밖으로 나갔다. 잠시 후, 서 형사가 얼른 사무실로 돌아와 직원들에게 팩스 번호를 묻더니 문자를 보냈다.

“뭐야?”

“CCTV 영상 판독한 거 나왔다고요. 일단 방송국 사람들부터 확인하려고 여기로 보내라고 했어요.”

“남 팀장이 돌아갈 때까지 이미란은 살아 있었지?”

“네, CCTV 화면에 잡힌 모습이 있어요.”

“그럼 그뒤부터 보내면 되겠네.”

서 형사가 다시 문자를 보내고 얼마 되지 않아 팩스 수신음이 울렸다.

팩스는 모두 8장이었다. 비 오는 늦은 밤시간이라 아파트 입구를 오가는 사람이 많지 않았던 모양이었다.

서 형사는 사진을 한 장씩 주의깊게 살폈다.

새로 개발된 영상분석시스템은 SVR뿐 아니라 희미하게 잡힌 인물의 윤곽도 보다 또렷하고 선명한 화질로 만들어 보여 준다. 화질 때문에 판독이 어려웠던 영상에서도 이 시스템 덕분에 자동차 번호나 인물까지 정확히 알 수 있었다.

종이를 넘기던 서 형사가 한 인물을 주시했다.

"아는 얼굴이야?"

"예. 〈오늘의 뉴스〉 제작팀 중 한 명인데……"

서 형사에게 사진을 넘겨받은 강 형사는 사진 속 인물을 주의깊게 바라보았다. 한쪽 손을 겨드랑이에 끼고 걸어오는 모습이 찍혀 있었다.

서 형사가 손가락으로 뉴스룸 너머에 있는 부조종실을 가리켰다. 열린 문 너머로 한쪽 벽을 가득 메운 모니터와 그 모니터 앞에 앉아 있는 엔지니어, 피디 등이 보였다. 사진 속 남자는 한쪽에서 비디오 테크에 테이프를 넣고 빼는 일을 하고 있었다. 뉴스 꼭지마다 다른 화면을 담은 테이프를 넣는 것 같았다.

그 남자를 유심히 지켜보던 강 형사는 그가 자꾸 한쪽 손등을 긁는다는 것을 발견했다. 사진을 다시 확인하니 겨드랑이에 끼고 있던 바로 그 손이었다.

"이미란의 손톱에서 누군가의 살점이 나왔다고 했지? 사진을 잘 봐. 그리고 저 남자가 하는 행동도 보고."

강 형사의 말에 사진과 남자를 유심히 보던 서 형사는 비로소 무언가 깨달은 듯 강 형사를 돌아보았다.

잠시 후, 뉴스가 끝났는지 부조에서 제작팀 직원들이 나왔다.

강 형사와 서 형사는 동시에 일어나 한 피디에게 걸어갔다. 형사들을 보는 한 피디의 얼굴에는 영 달갑지 않은 기색이 역력했다. 그는 손에 들고 있던 비디오테이프와 원고를 다른 사람에게 넘기고 형사들과 함께 휴게실로 올라갔다.

휴게실에 도착한 서 형사는 자판기에서 커피를 뽑아 한 피디에게 건네고는 강 형사를 향해 눈짓으로 슬쩍 신호를 보냈다. 둘의 시선이 동시에 한 피디의 손으로 향했다.

종이컵을 받는 한 피디의 손목에 긁힌 자국이 보였다.

"어디서 다치신 모양이네?"

강 형사가 무심히 지나가는 말투로 툭 한마디 던졌다. 그러자 한 피디는 얼른 소매로 상처를 감추었다.

"집에서 뭐 좀 고치다가…… 그런데 범인은 아직 못 잡았습니까?"

"뭐 협조를 해줘야 말이죠. 온통 거짓말하는 사람들뿐이니."

서 형사가 한 피디의 얼굴을 빤히 쳐다보며 말했다. 그의 시선을 느낀 한 피디는 잠깐 서 형사의 눈을 쳐다보다가 이내 그의 시선을 피했다.

"재미있는 얘기 하나 해드릴까요?"

"……"

"부검 결과 이미란씨 손톱에서 살점이 발견됐어요. 누군가와 몸싸움을 했다는 증거겠죠? 뭐, 당연히 범인이겠지만요. 아주 살짝 긁었는지는 모르겠지만, 아무튼 손톱 밑에 끼어 있던 그 피부조직으로 DNA 분석을 끝냈습니다."

그의 얼굴이 창백해졌다. 목이 타는 듯 종이컵의 커피를 들이켰다.

"범인의 DNA가 있으니 이제 여기에 맞는 DNA만 찾으면 되거든요. 어이쿠, 여기 옷에 머리카락이 떨어졌네요."

서 형사가 얼른 한 피디의 어깨에서 머리카락 줍는 시늉을 했다. 한 피디는 서 형사의 손이 닿기도 전에 화들짝 놀라며 일어났다.

"나…… 난 안 죽였어요. 좀 다투기는 했지만, 난 안 죽였어요. 정말입니다."

서 형사는 보란듯이 강 형사를 쳐다보았다. 이제는 강 형사가 나설 차례라는 눈치였다.

"처음 진술 때는 통화만 했다고 하셨는데?"

"그건…… 괜한 오해를 받을까봐 그런 겁니다."

"다들 오해 때문이라고 하는군요. 그래서 수사에 혼선을 빚으면 또 무능한 경찰 탓을 하겠죠?"

"지금이라도 바로잡죠. 이번에도 거짓말을 하면 공무집행방해와 위증죄로 처벌을 받으실 겁니다."

옆에서 서 형사가 거들었다.

"……알겠습니다."

한 피디가 그날 밤에 있었던 일을 이야기하기 시작했다.

앵커들 회식 자리에 끼여 술을 마시던 그는 결국 혼자 2차, 3차를 하게 되었고, 술김에 이미란에게 전화를 했다. 이미란은 자야 한다며 전화를 바로 끊었지만, 아무래도 자는 것 같지 않아 잠깐 만나서 이야기하려고 그녀를 찾아갔다.

"택시에서 내려 걸어가는데 아파트 입구에 남 팀장 차가 보이더군요. 막 이야기가 끝났는지 미란이가 내리고 남 팀장의 차가 떠났어요. 전 아파트로 향하는 미란이의 뒤를 따라갔죠."

한 피디는 그날 밤 자기 얼굴을 짜증스럽게 바라보던 이미란의 표정을 떠올렸다.

"화가 났습니다. 유부남인 남 팀장 때문에 미란이가 자기 인생을 망치고 있는 걸 더는 볼 수가 없었어요. 다 그만두라고 했죠. 안 그럼 회사와 남 팀장 아내에게 알리겠다고요."

말다툼을 벌이는 과정에서 한 피디가 이미란의 팔을 잡아당겼고, 그녀는 한 피디의 손을 뿌리치려다 힘에서 밀리자 손톱으로 할퀴었다.

"긁히고 난 다음에 정신이 들었죠. 그제야 팔을 놔줬습니다. 자길 좋아하는 거냐고 묻길래 그렇다고 했더니 웃더군요. 그러곤 자기 일에 참견하지 말라고 하는데, 그 말이 어찌나 차갑

던지 술이 확 깨더군요. 그래서 그길로 돌아서 나왔습니다. 그게 답니다. 정말이에요."

한 피디는 긁힌 상처가 있는 손을 문지르며 불안한 시선으로 형사들의 얼굴을 번갈아 보았다. 한 피디는 이미란의 소식을 듣고 누구보다 놀란 사람이 자신이라고 했다. 당장 살인범으로 몰릴 판이라 사실대로 말할 수 없었다고도 했다.

한 피디를 사이에 두고 강 형사와 서 형사의 시선이 다시 마주쳤다. 현재까지 가장 강력한 용의자라고 할 수 있지만 방금 한 그의 말은 거짓처럼 들리지 않았다.

"돌아간 시간이 몇시쯤입니까?"

강 형사가 물었다.

"12시가 조금 넘었을 겁니다."

다시 뉴스센터로 향한 강 형사와 서 형사는 정유진을 찾았다. 누군가 그녀가 분장실에 있다고 알려주었다. 분장실 문을 두드리고 들어가자, 유진이 막 화장을 지우고 있었다. 그녀는 거울에 비친 강 형사 일행을 보고는 이미 한 번 만난 적이 있는 서 형사에게 가볍게 고개를 숙여 인사했다.

주위에 스태프로 보이는 사람들이 경계심을 감추지 않고 형사들을 쳐다보며 자기들끼리 소근거렸다. 강 형사는 개의치 않고 유진에게 다가가 인사를 건넸다.

"정유진씨죠? 잠깐 시간 좀 내주시죠?"

뉴스를 진행하던 때와 달리 화장을 지운 유진의 얼굴은 부드럽고 여성스러운 인상이었다. 강 형사는 잠시 그녀를 바라보다가 사건 당일 알리바이를 물었다. 유진은 조금 당황한 듯하더니 이내 차분한 목소리로 질문에 답했다.

"그날 저녁은 앵커들 회식이 있었어요. 끝나고 친구랑 같이 우리집에 가서 잤어요."

"친구분 이름이?"

"선주예요, 김선주. 여기서 같이 일해요."

강 형사는 꼼꼼하게 수첩에 '김선주'라고 받아 적었다.

"혹시 제가 의심받고 있는 건가요?"

"네?"

"지난번에는 알리바이 같은 거 물어보지 않으셨거든요."

"아, 그건 여기 서 형사가 실수한 겁니다. 보통 기본적으로 물어봐야 하는 게 알리바이인데, 그걸 깜빡한 거죠."

옆에 있던 서 형사가 민망한 듯 시선을 돌리고 딴청을 부렸다.

강 형사는 남 팀장과 한 피디에 대해서도 물었다. 유진은 이미 형사들이 이미란과 남 팀장의 관계를 알고 있다는 것을 눈치채고 난감해하는 표정이었다. 아무래도 분장실에 있는 다른 스태프들과 앵커들 앞에서 그들에 대해 얘기하는 게 껄끄러운 모양이었다.

"이미란씨가 평소에 불안해하거나 누구와 사이가 안 좋다는 얘기를 한 적은 없습니까?"

"아뇨. 사실 이 선배와는 자주 보기 힘들었어요. 전 새벽 5시부터 뉴스를 진행하기 때문에 대개는 점심시간쯤 퇴근하거든요. 이 선배는 그때쯤 출근하시고요. 같이 대화할 시간은 별로 없었죠."

강 형사는 고개를 끄덕이며 수첩을 덮었다. 그러곤 마지막 질문을 던졌다.

"사건 일어나고 난 뒤, 뭔가 이상하거나 신경쓰이던 점은 없습니까?"

잠깐 유진의 눈동자가 흔들렸다. 강 형사는 그 짧은 망설임을 놓치지 않고 그녀를 유심히 쳐다보았다.

"……글쎄요, 요즘 제가 갑자기 프로그램을 맡게 돼 다른 데 신경쓸 겨를이 없어서 잘 모르겠네요."

타당성 있는 이야기였지만 말과는 다르게 미묘하게 변하는 유진의 표정이 강 형사의 신경을 자극했다.

유진은 이제 회의에 가봐야 한다며 자리에서 일어났다. 강 형사와 서 형사도 유진을 따라 일어났다. 유진이 걸음을 옮기려고 하는데 강 형사가 지갑에서 명함을 꺼내 내밀었다. 유진은 잠깐 강 형사를 보다가 명함을 받았다.

강 형사는 유진의 눈을 지그시 들여다보며 말했다.

"혹시라도 기억나는 게 있으면 연락 주십시오."

"네, 알겠습니다."

강 형사의 시선이 부담스러웠는지 유진이 얼른 명함을 지갑에 넣고 대답했다. 유진이 걸음을 옮기려 했지만, 강 형사는 길을 내주지 않고 악수라도 청하듯 유진에게 손을 내밀었다. 그 손을 쳐다보던 유진은 하는 수 없이 그의 손을 잡았다. 강 형사는 가볍게 유진의 손을 잡으며 그녀의 눈을 응시했다.

"뭐든 생각나는 게 있으면, 얘기하고 싶은 게 있으면 언제든 연락하세요. 언제라도 괜찮습니다."

그는 다짐이라도 받듯 유진의 눈을 오래 쳐다보았다.

유진은 얼른 그의 손안에서 자기 손을 빼고는 분장실을 빠져나갔다. 나가는 유진의 뒷모습을 보던 서 형사가 슬쩍 강 형사의 옆구리를 찔렀다.

"뭐예요? 작업이라도 거는 거예요?"

유진을 대하는 강 형사의 행동이 아무래도 이상했는지 서 형사가 슬쩍 건드렸다. 강 형사는 피식 웃으며 서 형사를 데리고 분장실을 나왔다. 엘리베이터에 올라탄 강 형사가 비로소 이유를 말해주었다.

"저 여자, 거짓말을 하고 있어."

"예?"

"뭔가 숨기고 있다고."

“그래요?”

“마지막 질문을 했을 때 자기도 모르게 망설이는 게 보였어. 뭔가 감추는 게 있다는 거지.”

제작진들을 만나기 위해 뉴스룸 한쪽에 앉아 뉴스가 끝나기를 기다리면서도 강 형사는 유진에게서 시선을 떼지 않았었다. 그녀는 뉴스를 진행하는 동안 틈틈이 형사들을 바라보며 불안한 기색을 보였다. 처음엔 원래 형사들을 불편해하는 사람들도 있으니 그러려니 했다. 하지만 무릎이 마주 닿을 만큼 가까이 앉아 그녀를 지켜보니 단순한 불안감이 아니라는 것을 눈치챌 수 있었다.

틀림없이 그녀는 뭔가를 숨기고 있다.

16

강 형사와 서 형사는 방송국을 나와 서대문경찰서로 돌아왔다.

이번 사건의 책임자인 강력 2팀장은 강 형사의 인사를 받는 둥 마는 둥 하며 서 형사 쪽으로 시선을 돌렸다. 아무래도 지원 나온 강 형사의 존재가 불편한 듯했다. 방송국에서 조금이라도 새로운 단서를 찾았는지 기대하는 기색이 역력했다.

비 때문에 변변한 증거물 하나 건지지 못한 상태라, 탐문수사를 통해서라도 작은 실마리를 찾아내야 했다. 그러지 못하면 수사는 지지부진해지고, 사건 해결은 더 멀어질 수밖에 없다.

방송국에서 새롭게 알게 된 몇 가지 사실을 보고했지만 여전히 사건을 해결할 결정적인 단서가 없다는 사실에 팀장의 표정이 좋지 않았다.

강 형사와 서 형사가 방송국을 다녀오는 사이, 서 형사의 파트너인 김 형사는 전화국에 가서 이미란의 집전화 통화 내역을 뽑아 왔다. 김 형사가 내민 통화 내역을 본 강 형사와 서 형사는 서로를 쳐다보았다.

12시 13분에 통화한 기록이 남아 있었다. 남 팀장과 한 피디를 만나고 집으로 들어간 이미란이 누군가와 통화를 했다는 뜻이다.

"남 팀장과 한 피디는 제외해야겠군요."

서 형사의 목소리에 기운이 없었다. 이로써 용의선상에 올릴 인물이 한 명도 없게 된 것이다. 그나마 유력했던 두 사람마저 강 형사와 함께 다시 신문하면서 아니라는 쪽으로 기울었다.

강 형사는 그동안의 증거물을 가지고 혹시 놓친 게 있는지 다시 한번 살펴자고 했다. 함께 회의실로 가 앞으로의 수사 진행 방향에 대해 의논하려는데, 그때 강 형사의 핸드폰이 울렸다.

발신자를 보니 이 형사였다.

"왜?"

"……얼른 들어오셔야겠어요."

"그러니까 왜?"

통화를 빨리 끝내려고 강 형사는 말을 짧게 했다.

"택배가…… 또 왔어요."

"……바로 가지."

또다시 택배라니, 강 형사는 위에서 신물이 올라오듯 속이 뒤집혔다.

갑작스레 돌아가야 한다는 말에 2팀장은 안도하는 표정이었다. 강 형사는 전화를 끊고 바로 서대문경찰서를 나와 택시를 잡아탔다.

서대문경찰서에서 서울시경까지는 걸어도 십오 분이면 충분한 거리다. 하지만 강 형사는 일분일초도 허비할 수 없었다. 택시 안에서는 초조한 마음에 발을 구르기까지 했지만, 시경 건물로 들어서면서는 애써 마음을 가라앉혔다.

조바심을 낸다고 달라지는 것은 아무것도 없다. 침착해야 한다.

사무실 문을 열고 들어선 강 형사는 자신을 쳐다보는 형사들의 시선에 잠시 주춤했다. 외근으로 자리를 비운 형사들을 제외하고는 형사 대부분이 탁자 주위에 모여 있었다. 웅성거리던 실내는 한순간에 조용해졌다. 강 형사를 보자 모두 입을 다물고 그가 탁자로 다가오길 기다렸다.

그들의 미묘한 표정이 강 형사의 신경을 자극했다.

무거운 공기가 형사들을 짓눌렀다. 그들이 뿜어내는 의혹어린 시선을 강 형사는 충분히 느낄 수 있었다. 무언가 잘못되었다. 그들의 표정만 봐도 알 수 있다. 미묘하게 어긋나고 있는 느낌. 하지만 아직 그것이 무엇인지 단정할 수 없다. 걸음을 떼기가 두려웠다. 높은 계곡에서 외줄을 타고 있는 듯했다.

강 형사는 무거운 발걸음으로 탁자를 향해 걸어갔다.

강 형사가 다가가자 탁자를 둘러싸고 있던 형사들이 양옆으로 갈라섰다. 강 형사의 눈에 탁자 위에 놓인 택배가 들어왔다.

탁자 건너편에는 평소와 달리 굳은 표정의 윤 계장이 있었다. 강 형사와 눈이 마주친 윤 계장의 시선이 택배로 향했다. 강 형사의 시선도 자연스레 아래로 내려갔다.

어제 받은 택배보다 훨씬 작은 크기의 상자는 봉인된 채 자신을 열어줄 주인을 기다리고 있었다. 택배 송장에는 '강지훈 형사'라고 수신인이 선명하게 적혀 있었다. 놀란 강 형사가 고개를 들어 윤 계장을 쳐다보았다. 그는 묵묵히 강 형사를 응시할 뿐 표정에 아무런 감정도 담지 않았고 입을 열지도 않았다.

그는 아무 말 없이 송장에 쓰인 자신의 이름을 멍하니 바라보았다.

강지훈.

지금까지 자신의 이름이 이렇게 낯설게 느껴졌던 적은 없다.

놈이 내 이름을 어떻게 알고 있는 걸까? 아니, 놈은 나의 어디까지 알고 있는 걸까? 놈이 내게 바라는 것은 무엇일까? 또다시 왼쪽 머릿속에서 딱따구리가 쪼아대기 시작했다. 통증은 강력하고 집요하게 그를 괴롭혔다.

"분석실에 있는 상자 송장이랑 비교해봤는데, 같은 필체예요. 역시 편의점 택배를 이용했는데 이번엔 다른 지역이었어요."

옆에 있던 이 형사가 불쑥 끼어들었다.

택배에 대해 모르고 있던 형사들이 강 형사의 책상 위에 올려놓았던 모양이다. 하지만 '택배'라는 말이 신경쓰였던 이 형사가 송장을 보고는 분석실 상자에 붙은 송장의 필체와 비교해보았다고 한다. 그사이 강력계 형사들도 택배의 존재를 알게 되었고 모두 강 형사를 기다리고 있었던 것이다.

조용하던 사무실이 갑자기 시끌벅적해졌다.

폭력계 형사들이 사무실 문을 열고 나와 회의실로 향했다.

"우선 분석실로 가지고 가지."

다른 부서 사람까지 수시로 드나드는 사무실에서 상자를 열 수는 없었다.

윤 계장이 강 형사에게 위생장갑을 건네주었다. 위생장갑을 낀 강 형사는 곧 택배 상자를 들고 분석실로 향했다. 그 뒤로 형사들이 줄줄이 따라 들어갔다.

강 형사가 분석실 탁자에 상자를 내려놓자 강력계 형사들이 옆으로 모여들었다. 누구도 말을 꺼내지 않았지만 눈빛으로 그를 채근하고 있었다.

강 형사는 마른침을 삼키며 상자를 봉한 비닐 테이프를 칼로 그었다. 상자 뚜껑에 손을 댔지만 쉽게 열 수가 없었다. 안에 무엇이 들어 있는지는 모르지만, 지난번 택배와 동일인이 보낸 거라면 기분좋은 물건일 리 없다.

강 형사는 심호흡을 한 뒤 상자를 열었다.

호기심어린 형사들의 시선이 상자 안으로 쏠렸다. 상자 안에는 금박 포장지에 감싸인 물건이 들어 있었다. 강 형사는 조심스럽게 그것을 꺼내 포장지를 풀었다.

포장지에 싸인 것은 여자의 손이었다.

핏기가 가신 여자의 손은 마네킹처럼 창백했다. 직접 눈으로 확인한 형사들 모두 충격을 받은 표정이었다. 그나마 어제 더 끔찍한 경험을 치른 강 형사와 윤 계장, 이 형사만 침착함을 잃지 않았다.

"다들 잘 들어. 우선 이 사건은 비공개로 한다. 시경 내부에서도 과학수사계와 강력계 외에는 눈치채지 못하도록 입단속해. 외부에 알려져봐야 충격과 혼란만 줄 뿐이니까, 다들 주의하도록."

모두 윤 계장의 지시에 수긍하는 눈치였다.

"그리고 강력계랑 상의해서 이 사건을 전담할 수사팀을 구성할 테니까 그렇게 알고, 이 형사는 우선 여기 지문을 채취해서 신원확인 작업부터 해."

"그전에 강 형사의 얘기를 듣고 싶은데요?"

강력계 고참인 박 형사가 강 형사에게 시선을 돌렸다. 그는 눈빛으로 강 형사를 추궁하고 있었다. 범인이 다른 누구도 아닌 강 형사를 지목해 택배를 보냈다면, 범인과 강 형사 사이에 연결고리가 있다고 생각하는 게 당연하다.

강 형사의 이름이 적힌 택배를 본 순간 윤 계장도 사실 그 점이 궁금했다.

"무슨 얘기를 하라는 거야, 형?"

"범인은 네 앞으로 택배를 보냈어. 당연히 범인이 널 알고 있다고 생각할 수밖에 없잖아?"

"……몰라. 범인이 내 이름을 어떻게 알고 있는지, 왜 내게 이런 짓을 하는지 나도 정말 몰라."

강 형사가 할 수 있는 말은 그것뿐이었다.

택배 상자 속 여자의 머리를 발견한 그 순간부터 강 형사는 누구보다 범인의 정체가 궁금했다.

상자 속 여자에 대해 말하라면 또 모르지만, 범인에 대해서는 강 형사도 다른 형사와 마찬가지다. 그러나 강 형사의 대답을 들은 박 형사의 표정은 여전히 개운치 않았다.

"그럼 왜 네게 택배를 보낸 거지?"

"……"

누구보다 그 이유를 알고 싶은 건 강 형사다.

어제 오후 택배를 본 이후부터 몸과 달리 머릿속에서는 오로지 한 가지 생각뿐이었다.

도대체 누가 그녀를 이렇게 만든 걸까? 사실 방송국에서 이미란 사건을 수사하는 와중에도 그의 머릿속 한편은 이 생각으로 복잡했다.

일만 아니라면 당장 달려가 그날 밤의 행적부터 하나씩 되짚어보고 싶었다.

"……혹시 이런 거 아닐까요?"

불쑥 이 형사가 끼어들었다.

"어제 온 택배에는 이름이 없었어요. 그냥 형사과라고만 적혀 있었죠. 상자 속의 타월을 보고 강 형사님이랑 제가 모텔을 찾아갔었어요. 그러니까 범인은 강 형사님이 이 사건을 담당하게 된 거라 생각하고……"

"범인이 모텔에서 둘을 기다리기라도 했다는 거야?"

"그럴 가능성이 있다고 생각해요. 일부러 수건을 넣은 걸 보면 기다렸을 수도 있죠."

"그럼 강 형사 이름은 어떻게 알고?"

“그거야…… 아, 모텔에 강 형사님 차로 갔어요. 제가 청소하다보니까 앞유리에 명함이 꽂혀 있던데, 그걸 본 게 아닐까요?”

이 형사는 자신의 추론을 증명하기 위해 머리를 짜냈다. 틀린 말은 아니다. 충분히 가능성 있는 추리다. 이 형사가 윤 계장을 보며 이야기했다.

“어제 모텔을 갈 때부터 아무리 생각해도 이상하더라고요. 범인이 우리 앞에 단서를 하나씩 던져주는 게 아닌가 싶었는데……”

윤 계장이 고개를 끄덕였다.

“그래, 처음엔 타월, 이제는 지문이다 이거지.”

타월은 여자가 머물렀던 숙소를 찾게 해준 증거였다.

그리고 이번에는 손. 범인은 두번째 단서로 여자의 신원을 알려주려는 것이다.

모두가 범인의 대담하고 당돌한 도발에 말할 수 없는 분노를 느꼈다.

“그래도 이해가 안 돼요. 왜 하필이면 우립니까? 왜 서울시경이냐고요.”

“나도 궁금해. 그건 나중에 그놈을 잡아서 물어보자고.”

윤 계장은 박 형사와 다른 형사들을 달래고는 강력계 이 계장을 데려오라며 밖으로 내보냈다.

덕분에 잠시 한숨 돌릴 시간이 생겼다.

분석실에 앉은 세 사람은 서로의 얼굴을 쳐다보았다. 지 검시관을 빼고 어젯밤 함께 있던 멤버들이다.

"그렇게까지 변명해주지 않아도 되는데……"

"강 형사님 편들어준 거 아니에요. 제 머리로는 그렇게밖에 추측이 안 돼요."

"CCTV는 어떻게 됐어? 카피해가지고 왔어?"

윤 계장의 물음에 이 형사는 시선을 피하며 손가락으로 이마를 문질러댔다.

"왜? 건진 게 없어?"

"아뇨…… 그게 아니라, 어떻게 된 일인지 다 망가졌어요. 파일을 열어보니 영상이 다 일그러졌어요."

"뭐야?"

"영상분석실로 넘겼는데 정밀검사를 해보더니 자기장에 노출된 거 같다고……"

"뭔 소리야? 도대체 어떻게 보관했길래?"

"그냥 책상 서랍에 넣어뒀는데……"

하지만 변명치고는 궁색하다는 것을 알았는지, 어차피 자기 잘못이라고 생각했는지 이 형사는 곧 입을 다물었다.

이 형사가 난감한 시선으로 강 형사를 쳐다보았다. 강 형사는 아무 말도 하지 않았다.

윤 계장이 이 형사에게 한마디하려는데, 강력계 이 계장이 잔뜩 불만스러운 얼굴로 들어왔다.

"도대체 이게 뭔 얘기야? 시체는 뭐고 택배는 또 뭐야? 알아듣게 설명 좀 해주지?"

뒤늦게 소식을 들은 강력계 이 계장은 윤 계장을 향해 툴툴거렸다.

형사과 안에서 벌어지는 일을 책임자가 가장 늦게 알게 되었으니 그로서는 충분히 불쾌할 일이다. 윤 계장은 그럴 수밖에 없었던 사정 이야기를 한 뒤 신속히 팀을 구성해달라고 요청했다.

둘이 머리를 맞대고 이 끔찍한 사건을 어떻게 해결할 것인지 이야기를 나누는 동안, 강 형사는 분석실 한쪽에 앉아 넋나간 사람처럼 멍하니 상자에서 꺼낸 손을 바라보고 있었다.

"뭐가 잘못됐을까요?"

고개를 들어보니 이 형사가 걱정스러운 표정으로 강 형사를 내려다보고 있었다.

"이럴 줄 알았으면 어제 바로 확인해볼 걸 그랬어요……"

이 형사는 훼손된 USB 때문에 아직도 마음이 심란한 것 같았다. 강 형사는 이 형사의 어깨를 두드려주고 윤 계장 쪽으로 걸어갔다.

"이 사건, 제가 맡겠습니다."

　대화를 나누던 윤 계장과 이 계장이 강 형사를 돌아보았다. 윤 계장은 강 형사의 의견을 받아들인다는 듯 고개를 끄덕이며 이 계장에게 시선을 돌렸다.

　“어제 모텔에 다녀오기도 했고…… 어때? 강 형사에게 맡기지?”

　하지만 강 형사의 얼굴을 빤히 바라보던 이 계장은 고개를 저었다.

　“넌 지금 서대문 지원중이잖아.”

　“하지만 범인이 절 지목했어요. 이건 뭔가 이유가 있을 겁니다. 그러니까 제가.”

　“그러니까 안 된다는 거야. 범인이 왜 널 지목했는지도 모르는데, 놈이 원하는 대로 하자고?”

　“하지만……”

　“놈의 반응을 보는 것도 나쁘지 않아. 네가 목적이라면 다시 널 원할 테고, 그게 아니라면 그걸로 된 거고. 안 그래?”

　뭐라 반박할 수가 없어 입을 다물었다.

　윤 계장 역시 이 계장의 얘기를 듣고 고개를 끄덕이더니 강 형사에게 어쩔 수 없다는 눈길을 보냈다. 결국 이 사건은 강 형사에게 의혹의 눈길을 보냈던 박 형사가 맡기로 했다.

　“그리고 여자의 머리와 손은 바로 국과수로 보내죠. 지금 중요한 건 우리 자존심이 아니라, 놈을 잡는 거니까.”

이 계장은 시원시원한 성격답게 일 처리도 확실했다. 윤 계장은 자기 생각이 짧았다며 곧 국과수에 연락하겠다고 했다.

"넌 어서 이미란 사건이나 끝내."

윤 계장과 이야기를 마친 이 계장은 강 형사의 어깨를 툭 쳐주고는 사무실로 돌아갔다.

어떻게 해서든 이 사건을 맡아야 한다. 놈을 조사하려면 이 사건을 직접 맡는 게 최선이었다. 그러나 이 계장의 말 한마디로 모든 계산이 수포로 돌아갔다. 경찰은 계급사회다. 상관의 명령을 거역할 수는 없다. 일이 이렇게 된 이상 따로 시간을 내어 조사하는 방법밖에는 없다. 강 형사는 속이 답답했다.

자리에서 일어난 윤 계장이 지문을 채취하고 있는 이 형사에게 다가갔다.

"깨끗하게 나올 거 같아?"

"예. 부패도 심하지 않고 지문도 선명하고. 거기다 5개나 있잖아요."

사건 현장에서 발견되는 훼손되고 오염된 지문에 비하면 완벽한 지문을 확보한 셈이다. 이 지문들을 채취해 AFIS시스템(지문자동검색시스템)으로 검색하면 곧 피해자의 신원이 밝혀질 것이다.

하지만 이 형사의 말을 들은 윤 계장의 표정은 그다지 밝아지지 않았다. 적어도 가장 큰 숙제가 하나 풀리는 일인데도 그의 머릿속은 더 복잡해지는 것 같았다. 그런 윤 계장의 기분을 눈치챘는지 이 형사가 그의 표정을 살폈다.

이 형사와 눈이 마주친 윤 계장은 쓴웃음을 지었다.

"걱정하지 마시라니까요. 피해자가 누군지 알아내면 범인도 금방 찾을 수 있을 거예요."

"과연 그럴까?"

언제 왔는지 지 검시관이 분석실로 들어오며 말을 걸었다.

"무슨 소리야?"

지 검시관의 말이 거슬렸는지 이 형사의 한쪽 눈썹이 올라 갔다. 지 검시관은 아무런 대답도 하지 않고 탁자 위에 놓인 여자의 손을 바라보았다. 여자의 엄지와 검지는 지문 채취용 잉크가 묻어 지저분해져 있었다. 지 검시관은 이 형사가 채취 한 지문 전사지를 들어올리며 이 형사를 쳐다보았다.

"생각해봐, 범인이 이걸 왜 보냈을 거 같아?"

"그거야……"

"범인은 자신만만한 거야. 피해자가 누군지 밝혀져도 꽁꽁 숨을 자신이 있으니까 이렇게 던져준 거라고."

그제야 그 말이 무슨 뜻인지 알게 된 이 형사는 고개를 끄덕 였다.

범인은 자신이 주도권을 쥐고 있다는 것을 분명히 보여준 것이다. 여자의 신원이 밝혀지는 일 따위는 안중에도 없다. 모텔도, 지문도, 수사관들의 땀과 노력으로 얻어낸 것이 아니다. 범인이 던져주는 증거물을 따라 형사들은 그저 쫓아가고 있을 뿐이다.

윤 계장도, 강 형사도 이미 알고 있다.

"결국 나만 놈을 잡을 수 있다고 신났었군."

이 형사는 실망한 기색을 감추지 않고 한숨을 내쉬었다. 범인에게 농락당하는 자신이 한심하다는 듯한 표정이었다. 그의 어깨가 푹 주저앉았다.

강 형사가 그의 어깨를 두드리며 위로하듯 말했다.

"그렇게만 생각할 것도 아니야. 설령 피해자를 조사해서 범인과 연결고리가 없다고 해도 둘 사이에는 하나의 접점이 있어."

"그렇지, 범인과 피해자가 만났던 접점."

윤 계장은 강 형사가 말하는 의중을 정확히 파악했다.

범인은 자신을 절대 찾아낼 수 없을 거라고 자신만만해하고 있지만 그 자만심 뒤에는 작은 틈이 있다. 형사들은 그 작은 빈틈을 찾아내고 벌려 결국 범인의 발목을 잡을 것이다.

"놈은 우리를 우습게 볼지 모르지만, 아직 게임은 끝나지 않았어. 제대로 한 방 먹이자고."

윤 계장은 이 형사와 지 검시관의 어깨를 쳐주고 분석실을 나갔다.

강 형사도 분석실을 나가려는데, 이 형사가 팔을 잡았다.

"갑자기 박 형사님은 뭐예요?"

"어쩌겠냐, 시키는 대로 해야지."

사건 현장에 나가면 버럭버럭 소리부터 질러대는 박 형사의 급한 성격 때문에 과학수사팀은 그와 같이 일하기를 꺼렸다. 한창 바쁘게 움직이고 있어도 옆에 와서 잔소리를 해대기 일쑤다. 누구 실수인지 따지기도 전에 문제가 생기면 소리부터 지르고 본다. 다들 그의 목소리에 거부반응을 보이는 것은 당연하다.

"그냥 형이 계속하겠다고 해요. 범인은 형을 상대하고 싶은 거란 말이야. 상자에 적힌 거 보면 몰라?"

"걱정하지 마. 비공식적으로는 계속 신경쓸 테니까."

이 형사는 그제야 마음이 놓이는지 강 형사에게 웃음을 지어 보였다.

분석실을 나오는 강 형사도 마음이 편치 않았다.

지금이라도 윤 계장과 이 형사에게 그날 밤 일을 말해야 하나 싶었지만 어디서부터 얘기해야 할지 판단이 서지 않았다. 이야기를 꺼내게 되면 그 순간부터 정아의 사건은 더이상 손을 댈 수 없게 된다. 자신의 안이한 대처로 또 한 사람의 죽음을 부른 지금, 이대로 물러설 수는 없다. 놈이 자신에게 메시지를 보내고 있다는 것이 확실해진 만큼, 놈의 도전을 받아줘야 한다.

　강 형사는 놈의 목적이 뭐든 간에 더이상 도망가지 않겠다고 결심했다.

4장

악인을 비난하는 것보다
쉬운 일은 없다.
악인을 이해하는 것보다
어려운 일도 없다.

-표도르 도스토옙스키

17

　여자가 나오기를 모텔 앞에서 기다리는 동안 그는 다시 한 번 자신의 계획을 꼼꼼하게 점검했다. 만에 하나 여자가 자신이 생각한 대로 행동하지 않으면 어떻게 해야 하는가? 그런 가능성에도 대비하지 않으면 안 된다. 가장 좋은 것은 A안이지만 그렇다고 B안을 준비하지 않았다면 그것은 계획을 세웠다고 말할 수 없다.

　여자가 속아넘어가지 않는다면, 그리고 강지훈이 여자를 붙잡고 놓아주지 않는다면 어떻게 할까?

　수많은 경우의 수를 가진 게임이라서 상대의 선택에 따라

스토리는 달라진다.

상대가 어떤 식으로 반응할지는 그 순간이 닥치기 전까지 모른다. 모든 길은 열려 있고 그 수많은 가능성을 상상하는 일은 오히려 그를 흥분하게 만든다. 그 순간은 일종의 만찬을 위한 애피타이저다. 식욕을 돋우기 위해 그는 점화장치를 켜듯 자신의 본능을 일깨우기 시작한다.

팽팽한 긴장감 속에 근육을 잔뜩 수축하고 있다가 상대가 움직이면 재빠르게 따라잡아야 한다. 그때는 땅을 박차고 움직이는 사자처럼 빛의 속도로 달려야 한다. 얼마나 시간을 단축시키고 대처하느냐에 따라 상대를 잡을 수도 있고 내가 잡힐 수도 있다.

그는 오래전부터 이런 긴장의 순간에 익숙했다.

이것은 롤플레잉 게임 같은 것이다. 필요에 따라 역할을 바꾸면 문제는 간단하다. 대부분의 사람들은 하나의 역할만으로 살아가기 때문에 자신이 감당할 수 없는 일들이 닥치면 어쩔 줄 몰라 한다. 대처 방법을 모르기 때문이다.

그는 달랐다. 그는 자신이 감당할 수 없는 일을 만나면 자신을 바꾼다. 몇 개의 가면을 준비해두었다가 순식간에 바꾸는 변검 같은 기술을 가지고 살아가는 것이다. 물론 그 수많은 얼굴 중에서 가장 많이 사용하는 가면은 일상생활 속에서 사용하는 얼굴이다. 사회가 받아들일 수 있는 얼굴. 너와 내가 같다고 생각하도록 상대를 안심시키는 얼굴. 그러나 지루하고 재미없기만 한 얼굴.

처음엔 그도 자신에게 다른 얼굴이 있다는 것을 깨닫지 못했다.

어릴 때 초등학교 옆에 산업도로가 있었다.

그곳을 지나는 트럭들은 마치 브레이크가 없는 것처럼 질주했다. 하굣길에 산업도로 옆에 나 있는 강둑길을 따라 걷다보면 트럭에 치여 납작하게 눌린 고양이나 개가 종종 보였다. 여자아이들은 황급히 손으로 얼굴을 가리고 비명을 지르며 고개를 돌렸지만, 남자아이들은 주위를 두리번거리며 나뭇가지를 찾아다 사체를 쿡쿡 찔러보곤 했다.

그는 트럭이 오는지 살피다가 재빠르게 들어가 사체를 가지고 나왔다. 여자아이들은 비명을 질러대며 도망가버리고 남자아이들만 호기심 가득한 표정으로 모여들었다.

호기심으로 반짝거리는 그들의 눈을 보다가 그는 고양이의 입을 벌렸다. 이미 죽은 고양이의 입안에 아이들이 주워온 나뭇가지를 찔러넣으면 이미 터져나온 내장이 꿈틀한다. 그러면 남자아이들도 인상을 찡그리며 뒤로 물러났다. 아이들이 돌아간 뒤에도 그는 혼자 남아 고양이 뱃속에 남아 있는 내장들을 하나씩 꺼내고는 텅 빈 몸을 들여다보았다.

손을 집어넣어 안을 더듬어본다. 손끝에 살 속에 숨겨진 척

추뼈의 윤곽이 느껴진다. 그는 아버지의 낚시 가방에서 훔친 나이프를 주머니에서 꺼낸 다음, 뼈가 보이도록 고양이의 배를 더 길게 가른다. 두 손에 느껴지는 끈적임은 진흙 속에 손을 담그고 움직이는 것과 비슷하다. 싫증이 날 때까지 자르고 도려낸 뒤 고양이 사체를 길가에 그대로 버려둔 채 집으로 돌아갔다.

그런 일이 있고 나면 한동안 아이들은 그를 멀리한다. 여자아이들은 쳐다보지도 않고 남자아이들도 그를 경계한다. 그럴 때 그는 가면을 쓴다. 아이일 때 좋은 점은 잘 잊어버린다는 점과 동물적인 본능에 대해 비교적 관대하다는 것이다. 그는 아이들을 불러모아 쥐덫 놓기를 한다. 그리고 쥐덫에 잡힌 쥐가 몇 마리 모이면 남자아이들만 은밀히 불러 강가에서 특별한 밤놀이를 한다.

쥐의 꼬리에 기름을 바른 뒤 불을 붙이고 놓아주면 쥐새끼는 꼬리에 불을 달고 미친듯이 달린다. 아이들에게 그것은 즐거운 놀이다. 도망치는 쥐들이 남기는 불꽃을 바라보며 같이 웃고 있노라면 어느새 아이들은 그를 받아들인다. 그제야 아이들은 조금씩 눈치를 챈다. 인상이 찌푸려지고 받아들이기 힘들었던 그의 행동이 그저 하나의 장난에 불과하다는 것을.

그런 실험을 통해 그는 남들과 어울릴 수 있는 얼굴을 찾아내고 자신의 진짜 얼굴을 감춘다. 나이가 들면서 그 방법들은 점점 더 섬세해지고 교묘해져서, 그는 이제 굳이 노력하지 않아도 사람들과 섞여서 '우리'가 되는 방법을 터득했다.

죽은 고양이의 뱃속을 만지는 것은 숨겨야 하지만, 꼬리에 불을 달고 어두운 강가를 뛰어다니며 죽어가는 쥐새끼를 보는 건 낄낄거리며 함께 즐길 수 있다. 이미 죽은 것을 만지는 건 끔찍해하면서도 살아 있는 동물을 죽이는 건 즐거워한다는 사실이 이상했다. 하지만 깊게 생각하지 않았다. 몇 번 해보니 죽어 있는 것을 건드리는 것보다 살아 있는 것을 잡아 직접 날개를 떼고 다리를 잘라내고 눈알을 도려내는 게 더 재미있다는 것을 느꼈기 때문이다. 그제야 알았다. 아, 재미있는 것은 괜찮구나.

그는 강 형사가 정아를 알고 있다는 사실에 놀랐지만 한편으로 너무나 기뻤다.

아이들과 같이 강가에서 쥐를 죽이던 때가 훨씬 재미있었듯, 그는 자신의 즐거움을 함께 나눌 친구가 필요했다. 추억은 공유할 때 기쁨이 배가된다.

그에게 정아는 특별한 존재였다. 처음엔 이름조차 몰랐지만 신문을 보고 사과향기 나는 소녀의 이름이 정아라는 것을 알게 되었다.

8년이 지난 지금도 두 눈을 감고 그때를 떠올리면 모든 것이 너무나 생생하게 느껴진다. 그 부드러운 목, 가냘프게 뛰던 심장박동, 핑크빛 입술에서 새어나오던 공포에 질린 신음소리. 정아는 살인이 얼마나 강렬하고 흥분되는 경험인지 알게 해준 존재였다.

정아를 죽인 뒤 집에 돌아와서도 그날의 흥분과 설렘을 떠올리며 그 순간을 몇 번이나 머릿속에 그려보았는지 모른다. 그뒤로도 몇 명을 더 죽였지만 그때 같은 쾌감은 없었다. 신문에 실린 한 연쇄살인범의 이야기를 보고 그제야 정아가 얼마나 특별한 존재인지를 깨달았다.

러시아의 연쇄살인범 알렉산드르 피추시킨은 "첫번째 살인은 첫사랑 같아 결코 잊을 수 없다"고 했다. 고양이 사체를 보고 도망치던 아이들처럼 대부분의 사람들은 그 이야기에 치를 떨지 모르지만, 그는 그 말에 깊은 감동을 받았다.

정아는 그에게 첫사랑, 첫번째 살인을 경험하게 해준 존재다.

피추시킨은 열여덟 살에 첫 경험을 했다. 그뒤로 14년 동안 48명을 죽였다. 자신에게 살인 없는 삶이란 평범한 사람들에게 먹을 것이 없는 삶이나 마찬가지라고 했다. 그는 수없이 많은 말을 하며 자신이 남들과 다르다고 이야기했지만 그건 어리석은 행동이다. 같은 가면을 쓰지 않으면 사람들은 절대 공감하지 못한다. 차라리 그는 입을 다물었어야 했다. 머리가 나쁜 놈이다. 결국 감옥에 갇혀 영원히 굶주림에서 벗어나지 못하게 되었으니까.

그는 자신이 피추시킨보다 영리하다는 것을 안다. 영원한 굶주림보다는 현명한 선택을 했다. 완벽하게 안전하다고 생각될 때만 만찬을 즐기는 것이다. 그리고 그 달콤한 만찬의 기억으로 한동안 허기를 견뎌냈다. 인내의 한계까지 버티다가 정말로 머리가 돌아버릴 것 같을 때, 비로소 다시 먹이를 찾아나섰다. 오랜 굶주림 끝에 마주하는 만찬은 거의 첫 경험과 비슷했다. 그가 음미하는 매 순간의 감각들은 그의 영혼 깊숙이 스며들었다.

하지만 갈수록 허기를 느끼는 속도가 빨라졌고, 두려웠다. 자신의 영혼을 들여다볼 때면 깊이를 알 수 없는 텅 빈 우물 같았다. 잠시 흥분으로 출렁이다가도 그 순간이 지나면 그의 어둠은 더 깊고 넓어졌다. 아무리 감정을 끌어올려도 정아와 같지는 않았다.

그때 정아를 기억하는 강 형사를 만났다.

더구나 강 형사는 아직도 그를 잡는 일을 포기하지 않고 있었다. 오랜만에 추억을 나눌 친구가 생겼고, 거기에 흥미진진한 게임까지 벌이게 됐다. 그로서는 그런 기회를 놓칠 이유가 전혀 없었다.

정아의 친구, 준희를 속이는 일은 쉬웠다. 처음 그녀를 만났을 때도 정아만큼은 아니지만 달콤한 식욕이 느껴졌다. 그는 그녀를 미끼이자 동시에 먹이로 삼기로 했다.

그녀를 모텔로 데리고 온 다음 강 형사를 유인해내는 일도 싱거울 만큼 수월했다. 도무지 의심이라는 것을 모르는 여자는 그가 하는 말을 그대로 믿고 그가 원하는 대로 움직였다.

모텔에 도착한 강 형사가 여자를 만나 같이 안으로 들어가는 모습을 보고 그는 큰 소리로 웃을 뻔했다. 쥐덫으로 들어간 쥐새끼를 보는 것 같았다. 이제 쥐꼬리에 불을 당길 기름을 뿌리면 된다.

잠시 기다렸다가 여자에게 문자를 보냈다. 여자는 곧 모텔 건물을 빠져나왔다. 불안한 시선으로 주위를 두리번거리며 모텔 마당으로 나오는 여자를 보자 오랜만에 그의 몸과 머리가 뜨거워졌다.

그는 어둠 속에서 여자에게 손짓했다. 여자는 빨려들듯 어둠 속으로 들어왔다. 강 형사가 눈치채지 못하도록 자동차를 멀리 세워놓았다고 여자를 안심시키고 어둠 속으로 데려갔다.

모텔의 불빛이 멀어지자 불안했는지 여자는 그의 얼굴을 쳐다보며 자동차까지 얼마나 더 걸어가야 하느냐고 물었다. 그는 웃으며 산길 한쪽에 숨겨둔 자동차를 가리켰다. 그는 조수석 쪽에 서 있는 여자에게 잠시 기다리라고 말한 다음, 자동차 뒤로 가 트렁크를 열었다.

자동차용품 박스 뒤에 그만의 보물 가방이 있다. 그것을 열어 숨겨둔 장비를 꺼냈다. 손수 만든, 세상에 하나밖에 없는 그만의 도구였다.

여자는 추운지 어깨를 감싸며 경찰이 언제 오느냐고 물었다. 그는 도구를 든 손을 등뒤로 감춘 채 여자에게 걸어갔다. 금방 올 거라고 말하자, 여자가 안도의 숨을 내쉬었다. 이제 안전하다고 느끼는 듯했다.

그는 머리 위로 팔을 휘두르기 전에 여자에게 물었다. 아직 확인하지 않은 것이 한 가지 있었다.

"강 형사에게 내 얘기 했나?"

"아뇨? 아무 얘기도 하지 말라고 했잖아요?"

"그래, 그렇지."

여자는 그가 왜 그런 질문을 하는지 의아하다는 듯 쳐다보았다. 그는 고개를 끄덕이며 미소를 지어 보였다. 이제 미끼는 필요 없다. 그는 웃으면서 공기가 차니 자동차에 들어가 있으라고 권했다.

여자가 자동차 문을 열려고 몸을 돌리는 순간, 그는 도구를 높이 쳐들고 여자의 정수리를 향해 내려쳤다. 여자는 비명도 지르지 못하고 그대로 쓰러졌다.

그는 문을 열고 여자를 얼른 조수석에 실었다. 조수석 문을 닫고 돌아서는데 발밑에 뭔가 걸렸다. 여자의 핸드폰이었다. 그는 여자의 핸드폰을 주워 운전석에 올라탔다.

잠시 후 그는 자동차의 헤드라이트도 켜지 않은 채 지도에도 나와 있지 않은 시골길을 달렸다. 곧 목적지로 봐둔 곳에 도착했다. 아산역을 지나 남한강이 내려다보이는 강둑에 차를 세웠다. 지나는 자동차에 들킬 염려는 없었다. 새 도로가 생긴 뒤로 이 구도로는 아무도 찾지 않는 곳이 되어버렸다. 도로에 잡초가 자라날 정도로 한적했다.

그는 자동차에서 여자를 끌어내렸다. 축 늘어진 여자는 아무런 저항도 없이 그에게 끌려왔다.

자동차에서 멀찍한 곳에 여자를 끌어다놓고 트렁크에 있는 공구함을 열어 여자의 목과 손을 자를 도구들을 챙겼다. 손전등을 입에 물고 여자의 목을 비추며 작업을 시작했다. 그동안 시체를 토막낸 적은 한 번도 없었지만, 작업을 마치는 데는 십 분도 채 걸리지 않았다.

맨 처음 정아를 죽일 때는 목을 졸랐다. 온몸을 돌던 피가 그의 손에 막혀 서서히 그 흐름을 멈출 때, 손바닥에 전해져오는 느낌이 황홀했다. 호흡이 사라지고 심장이 멈추고 가늘게 떨리던 그녀의 마지막 몸부림도 생생하게 느낄 수 있었다.

그후에 작은 체구와는 달리 억센 힘을 가진 여자를 만나 곤혹을 치른 뒤로는 숨을 빨리 끊는 방법을 택했다. 여자의 생명이 떠나가는 그 순간을 느긋하게 즐길 수는 없었지만, 대신 여자의 얼굴을 어루만지며 감긴 눈꺼풀을 들어올려 그녀가 흘리는 마지막 눈물을 핥아먹었다.

이 여자는 그렇게 할 수 없다. 혹시라도 DNA가 검출될 경우를 생각하면 최대한 건드리지 말아야 한다. 그는 여자의 머리와 손을 준비해온 아이스박스에 넣어 트렁크에 실었다.

몸은 강 쪽으로 던져버리기 위해 끌고 갔다. 한 손에 전등을 들고 앞을 비추며 적당히 버릴 곳을 찾았다. 여자를 던졌다. 그러나 강물에 빠지는 소리는 들리지 않았다. 아무래도 수풀에 걸린 듯했다. 손전등으로 수풀 쪽을 비춰보았지만 여자의 몸은 보이지 않았다.

그때 오토바이 소리가 들렸다. 그 바람에 놀라 손전등을 떨어뜨리고 말았다. 얼른 몸을 숙이고 주위를 둘러보았다. 오토바이의 불빛이 100여 미터 전방에서 지나가고 있었다.

몇 번이나 현장 조사를 했는데도 생각보다 안전하지 않다는 사실에 화가 났다. 한 번도 이런 적은 없었다. 안전하지 않다고 느끼면 빨리 그곳을 빠져나와야 한다.

그는 얼른 자동차에 올라탔다. 조수석에 던져놓았던 여자의 핸드폰이 울렸다. 발신자는 강 형사였다. 그는 미소를 지으며 핸드폰을 꺼버렸다. 강 형사는 오랜 시간 초조하게 여자를 기다릴 것이다.

핸드폰에 매달린 토끼 인형을 떼어내 글러브박스에 넣고, 전원을 끈 핸드폰은 주머니에 넣었다.

오토바이가 멀어졌다고 느낀 뒤에도 좀더 기다렸다가 시동을 걸었다. 조금 찜찜하기는 했지만 어차피 강둑 아래는 강물이다. 수풀 속에 있다가 비라도 내려주면 그대로 강물을 따라 흘러갈 것이다. 혹시 발견된다고 해도 걱정할 일은 아니다.

그와 여자를 연결지을 수 있는 것은 아무것도 없다. 그녀와 연락했던 핸드폰도 어차피 대포폰이다. 여자가 죽던 시각, 그녀와 함께 있었던 것은 강 형사다.

그는 강 형사에게 선물을 보낼 준비를 하기 위해 서둘러 서울로 향했다. 여자의 얼굴을 확인한 강 형사의 표정이 어떻게 변할지 보고 싶어 견딜 수가 없었다.

18

사무실을 나서면서 먹은 두통약이 그래도 효과가 있었는지 자동차를 타고 세종로를 빠져나와 창경궁 앞에 이르자 조금씩 통증이 가시기 시작했다.

통증이 가라앉자 강 형사는 다시 처음부터 문제를 짚어보기 시작했다. 자신의 이름이 적힌 두번째 택배까지 받고 나니 도대체 놈의 목적이 무엇인지 궁금해졌다.

이 형사의 말대로 놈은 자신을 상대하고 싶어한다.

놈이 서울시경 사무실로 여자의 머리를 잘라 보낸 것은 경찰을 조롱하기 위한 것도, 그렇다고 자신의 살인을 알리기 위한 것도 아니다. 놈은 그저 강 형사에게만 통하는 메시지를 전달한 것이다.

이 모든 일은 그가 정아의 사건을 다시 파헤치면서부터 시작됐다. 그는 그저 자신의 오래된 부채를 갚고 싶었을 뿐이다. 미처 해내지 못한 책무를 다하고 싶었을 뿐이다. 하지만 그 과정에서 또 한 명의 억울한 생명이 희생됐다.

도대체 어디서부터 잘못된 것일까? 생각지도 못한 최악의 상황이었지만, 달리 보면 강 형사의 판단이 옳았다는 증거이기도 했다.

여전히 같은 연못에 있다면 먹이를 던져서 놈을 수면 위로 올라오게 할 수 있다. 묘적사 연못에서 떠올렸던 생각은 틀리지 않았다. 놈이 흥미를 보일 만한 미끼가 무엇인지도 모른 채 정아의 주변 사람들을 만나고 다녔을 뿐인데도, 그것만으로 놈은 자신의 존재를 드러냈다.

미끼. 놈을 자극한 미끼가 무엇이었을까?

8년 전에도 정아의 주변 사람들을 찾아다녔지만, 놈은 철저히 자신을 감추고 있었다. 그런데 지금은 무엇이 놈으로 하여금 스스로를 드러내게 만든 걸까?

답은 첫번째 택배에 들어 있었다.

미키 마우스.

　그가 은아를 만나 물어본 것도, 준희를 만나서 물어본 것도 그게 전부다. 열쇠는 미키 마우스 인형이다. 8년 전에는 없던 단서. 아니, 있었지만 미처 보지 못했던 단서.

　지금 그 단서 하나가 범인을 다시 수면 위로 끌어올렸다.

　은아와 준희가 정아의 주변 인물 그 누구에게 미키 마우스 인형에 대한 이야기를 했는지는 모르지만, 둘이 만난 사람 중에 범인이 있다. 그것은 범인이 여전히 정아의 주변 사람들과 연결되어 있다는 것을 의미한다. 정아와 준희 혹은 정아와 은아의 인간관계가 겹쳐지는 부분이 놈의 활동 영역일 것이다.

　강 형사가 미키 마우스를 단서로 쫓고 있다는 것을 놈도 알고 있다. 준희의 목뒤에 일부러 그려넣은 그림이 그것을 증명한다. 하지만 결정적인 단서를 얘기해줄 준희가 죽었다. 모텔에서 준희는 범인을 알고 있고, 그에게 쫓기고 있다고 했다.

　강 형사는 준희를 붙잡지 못한 자신을 질책했다. 그녀를 잡고 있었어야 했다. 놈이 쫓고 있다는데도 그녀를 그대로 어둠 속으로 내보냈다. 범인이 누구인지 이야기를 듣기도 전에.

　꼭 나가야 한다면 같이 나갔어야 했다. 그래서 적어도 준희만은 같은 일을 당하게 해선 안 됐다. 그때 조금만 침착했더라면. 그 심한 자책감에 가슴이 저렸다.

　집에 도착해 열쇠로 문을 여는데 어디선가 전화벨소리가 들렸다. 주머니를 뒤져 확인해봤지만 그의 핸드폰은 조용했다. 계단 위아래 쪽을 살펴보았지만 사람은 없었다. 주위를 두리번거리던 강 형사는 가만히 벨소리가 나는 방향을 따라 갔다.

벨소리는 아파트 문에 매달린 우유 배달 가방 안에서 울리고 있었다. 강 형사는 가방을 열고 안을 들여다보았다. 핸드폰이 있었다.

놈이다. 놈이 보낸 핸드폰이라는 것을 한눈에 알 수 있었다. 놈이 아닌 다른 사람은 이런 짓을 할 이유가 없다.

강 형사는 핸드폰을 들고 얼른 집안으로 들어갔다. 황급히 책상 서랍을 뒤져 핸드폰 녹음용 이어셋을 찾았다. 녹음기와 핸드폰에 잭을 연결했다. 이렇게 하면 놈의 목소리를 녹음할 수 있다. 통화하면서 미처 체크하지 못한 부분은 나중에 음성 분석으로 확인할 생각이었다. 침착하자. 또다시 일을 망치지 말고 이번에는 놈을 찾아내자 마음먹었다.

강 형사는 모든 준비를 마친 뒤 심호흡을 하고 통화 버튼을 눌렀다.

말없이 놈의 목소리를 기다렸다. 하지만 놈 역시 강 형사가 먼저 입을 열기를 기다리는지 조용하기만 했다. 바람소리 같은 연결음을 들으며 시계를 보던 강 형사는 결국 놈과의 기싸움을 포기했다.

"전화를 걸었으면 말을 해."

“전화 받는 시간이 너무 오래 걸리는군. 녹음할 준비를 하느라 그런 모양이지.”

목소리가 이상하다. 음성변조. 수화기에 변조기를 단 모양이었다. 놈의 치밀함을 다시 느꼈다.

“무슨 일이지?”

“무슨 일?”

갑자기 강 형사의 귀에 낄낄거리는 웃음소리가 들렸다. 한동안 허파에 바람 빠진 듯한 소리로 웃어대던 놈이 갑자기 웃음을 멈췄다.

“내 선물을 받고도 겨우 무슨 일이냐고 묻는 거야?”

“선물? ……미친 새끼.”

강 형사는 미친 새끼라는 말을 씹어 뱉었다. 한 사람의 목숨을 빼앗아놓고 선물이라고 떠드는 놈에게 돌려줄 수 있는 건 거친 단어들뿐이었다.

“아쉽군. 그렇게 대접하면 대화가 안 되잖아?”

강 형사는 이를 앙다물고 터져나오려는 욕설을 삼켰다.

“나와 대화를 하자고?”

“우린 할 얘기가 많거든.”

“……하고 싶은 얘기가 뭐야?”

“……정아 얘길 해볼까? 그게 우리의 첫 만남이니까.”

“……”

“얘기하기 싫은가?”

“……해봐.”

“당신이 먼저 하는 게 어때?”

“얘길 하고 싶어하는 건 내가 아냐.”

강 형사는 세게 밀어붙였다. 일부러 자신의 집까지 찾아와 핸드폰을 놓고 갔다. 놈은 진심으로 자신과 얘기하고 싶은 것 같았다. 짧은 침묵이 지나고 결국 놈이 먼저 입을 열었다.

“그날 비가 왔지. 우연히 만났지만…… 보는 순간부터 한눈에 알았어. 내가 원하는 아이라는 걸.”

우연히 만났다? 그렇다면 주변 인물은 아니라는 얘기가 된다. 그날 처음 만났다면 현장 증거가 없는 한 놈을 찾기란 불가능한 일이다. 그래, 하필이면 비가 왔지. 그 비가 모든 증거를 다 하수구로 쓸어버렸어. 놈은 그것까지 계산했을까?

“그뒤로 몇 명의 여자를 만났지만 그애 같은 여자는 없었어.”

몇 명의 여자? 설마 정아 말고도 놈에게 살해된 희생자들이 더 있다는 얘긴가?

“몇 명의 여자를 만나다니? 그 여자들도 정아처럼 죽였단 얘기야?”

다시 놈이 낄낄거렸다.

“생각보다 시시했어. 얘기했지? 정아 같은 여자는 없었다고.”

강 형사는 놈이 무슨 말을 하는지 이해했다. 놈은 연쇄살인범이다. 그리고 첫 희생자는 정아였다.

"도대체 왜 그런 짓을 하는 거지?"

"그런 짓이라…… 살인을 말하는 건가?"

다시 낮은 웃음소리가 들렸다.

"그러고 보니 지금껏 한 번도 '왜?'라는 질문을 해본 적이 없군. 아니, 그런 질문은 할 필요도 없어. 이유 같은 건 없으니까. 그저 인간이란 게 원래 그런 거야."

"웃기지 마."

"그래, 인정하고 싶지 않겠지. 생각해봐, 상자 속에 든 여자의 머리를 봤을 때 어떤 생각이 들었지? 날 잡아서 죽이고 싶지 않았어?"

놈의 말에 저절로 이가 갈렸다. 당장이라도 눈앞에 있다면 놈의 말대로 죽을 만큼 패주고 싶었다.

"살인을 하느냐 하지 않느냐의 경계는 본능에 충실한가, 그걸 참아내는가의 차이일 뿐이야."

강 형사는 최대한 감정을 억누르며 놈의 신경을 건드리기로 했다.

"그래, 그렇게라도 자기 안의 의문을 잠재우고 싶은 거겠지. 그런데 왜 그렇게까지 자신의 행위를 합리화하려는지 생각해본 적 있어? 넌 그래봐야 결국 이 사회에 적응하지 못하는 쓰레기일 뿐이야. 그 분노를 타인에게 분풀이하는 것뿐이지. 제대로 사랑받고 사회에서 인정받고 사는 사람이라면 그런 짓은 하지 않아."

"인정? 그런 건 무리 속에 있어야 하는 양떼 같은 동물들에게나 해당되는 소리지. 표범은 밀림에서 혼자 살아가. 누가 인정해주지 않아도 표범은 표범이야."

이번에는 강 형사가 낄낄대며 웃기 시작했다.

"왜 웃지?"

놈의 목소리가 살짝 흔들렸다. 강 형사는 더 크게 웃었다. 놈의 목소리가 신경질적으로 변했다. 신경전에 걸려들었다는 걸 느낄 수 있었다.

"왜 웃냐고, 왜?"

"넌 자신을 대단하다고 생각하는 모양이지. 표범? 현실을 말해줄까? 넌 어둠 속에 숨어서 힘없고 연약한 열일곱 살짜리 여자애를 죽인 것뿐이야. 겁에 질려 어쩔 줄 모르는 아이를 죽여놓고 잘났다고 떠들어? 겨우 그런 걸로 인간이 어쩌고 본성이 어쩌고 떠들어?"

그러곤 기다렸지만 놈의 목소리가 들려오지 않았다. 그저 거친 숨소리만 느껴졌다.

"네가 어떤 놈인지 대충 알겠어."

"……날 안다고?"

"어릴 때부터 사랑받지 못하고 자랐겠지. 가족한테도 사랑

받은 적이 없어서 넌 사랑이라는 게 뭔지도 모르는 거야. 그래서 자신을 사랑하는 게, 남을 사랑하는 게 뭔지도 모르지. 자신이 대단한 존재라고 떠벌리지만, 솔직히 말해봐. 넌 알고 있잖아? 자신이 얼마나 끔찍한 괴물인지, 악취 풍기는 흉측한 그 얼굴을 넌 알고 있잖아?"

"시끄러!"

그의 목소리가 딱딱해졌다. 거칠어지는 숨소리가 들렸다. 간신히 분노를 억누르고 있는 것 같았다.

"안됐지만 넌 사람이 아니야, 사람의 탈을 쓰고 태어난 악마일 뿐이지. 대화? 그런 건 사람과 사람이 하는 거야, 너 같은 놈은……"

전화가 끊어졌다. 강 형사의 이야기가 끝나지도 않았는데, 놈이 더이상 견디지 못하고 전화를 끊었다.

강 형사는 녹음기를 끄고 한쪽 벽에 기대앉았다. 피로가 밀려왔다.

형사생활 14년째. 수많은 범죄자를 만났다. 이런 놈들이 가장 싫다. 어설프게 주워들은 논리로 자신을 합리화하는 성장하지 못한 인간들. 짐승의 본능만 살아 있고 인간의 이성은 없는 인간들.

그러다 문득 강 형사는 의문이 들었다.

놈은 나에 대해 너무 많은 것을 알고 있다. 준희를 통해 시경에 있다는 것은 알 수 있다고 쳐도 이 집은 어떻게 알았을까? 더구나 자신이 도착하는 시간에 맞춰 핸드폰이 울렸다.

놈은 예전부터 내 뒤를 미행한 것이다. 지금 이 시각에도 내 집 주변에서 나를 지켜보고 있다. 강 형사는 그렇게 판단했다.

그는 벌떡 일어나 불을 끄고 창가로 갔다.

빌라 주변을 빠르게 둘러보았다. 골목 입구부터 마당까지 둘러보았지만 별다른 것은 보이지 않았다. 자동차 몇 대가 주차되어 있고 동네 사람들이 오가고 배달 오토바이가 지나간다. 늘 보던 대로 익숙한 골목 풍경뿐이다.

강 형사는 커튼을 치고 밖에서 안을 들여다볼 수 있는 모든 시선을 차단했다.

소파에 앉아 녹음한 내용을 다시 듣기 위해 녹음기의 재생 버튼을 눌렀다. 몸은 모래주머니를 매단 것처럼 천근만근인데 머리는 온갖 생각으로 바쁘게 움직였다. 놈에 대한 정보를 조금이라도 더 찾을까 싶어 몇 번이고 듣고 또 들었다.

그러나 의식은 곧 지친 몸에 잠식되었다.

그는 어느새 소파에 쓰러지듯 누워 깊은 잠에 빠졌다. 꿈도 꾸지 않았다.

19

K일보 수습기자 주진석은 사흘째 집에 들어가지 못하고 있었다. 마포경찰서의 기자실 소파가 이제는 자기 집 침대보다 더 익숙했다.

수습 6개월 동안 코피깨나 흘릴 각오를 하고 있었지만, 막상 닥치고 보니 체력의 한계가 어디까지인지 시험당하고 있다는 생각이 들 정도였다.

과민대장증후군 증세로 밤새 시경의 화장실을 들락거리다 새벽에 출동하는 수사팀을 따라가 운좋게 이미란 사건으로 특종을 따냈다. 이후 그는 서대문경찰서를 주시하며 후속으로 쓸 기삿거리를 찾고 있었다.

1진 선배 기자가 아니라 시경 캡에게 바로 보고를 하는 바람에 선배들에게 쪼임을 당하기도 했지만, 오히려 그 상황을 즐길 만큼 특종의 맛은 달콤했다. 무엇보다 그 일을 계기로 캡인 장 팀장에게 자신의 이름을 확실히 각인시켰다는 점이 가장 뿌듯했다.

사건 발생 일주일이 지나도록 지지부진한 수사에 뚜렷한 용의자도 떠오르지 않아 형사들만큼이나 그도 초조해졌다. 기대를 한몸에 받고 있는 지금, 뭔가 새로운 기사로 확실히 자리매김해야 한다는 생각이 들었다.

신문사에서 아이템 회의를 마치고 저녁 회식을 한 뒤 선배 기자들은 바로 퇴근했지만, 그는 다시 마포경찰서 기자실로 가야 했다. 이른새벽부터 마포 라인을 돌려면 집에 다녀올 여유가 없었다.

회사에서 마포경찰서로 가려다가 혹시나 싶어 서대문경찰서로 걸음을 옮겼다.

그가 회의를 하는 동안 이미란 사건 수사팀은 방송국으로 재조사를 나갔다고 했다. 그렇지 않아도 대학 후배에게 들은 얘기가 있어 확인도 할 겸 사무실을 찾았다.

늦은 시간인데도 서 형사는 사무실에서 잔업중이었다. 연신 하품을 하면서도 일어날 생각을 안 하는 걸 보면 그 역시 대충 의자를 붙여놓고 잠을 청할 모양이었다.

웃으면서 인사를 하고 박카스를 내밀었더니 서 형사는 동병상련이라는 듯 안쓰러운 얼굴로 그에게 인사를 했다.

"오늘도 집에 못 들어가는 모양이네?"

"수습이 그렇죠 뭐. 부검 결과는 나왔어요?"

"그건 다음주나 돼야 나온다니까. 나오면 어련히 알려줄까."

"저…… 들어보니까 죽은 이미란 앵커하고 누가 불륜관계였다면서요?"

서 형사는 잠시 주 기자의 얼굴을 쳐다보다가 다시 노트북

자판을 두들기며 혼잣말처럼 중얼거렸다.

"그런 건 또 어디서 주워들었어?"

"후배가 WNN에 있거든요. 쉬쉬하지만 다들 아는 얘기라고 하던데요?"

"사회부 기자가 그런 걸 물어보면 안 되지, 죽은 사람 가지고 스캔들 기사 만들려는 거야?"

"그쪽으로도 수사중인지 궁금해서요."

"주 기자님, 제가 지금 죽도록 바쁘거든요. 안 보이세요?"

박카스의 약발은 오 분도 채 가지 않았다.

수사하느라 하루종일 현장을 쫓아다닌데다 수사일지까지 쓰느라 피곤한 그를 붙들고 얘기를 캐봐야 좋은 소리가 나올 리 없었다. 술까지 사 먹여가며 모처럼 얻은 소스라 서 형사의 입으로 확인하고 싶었지만 쉽게 풀어낼 것 같지 않았다.

주 기자는 금방 포기하고 물러섰다.

유치장에 들어온 사람들을 대충 둘러보고 당직인 형사들과 농도 주고받다 복도로 나왔다.

어깨를 흔들어 뻐근한 목의 피곤을 털어내며 현관으로 가는데 사르르 배가 아파왔다. 아무래도 회의 끝나고 선배들과 먹은 맥주와 회가 궁합이 안 맞았던 모양이다.

망할 놈의 대장은 시도 때도 없이 괴롭히는구나. 결국 화장실에 들러 일을 보고 있는데 누군가 다가오는 발소리가 들렸

다. 화장실로 들어선 사람은 조금 전에 이야기를 나눈 서 형사
와 또다른 형사였다.

소변이 떨어지는 소리와 함께 서 형사에게 이미란 사건이
어떻게 되어가느냐고 묻는 다른 형사의 목소리가 들렸다. 시
경에서 지원까지 나왔지만 사건 해결의 기미가 보이지 않으니
서 형사의 대답은 두루뭉술했다.

"근데 말이야, 강 형사한테 시경 얘기 못 들었어?"

"뭔 얘기?"

"……"

목소리를 낮췄는지 다른 형사의 말이 잘 들리지 않았다. 뭔
가 비밀스러운 이야기를 나누는 게 분명했다. 그렇지 않다면
화장실에서 굳이 말소리를 줄여가며 두 형사가 수군거릴 일이
없을 것이다.

주 기자는 최대한 인기척을 내지 않도록 신경쓰며 상체를
기울여 문 쪽에 귀를 바짝 댔다.

"뭔 소리야, 어떤 미친놈이?"

"기가 막히지. 조금 전에 시경에 있는 선배 만나고 오는 길
이야. 절대 비밀이라고 하던데, 따로 수사팀 꾸렸으니 곧 알
사람은 알게 되겠지."

"진짜야? 시경에 토막시체라니, 와 진짜 말이 안 나오네."

시경? 토막시체?

갑자기 괄약근에 또 신호가 왔다. 주 기자는 힘껏 괄약근을 조이다 자기도 모르게 입을 틀어막았다. 신음소리가 나올 것 같았다. 숨소리도 들리면 안 된다. 그는 손톱을 깨물며 참았다.

"아무리 미친놈이라고 해도 그걸 왜 택배로 보내?"

토막시체를 택배로 보내? 시경으로? 이건 특종이다. 아니, 특종이 아니고 대박이다!

주 기자는 주먹을 입안으로 집어넣으며 신음소리가 새어나오는 것을 막았다. 지금 들켰다가는 특종이 날아간다. 조금만 참자, 조금만.

물소리가 나고 둘은 손을 씻는 듯했다.

"종일 강 형사랑 같이 있었으니까 뭔 얘기 좀 들은 줄 알았지."

"아니, 별 얘기 없었어. ……그러고 보니 좀 이상하긴 했네. 하루종일 딴생각하는 사람처럼 멍해 있기도 하고, 또 전화를 받고는 급하게 들어가봐야 한다고 갔거든."

"그거 보라고, 심상치 않다니까. 진짜 세상이 어떻게 돌아가려고 이러는 건지."

발소리와 함께 형사들의 목소리가 멀어졌다.

주 기자는 열까지 세고 그들이 완전히 화장실을 떠났다는 판단이 서자 조였던 괄약근을 풀었다. 저녁에 먹은 것들이 시원하게 변기로 쏟아졌다. 갑자기 자신의 과민한 대장이 사랑스러워 견딜 수가 없었다.

덕분에 특종을 하나 더 눈앞에 두고 있다.

일을 마치고 나온 주 기자는 발소리를 죽이며 복도를 지나 경찰서 마당으로 나왔다.

선배에게 전화를 걸까 하다가 생각을 바꿨다.

이건 선배에게 할 이야기가 아니다. 이미 선배들에게 시달린 경험이 있지만, 이런 중대 사안은 캡에게 바로 전하는 게 좋겠다는 판단이 섰다.

다행히 캡은 금방 전화를 받았다. 깨어 있었던 게 틀림없다. 그렇게 생각하니 한결 마음이 편했다.

그는 떨리는 목소리로 조금 전 자신이 들은 이야기를 전했다. 묵묵히 얘기를 전해들은 캡은 알았다며 전화를 끊었다. 안도의 한숨을 내쉬고 마포서로 걸음을 옮기려는데 캡에게 전화가 왔다.

캡은 그에게 깜빡했다며 누구에게도 이 일을 이야기하지 말라는 당부와 함께 '수고했다'라는 말을 남기고 전화를 끊었다.

캡에게 수고했다는 말을 듣는 것이 얼마나 어려운지 선배들에게 귀가 닳도록 들었던 주 기자는 순간 자신의 귀를 의심했다. 감격에 겨워 이미 끊긴 핸드폰을 붙들고 한참을 보다 폴더를 닫았다.

사흘 동안 쌓였던 피로는 이미 싹 날아갔고 밤공기는 시원하기만 했다.

20

다음날, 출근하던 윤 계장은 시경 정문 앞에서 자신을 향해 손을 흔들며 알은체하는 장 팀장을 보고 얼굴이 굳었다.

한창 일선 경찰서를 돌며 취재기자들의 보고를 받고 있어야 할 시간에 그가 이곳에서 기다리고 있다는 것은 보통 일이 아니다. 그렇게 함구령을 내렸건만 벌써 이번 사건이 장 팀장의 귀에까지 들어갔다는 것이 짐작됐다.

말은 물과 같아서 조금의 틈이라도 있으면 새어나가게 되어 있다. 어차피 그 자리에 있던 사람이 한둘도 아니다. 짧은 시간이라면 모르지만 그들의 입을 모두 막는다는 것은 불가능하다. 하지만 기사화되는 것은 어떻게든 막아야 한다는 생각이 들었다.

윤 계장은 애써 밝은 표정으로 손을 내밀어 악수를 청하며 그에게 다가갔다.

"이제 한 바퀴 돌려나봅니다?"

"잠깐 시간 괜찮으시면 얘기 좀 하죠?"

"출근하는 사람을 납치해서 어디로 데려가시려고?"

윤 계장은 여전히 태연한 척 농담을 던졌지만, 장 팀장은 주위를 둘러보며 그의 어깨를 가볍게 잡아당겼다.

"다른 신문사에서 보기 전에 가시죠?"

윤 계장은 결국 그를 따라 한 블록 떨어진 허름한 빌딩의 지하 커피숍으로 갔다.

"시경에 이상한 택배가 왔다던데, 뭔 소리예요?"

장 팀장은 자리에 앉자마자 불필요한 인사치레는 생략하고 바로 본론으로 들어갔다.

윤 계장은 잠시 머리를 긁적이며 그가 어디까지 아는지 먼저 떠보기로 했다.

"누구한테 들었어, 그 얘기는?"

그러나 장 팀장 역시 사회부 기자 경력 11년의 시경 캡이다. 그렇게 만만하게 수를 읽힐 상대는 아니다.

"지금 있는 소스만으로도 기사는 쓸 수 있어요. 하지만 그동안 우리가 나눈 술잔을 생각하면 얘기도 안 듣고 쓴다는 게 맘에 걸려서 그러지."

사실 그의 도움을 받은 것도 사실이다. 분석실만 해도 우리나라 과학수사의 실태를 지적하며 여론을 조성해준 그의 기획 기사 덕을 몇 번이나 봤다.

강력 사건이 계속 일어나는 상황에서 신속한 사건 해결을 위해서는 국과수와 적절한 업무 분담이 필요하다는 기사, 가장 많은 살인사건을 담당하는 서울경찰청이 분석실 하나 없이 증거물 분석을 여기저기 옮겨다니면서 처리한다는 비효율성을 꼬집는 기사를 계속 실어준 덕분에 매번 후순위로 밀리던 예산을 받게 됐고 마침내 분석실을 개설할 수가 있었다.

술잔을 기울일 때마다 늘 하던 말이지만, 경찰과 기자는 서로 감추고 피해 다녀야 할 대상이 아니라 적절히 도와주고 공생해야 할 관계다.

"장 팀장이 알게 됐으니 다른 쪽에서도 곧 알게 될 거고, 우선은 오프더레코드로 해주시면 얘기하죠."

장 팀장은 고개를 끄덕이고 윤 계장의 이야기를 기다렸다.

"첫번째 택배가 온 건 3일 전 정오쯤이고 20대로 추정되는 여자의 머리가 들어 있었어요. 그다음날 두번째 택배가 도착했고 이번에는 같은 피해자의 것으로 보이는 손이 들어 있었고요."

토막시체라는 말을 듣기는 했지만 매일 하나씩 택배가 도착하고 있다는 윤 계장의 말은 충격적이었다. 이런 사실이 알려지게 되면 얼마나 큰 파장이 생길지 짐작됐다. 3층의 형사들이 쉬쉬하고 있는 것도 이해가 갔다.

장 팀장은 생각보다 심각한 상황이라 쉽게 입을 열지 못했다.

"……그럼 지문 확보를 했을 테니 신원은 알아냈겠군요."

"그럴 겁니다."

"이건 뭐, 할리우드 영화도 아니고……"

"불행한 일이지만 앞으로 할리우드 영화보다 더 끔찍한 사건들을 경험하게 될 겁니다."

일선에서 30년 가까이 사건을 경험한 형사의 입에서 나온 말은 진중하면서도 섬뜩했다.

"유영철, 정남규, 강호순…… 앞으로 그들보다 더 끔찍한 일을 저지른 놈의 이름을 듣게 될 거요…… 어쩌면 영화를 뛰어넘는 게 현실인지도 모르지."

장 팀장은 말을 잇지 못하고 윤 계장의 얼굴만 쳐다보고 있었다. 설마 이 정도의 사건인 줄은 몰랐다.

"그나마 유영철이나 강호순은 자신의 범죄를 숨기기라도 했지, 이놈은 달라. 드러내놓고 시신을 보내고 경찰을 조롱하고 있어요. 잡히지 않을 자신이 있는 건지, 아니면 잡혀도 상관없다는 건지. 갈수록 사람이 아니라, 괴물을 상대하고 있는 게 아닐까 싶은 사건이 늘어나고 있으니."

한번 말문을 연 윤 계장은 가슴속에 담아둔 얘기를 꺼냈다.

장 팀장은 그가 하는 말이 무슨 의미인지 안다.

경찰이나 기자는 누구보다 먼저 사회의 적나라한 현장을 만난다. 여과 없이 펼쳐진 사건은 때로 감정적으로, 이성적으로 감당하기 어려운 것들이다. 그런 사건을 만나게 되면 인간에 대한 회의와 깊은 울분을 느낀다.

둘은 잠시 말을 잊은 채 생각에 잠겼다. 말은 하지 않았지만 그 침묵 속에서 서로의 고충을 충분히 느끼고 있었다. 그러나 그런 감상에서 벗어나는 것은 역시 장 팀장이 빨랐다.

그는 다시 기자의 얼굴로 돌아와 다음 질문을 던졌다.

"범인의 윤곽은 대충 잡혔나요?"

"아직. 지금 수사중이니까 곧 단서가 나올 겁니다."

지금으로서는 윤 계장도 별로 할 이야기가 없다는 것을 장 팀장도 알고 있다. 그는 마지막으로 윤 계장이 생각지 못했던 이야기를 꺼냈다.

"오늘 또 택배가 올까요?"

윤 계장은 아무 말 없이 장 팀장을 쳐다보았다.

범인의 도발에 아직도 손 하나 제대로 못 쓰고 무능력하게 기다리고 있는 것 같아, 아무 말도 할 수가 없었다. 다행히 윤 계장에게 걸려온 전화가 그 질문을 피할 기회를 만들어주었다.

윤 계장은 핸드폰을 꺼내며 자리에서 일어났다.

"그럼, 먼저 일어나겠습니다."

커피숍을 나온 윤 계장은 얼른 핸드폰에 찍힌 전화번호를 확인했다. 사무실이었다.

폴더를 열어 전화를 받았다. 이 형사였다.

"어디세요?"

“어, 요 앞이야. 왜?”

“……빨리 들어오셔야겠습니다.”

“무슨 일인데?”

이 형사는 얼른 사무실로 오라는 말만 하고 전화를 끊었다. 혹시 장 팀장의 말처럼 세번째 택배가 온 건가 싶어 온몸에 소름이 돋았다.

윤 계장은 거의 뛰다시피 사무실로 올라갔다. 거친 숨을 고를 틈도 없이 사무실을 둘러보던 윤 계장은 분석실에 모여 있는 사람들을 보고 얼른 걸음을 옮겼다. 강력계 이 계장을 비롯해 이번 택배 사건을 맡기로 한 박 형사, 이 형사, 지 검시관이 함께 있었다.

“무슨 일이야.”

이 형사와 박 형사가 서로 눈짓을 주고받더니 결국 박 형사가 말을 꺼냈다.

“우선 지문을 통해 피해자의 신원을 확인했습니다. 나이 25세. 주소 서울 서대문구 창선동 53-1. 이름은 이준희. 주소지로 찾아가 확인했는데, 지난 11월 14일 종로에 있는 직장에서 퇴근 후 연락이 끊어졌다고 합니다. 오늘 핸드폰 통화 내역을 조사해서 사건 당일 행적을 추적할 예정입니다.”

14일이면 첫번째 택배가 오기 전날이다.

범인은 이준희를 죽인 뒤 바로 다음날 시경으로 택배를 보낸 것이다. 이것은 계획적이라고 볼 수밖에 없다.

말을 마친 박 형사는 고개를 돌려 이 형사를 쳐다보았다. 이 형사도 뭔가 할말이 있는 듯했지만 쉽게 말을 꺼내지 못하고 있었다.

"뭐야, 빨리 말해."

답답한지 이 계장이 소리를 질렀다.

"저, 여기 이건 모텔에서 가져온 CCTV 영상인데, 처음엔 시신 상태로 보아 최근 며칠 사이의 일이라고 추정해서 닷새 전부터 확인하고 있다가 박 형사님 전화를 받고 14일 저녁부터 다시 찾아봤는데요……"

지난번 복사해온 CCTV 영상이 망가져서 속을 태우던 이 형사는 어제저녁 모텔에 다녀오겠다고 했다. 퇴근도 하지 않고 모텔에서 다시 떠온 영상을 계속 분석하고 있었던 모양이었다. 이 형사가 얼른 컴퓨터로 화면을 띄우더니 14일 밤 11시가 넘은 시각부터 영상을 재생하기 시작했다.

화면에 이준희가 엘리베이터에 타는 모습이 잡혔다. 그리고 이준희와 함께 타는 남자가 있었다.

윤 계장은 남자의 모습을 유심히 지켜봤다.

고개를 숙이고 있어 남자의 얼굴이 잘 보이지 않았다. 얘기를 나누지는 않았지만 이준희는 남자에게 경계심을 느끼거나 억지로 끌려온 것은 아닌 듯했다. 그렇다면 이준희와 안면이 있는 남자라는 얘기다.

이윽고 남자가 층수를 확인하려고 고개를 들었다.

남자의 얼굴을 본 윤 계장은 자기도 모르게 헉 하고 숨을 토해냈다.

이 계장도 마찬가지 반응을 보였다.

누구도 생각하지 못했던 인물이 죽은 여자와 함께 있었다는 사실에 그들 모두 할말을 잃었다. 이준희와 함께 있는 남자는 강 형사였다.

한동안 충격으로 말이 없던 이 계장이 자리에서 벌떡 일어났다.

"강지훈이 지금 어디 있어?"

"아직 출근 전입니다."

"전화는? 전화하면 될 거 아냐?"

이 계장은 버럭 소리를 질렀다.

"전화가…… 꺼져 있습니다."

박 형사가 이미 전화를 해본 모양이었다.

이 계장은 안절부절못하고 좁은 분석실 안을 왔다갔다했다.

"진정하고, 일단 강 형사 올 때까지 기다려보죠."

윤 계장 역시 충격을 받았지만 그는 최대한 어떤 판단도 하지 않으려고 애쓰며 마음을 가라앉혔다.

"지금 진정하게 됐어요? 이 새끼, 그러면서도 뻔뻔하게 아무엇도 모르는 얼굴을 하고 우리를 속여?"

"저…… 저 영상만 보고 성급하게 판단할 건 아니라고 생각해요. 아직 강 형사님이 여자를 죽였다는 증거는 없잖아요? 만약 강 형사님이 죽인 거라면 왜 자기 사무실로 시체를 토막내서 보내겠어요? 더구나 두번째 택배에는 강 형사님 이름이 적혀 있었어요."

지 검시관이 차분하게 자신의 의문점을 이야기했다.

"그래, 내가 생각해도 이건 섣불리 판단할 일이 아니야."

윤 계장 역시 지 검시관의 말에 동조했다. 그렇다고 의혹이 풀리는 것도 아니었다. 박 형사가 윤 계장에게 물었다.

"그럼 왜 택배를 받았을 때 죽은 여자와 아는 사이라는 말을 안 했을까요?"

"저……"

컴퓨터 앞에 서 있던 이 형사가 할말이 있는 듯 모두의 주의를 끌었다.

"아직 얘기를 덜한 게 있는데요, 강 형사님 얼굴을 확인하고 그날 밤 일을 생각해봤는데, 그때 복사해온 CCTV 영상이 망가진 이유를 알았습니다."

이 형사는 모니터 화면에 다른 영상을 띄웠다.

어두운 화면에는 시경 건물 현관에 있는 커다란 화분과 수족관이 보였다. 현관 앞에 설치되어 있는 CCTV 영상이라는 것을 알 수 있었다.

강 형사와 이 형사, 지 검시관이 현관을 나가는 모습이 보였다.

지 검시관은 한눈에 알 수 있었다. 15일 밤 퇴근할 때 모습이다.

잠시 후 다시 현관문이 열리더니 강 형사가 들어오는 모습이 보였다. 그리고 사무실 복도 CCTV에 찍힌 강 형사의 모습이 이어졌다.

"다들 아시겠지만, 사무실 안에는 CCTV가 없어서 왜 강 형사님이 다시 사무실로 되돌아갔는지는 알 수 없습니다. 하지만 다음날 제 책상 서랍에 있던 USB가 고장이 났죠. 전날 모텔에서 CCTV 영상을 복사해온 USB 말입니다."

"거기 자기 얼굴이 찍힌 걸 알았을 테니까 USB를 망가뜨린 거겠지. 그래서 그렇게 자기가 이 사건을 맡겠다고 나선 거야. 자기에게 불리한 증거가 나오면 저렇게 다 없애버릴 속셈으로."

강 형사에 대한 의혹이 거듭되자 이 계장은 거칠게 그를 범인으로 몰아갔다. 조금 전 지 검시관이 제시했던 의문점 같은 것은 안중에도 없었다. 설령 그가 여자를 죽인 범인이 아니라고 해도 설명되지 않는 행동이 너무 많았다.

윤 계장도 더이상 그를 옹호하지 못하고 입을 다물고 말았다. 방안을 오가며 거친 숨을 내쉬던 이 계장은 한쪽 의자에 털썩 앉더니 생각에 잠겼다.

지 검시관은 차가운 시선으로 이 형사를 노려보았다. 같이 일하는 동료를 범인으로 모는 듯한 이 형사의 태도에 화가 났다. 비록 부서는 다르지만 지난 3년 동안 함께 사건 현장을 다니며 그가 어떤 사람인지 지켜봐왔다. 아무리 생각해도 누구를 해칠 사람이 아니다.

지 검시관과 눈이 마주친 이 형사는 '내가 뭘?' 하는 표정을 짓다가 억울하다는 듯 시선을 돌렸다.

한동안 생각에 잠겨 있던 이 계장이 한결 차분해진 목소리로 박 형사를 불렀다.

"박 형사는 우선 아까 얘기한 대로 여자 주변을 찾아보고 강 형사하고 어떻게 아는 사이인지 조사해봐."

"강 형사는……?"

"강 형사한테는 내가 연락할 테니까 가봐."

박 형사가 나가고 이 계장도 자기 자리로 돌아갔다. 분석실에는 택배가 온 첫날 함께 있던 사람만 남았다.

"무슨 일일까요?"

"……"

지 검시관이 걱정스러운 표정으로 윤 계장에게 물었지만 그로서도 할말이 없었다. 내색은 하지 않았지만 택배가 왔던 날만큼이나 여러 가지 생각으로 심사가 복잡했다. 그동안 봐온 강 형사를 생각하면 절대 그럴 리가 없지만, 경찰생활을 통해 그가 터득한 진실 중 하나는 어떤 사람이든 숨겨진 이면이 존재할 수 있다는 것이다. 그를 못 믿는 것은 아니지만 섣부른 판단은 하지 않기로 했다.

"……강 형사가 오면 알게 되겠지."

윤 계장도 일어나 자기 자리로 돌아갔다.

지 검시관은 방안에 둘만 있게 되자 다른 사람들이 나가기를 기다렸다는 듯 이 형사의 코앞에 얼굴을 바짝 들이대고 날을 세웠다. 이 형사가 놀라 뒤로 물러섰다.

"왜, 왜 그래요?"

"꼭 그렇게까지 해야 했어? 강 형사님이 범인이라도 된다는 거야?"

"난 사실을 얘기한 것뿐이에요. 그래도 USB에서 지문 채취까지 해보려다 참았구만……"

"그래, 장하다 장해."

지 검시관은 괜히 이 형사의 옆구리를 꼬집으며 짜증을 부리면서도 한편으로는 그날 밤의 일을 떠올리고 있었다.

여자의 목뒤에 있는 점을 보여주었을 때 강 형사는 단번에 '미키 마우스'라고 말했다.

지 검시관이 짐작할 수 있는 건 두 가지였다. 누군가 강 형사를 궁지에 몰아넣기 위해 일부러 엽기적인 일을 벌이고 있다는 것, 그리고 강 형사도 범인에 대해 뭔가 알고 있다는 것이었다.

이 형사를 놓아주며 벽시계를 올려다보니 어느새 시간은 10시가 가까워지고 있었다.

그는 연락도 없이 출근을 안 할 사람이 아니다. 지 검시관은 강 형사가 더 큰 함정에 빠질 것 같다는 불길한 예감이 들었다.

21

이른아침부터 국과수 법의학부 부검동 회의실은 서울 각 지역 경찰서에서 온 강력팀장들과 담당 형사들로 분주했다. 서부서와 마포, 은평, 서대문서 등 서울 서북부 지역 형사들이 모두 호출된 것이다. 이렇게 여러 경찰서의 형사들이 한자리에 모인 것은 유영철 사건 이후 처음이다. 더구나 서울시경도 아니고 국과수 부검동에서 모임이라니, 다들 무슨 일인지 의아한 표정들이었다.

서로 안면이 있는 형사들은 가볍게 눈인사를 나누며 왜 이렇게 많은 형사가 한자리에 불려왔는지 의견을 주고받았다. 하지만 누구도 정확한 이유를 알지 못했다.

어수선한 분위기는 서울시경 형사과장과 국과수 법의학부

부장, 그리고 부검실 박영주 실장이 들어오면서 조용해졌다. 농담도 주고받던 분위기는 서울시경 형사과장의 등장에 급격히 가라앉았다. 무슨 일인지는 몰라도 형사들은 심상치 않은 일이 벌어졌다는 것을 직감했다.

박 실장은 회의실에 모인 10여 명의 형사를 바라보며 과연 오늘 이 소집을 요청한 일이 잘한 것인지 의문이 들었다. 지금부터 자신이 하게 될 이야기가 어떤 파장을 불러올지는 본인조차 분명히 알지 못했다. 그러나 그녀는 자신이 확인한 사실이 얼마나 중요한 일인지 알았고, 서울 서북부 전체 경찰들이 이 문제에 함께 대처해야 한다고 생각했다. 결국 국과수 내 회의를 거쳐 서울시경에 연락했다.

시경에서는 사안의 중요성과 차후 생길 파급효과를 생각해 일단 기자들의 시선을 피할 수 있는 국과수로 모임 장소를 정했다. 이럴 때는 국과수가 신월동의 한적한 산동네에 위치한 게 다행스러웠다.

박 실장은 자신과 눈이 마주치는 형사 한 사람 한 사람에게 가볍게 고개를 숙여 인사했다. 웬만한 일에는 눈 하나 까딱하지 않는 담력과 늘 가벼운 농담으로 분위기를 이끄는 여유, 거기에 신속하고 꼼꼼한 일솜씨까지 갖춘 박 실장은 부검실에 오는 형사들과 사이가 좋았다.

박 실장과 그들은 업무상 자주 만났지만, 정작 형사들끼리는 만나는 일이 드물었다. 제각기 자기 관할 사건에 바빠 다른 서에서 일어나고 있는 사건에 대해서는 관심을 둘 시간도, 여력도 없었다.

서울시경 형사과장이 형사들 앞에 섰다.

형사들은 헛기침도 하지 않고 형사과장을 주시했다. 그는 잠시 형사들을 보며 생각을 정리하다 입을 열었다.

"다들 바쁠 텐데 여기까지 오라고 해서 미안합니다. 박영주 실장은 다들 아실 겁니다. 지금부터 하는 이야기는 국과수 법의학부 요청에 의해 이루어진 것입니다. 오늘 이 자리에서 하는 이야기는 절대 외부에 새지 않도록 보안을 철저히 해주기 바랍니다."

형사과장은 한쪽으로 걸음을 옮기며 박 실장에게 자리를 내주었다.

오늘의 회의가 박 실장의 요청에 의한 것이라니, 형사들은 더 아리송한 표정이었다.

"이렇게 어실 거 없어요. 부검실에 언 사람은 시체로 충분하니까요."

형사들 앞에 나선 박 실장은 '강심장'이라는 별명답게 딱딱한 분위기를 가벼운 농담으로 풀어보려 했다. 하지만 그녀의 농담에 누구도 편히 웃지 못했다. 그들은 자신들이 듣게 될 이야기가 무엇인지에 더 관심이 쏠려 있었다.

박 실장은 더는 시간을 끌지 않고 바로 본론으로 들어갔다.

"다들 무슨 일인지 궁금하실 겁니다. 지난 2월 국과수 부검실이 최첨단 시설로 리모델링되면서 NRP 시스템 등으로 그동안의 사건 자료들이 데이터베이스화되었다는 것은 아시죠? 간단히 말씀드리면 여러분이 의뢰한 사건의 부검소견서를 정리하다 공통점을 발견했다는 것입니다. 지난 2월부터 11월 현재까지 의뢰된 부검 중 다섯 구의 시신이 동일한 부위에 동일한 형태의 상처를 가지고 있었습니다. 아니, 아침에 시경으로부터 의뢰받은 것까지 합치면 여섯 구군요."

2월부터 11월까지 여섯 건의 부검 시신에서 동일한 부위에 남겨진 동일한 상처를 발견했다? 그 말은 곧 6명의 피해자가 동일 인물에게 살해당했다는 것을 의미했다.

형사들은 이제야 왜 자신들이 국과수까지 불려왔는지 깨달았다.

연쇄살인.

지금 박 실장은 서울 서부 지역을 중심으로 활동하고 있는 연쇄살인범이 있다고 말하는 것이다.

형사들의 표정에 긴장감이 돌았다. 방안의 공기가 출렁이기 시작했다. 형사들은 자신들이 의뢰한 사건 중 어떤 것이 연쇄살인사건에 포함되어 있는지 촉각을 곤두세웠다.

단순한 살인사건이라고 생각하던 사건이 연쇄살인사건의

범주에 들어가면 수사 방향이나 용의자 범위가 달라질 수밖에 없다. 그동안 해왔던 수사와는 전혀 다른 접근이 필요하다.

"지금부터 이 사진들을 유심히 봐주시기 바랍니다."

박 실장은 회의실 한쪽 벽의 스크린을 내리고 불을 껐다.

곧 그동안 부검했던 사건 중 문제의 사진들이 스크린에 나타났다.

"첫번째 사진은 지난 2월 13일 은평서에서 의뢰했던 사건입니다. 북한산 지류인 독바위 소재 불광사 근처 숲에서 발견된 시신입니다. 이미 백골화가 진행된 시체여서 겨울 이전, 즉 발견된 시점에서 최소한 몇 개월 이전에 사망한 것으로 보입니다. 여기, 시신의 머리 정수리 부분을 잘 봐주시기 바랍니다."

박 실장은 레이저 포인트로 백골이 된 시체의 정수리 부분을 가리켰다.

정수리는 뇌를 감싸는 뼈 3개가 만나는 부분이다. 어릴 때는 연골로 막혀 있어 손가락으로 강하게 압박만 해도 죽을 수 있는, 머리 중에서 가장 약한 부분이다.

그 부위에 골절과 함께 함몰된 상처가 보였다. 사진을 넘기자 이번에는 상처 부위를 좀더 확대한 사진이 화면에 떴다.

"상처가 어떤 모양인지 주의해서 봐주세요."

뼈가 부서져 구멍이 난 부위를 가리키며 박 실장이 설명을 이어갔다.

“여기 동그란 부분이 보일 겁니다. 범행에 쓰인 둔기가 원형인지 아니면 원형에 가까운 모양인지는 모르겠지만, 이와 같은 모양은 앞으로 계속 보게 될 겁니다.”

은평경찰서 형사들은 그 사건을 분명하게 기억하고 있었다.

시체가 발견된 곳은 독바위역에서 북한산으로 오르는 등산로에서 멀지 않은 곳이었다. 부녀회에서 등산을 갔던 사람들 중 하나가 발을 삐끗하면서 비탈진 숲으로 미끄러졌고, 그 바람에 낙엽으로 덮여 있던 시체가 세상에 드러난 것이다. 몸에 걸친 옷가지 외에 사망자 신원을 확인할 무엇도 발견되지 않았고 사망시점도 오래되어 지문조차 확보할 수 없었기에 처음부터 수사는 난항을 겪었다.

실종자 명단에 올라온 사람들 중에서 지난가을 이후 실종된 비슷한 연령대의 사람들을 찾았지만, 여전히 피해자의 신원도 확인하지 못하고 있었다. 형사들은 다른 민생 사건에 밀려 이미 그 수사에서 손을 놓다시피 한 지 오래였다.

“괜찮으시면 과장님, 아까 부탁드렸던……”

박 실장이 앞자리에 앉아 있던 서울시경 형사과장에게 도움을 요청했다.

형사과장은 은평서 형사들을 향해 질문을 던졌다.

“이 사건, 현재 수사가 어떻게 진행되고 있는지 얘기 좀 해주십시오. 다른 거 다 빼고 있는 사실만 얘기해주길 바랍니다.”

사실 박 실장이 염려했던 부분은 바로 이 질문이었다.

시경에 연락해 우선 해결된 사건이 있는지 문의를 했다. 한 건이라도 해결이 되었다면, 그 범인의 여죄를 확인하는 걸로 정리하면 된다. 그러나 시경을 통해 다섯 건 모두 미해결 상태라는 것을 확인했다. 그렇다면 지금은 각 경찰서에서 해당 사건이 어떻게 진행되고 있는지 서로 공유할 필요가 있다. 수사 공조를 해야만 사건 해결이 더 쉬워질 것이다.

그러나 각 관할서에 사건 진행 상황을 묻는 것은 부검의인 박 실장에게는 월권이나 마찬가지다. 굳이 서울시경 형사과장이 이 회의에 동참한 것은 사안의 중요성도 있지만 혹시나 있을 형사들의 반발을 막기 위한 것이었다.

은평서 형사들은 서로의 얼굴을 쳐다보았다. 결국 사건을 담당했던 형사가 일어나 수사 진행 상황에 대해 보고했다.

실종자 확인 작업을 벌였으나 결국 피해자 신원확인도 못한 상태이며, 일단 경찰서 게시판과 홈페이지에 피해자의 옷과 신장 등 특징을 올리고 제보를 기다리고 있지만 진척이 없는 상황이라는 말을 끝으로 자리에 앉았다. 담당 형사는 숙제를 못해서 혼나는 아이처럼 침울한 표정이었다.

은평서의 설명을 들은 박 실장은 곧 다음 사진을 스크린에 띄웠다.

이번에는 죽은 지 얼마 되지 않아 발견된 시신이었다.

마포서 형사들은 한눈에 시신을 알아보았다. 홍 팀장 역시 사진을 보고 금방 자기 관할 사건이라는 것을 깨달았다.

"4월 6일 마포서의 의뢰를 받았던 시신입니다. 역시 앞의 사진과 마찬가지로 정수리 부분의 함몰, 그로 인한 출혈과 뇌 손상이 사인으로 보입니다. 홍 팀장님, 잠깐 사건 개요를 말씀 해주시겠어요?"

박 실장은 원활한 회의 진행을 위해 형사과장의 도움을 받 지 않고 바로 홍 팀장에게 직접 질문을 던졌다.

홍 팀장은 머릿속으로 사건에 대한 기억을 떠올리며 자리에 서 일어났다.

"4월 5일 상암동 난지도 근처 자연제방에서 발견된 시신입 니다. 하늘공원과 주변 캠프장에서 식목일 행사가 있었고 그 행사에 참여한 주민에 의해 발견되었습니다. 피해자는 일산에 사는 19세 여학생으로 금요일 홍대 클럽 데이에 놀러갔다가 새벽, 그러니까 4일 새벽 친구들과 헤어진 뒤 집으로 가는 길 에 연락이 끊겼습니다."

시신이 비교적 빨리 발견된 덕분에 지문이 남아 있어 피해 자의 신원을 확인하는 데 어려움이 없었다. 그러나 4일 새벽 홍대 근처에서 사라진 뒤 난지도 근처에서 발견되기까지, 하 루 동안의 행적을 추적하기는 쉽지 않았다.

친구들과 헤어졌다는 클럽 부근을 시작으로 주변 도로에 설치된 CCTV를 조사했지만, 도로로 나가는 것만 찍혔을 뿐 그 뒤로 피해자의 모습은 확인되지 않았다. 주변을 지나는 자동차에 픽업되었을 가능성을 생각해 그 시간대 주변을 지난 자동차 중 번호식별이 가능한 500여 대를 조사했지만 아무런 소득이 없었다.

홍 팀장이 사건 진행 상황에 대한 설명을 마치자 박 팀장이 고개를 끄덕여 인사를 했다.

"감사합니다. 그럼 이 피해자의 상처 부위를 좀더 살펴볼까요?"

박 실장은 머리카락이 피로 엉켜 있는 사진과 머리 피부를 벗겨내 해골만 드러난 부분, 해골 안의 손상된 뇌 모습 등 부검하면서 찍었던 사진들을 하나씩 보여주었다.

이미 부검 장면에 익숙한 형사들이지만 그래도 여전히 사람의 몸이 차례로 해부되는 모습을 보는 것은 달갑지 않은 일이었다. 방안의 공기가 답답하게 느껴졌는지 누군가 일어나 창문을 조금 열었다.

박 실장은 개의치 않고 상처에 대한 부연 설명을 계속했다.

"여기는 좀더 분명하게 둔기의 윤곽이 보입니다. 잘 보이시죠?"

원형이라고 생각되던 둔기는 육각형 형태를 띠고 있었다.

그렇게 각 경찰서에 의뢰된 다섯 건의 미해결 사건 시신과

수사 진행 상황이 회의실에 모인 형사들의 머릿속에 모두 입력되었다. 이제 그들은 자신만의 사건이 아닌 '우리의 사건'에 대해 이야기를 해야 했다.

박 실장이 그 출발점을 잡아주었다.

"부검된 시신들의 공통점을 다시 한번 말씀드리겠습니다. 신원 미확인 시신의 경우는 유골로 나이를 추정했습니다. 우선 피해자들 모두 10대 후반에서 20대 후반의 여성들입니다.

대략 155에서 160 정도의 아담한 신장이고 날씬한 체형을 가지고 있습니다. 같은 부위에 동일 둔기로 보이는 흉기에 의해 살해되었고요, 그 흉기의 모양은 육각형으로 추정됩니다. 흥미로운 것은 이 육각형 모양 옆에 송곳으로 찌른 것 같은 작은 상처가 함께 있다는 것입니다. 이 흉기가 어떤 종류인지 저는 모릅니다. 과연 그게 어떤 것인지는 여러분이 찾아내 제게 보여주시면 좋겠습니다."

마지막은 이 회의에서 진행된 내용을 토대로 얼른 사건을 해결하자는 독려의 말을 덧붙였다.

스크린이 올라가고 불이 켜지자, 형사들은 마치 악몽에서 깨어난 것처럼 얼굴을 문지르며 서로를 바라봤다. 처음의 충격이 이제는 사건을 해결하고자 하는 의지로 바뀌고 있었다. 하지만 충격은 아직 끝난 게 아니었다.

박 실장이 물러나고 다시 서울시경 형사과장이 형사들 앞에 섰다. 그는 잠시 굳은 표정으로 형사들을 쳐다보다가 천천히 입을 열었다.

"3일 전, 이틀에 걸쳐 서울시경으로 택배가 배달되었습니다. 그 택배 상자 안에는 여러분이 담당했던 사건과 같은 상처를 가진 여성의 머리가 들어 있었습니다."

방안에 있던 형사들은 연쇄살인범이 있다는 얘기를 들었을 때보다 더한 충격을 받았다. 시경에 배달된 토막시체라니, 범인은 경찰 전체를 모욕하고 있는 것이다. 그들은 분노와 함께 도대체 어떤 놈이길래 이렇게 대담한 짓을 벌이는지 궁금해했다.

"하루라도 살인이 일어나지 않은 날이 없을 만큼 지금 우리 사회의 치안은 취약해져 있습니다. 게다가 언제부턴가 사회적으로 큰 반항을 불러일으키는 연쇄살인이 몇 년에 한 번씩 끊이지 않고 계속 일어나고 있다는 건 누구보다 여러분이 잘 아실 겁니다.

유영철의 경우 2003년 9월부터 2004년 7월까지 21건의 살인을 저지르고 다니는 동안 경찰은 단 몇 건의 살인만을 인지하고 있었습니다. 더구나 비슷한 시기인 2004년 서울 서남부에서 정남규가 저지른 사건들 때문에 혼란이 더 가중되기도 했습니다.

거의 같은 시기에 두 명의 연쇄살인범이 서울을 활보하고 다닌 것도 모자라 이제는 경찰에게 자신의 범행을 과시하고

324

조롱하는 연쇄살인범까지 등장했습니다."

형사과장의 말 한마디 한마디가 모두의 가슴에 뼈아프게 박혔다. 세상이 미쳐 돌아가고 있다는 말이 실감났다.

"다행히 대부분의 연쇄살인범은 결국 검거되었지만, 화성 사건처럼 그렇지 못한 경우도 있습니다. 이번 사건이 어떤 결말을 지을지는 이 방에 있는 여러분 손에 달려 있습니다."

형사과장은 방안의 형사들 한 사람 한 사람에게 눈길을 주었다. 이번 사안에 대해서만은 철저한 공조수사를 부탁하면서 서울경찰청 차원의 비공식 수사본부가 설치될 예정이라는 애기로 끝을 맺었다.

"한 가지 더 말씀드리자면, 지금까지 말씀드린 케이스는 작년 하반기부터 올 11월까지 발견된 시신들입니다. 지금 데이터베이스에 저장되지 않은 감정서들은 다시 점검하고 있습니다. 어쩌면 살인범의 범행이 훨씬 더 오랜 시간에 걸쳐 진행되었을지도 모릅니다. 인근 야산, 외곽도로, 강변, 재개발 철거촌 등 시신이 유기될 가능성이 있는 곳은 모두 눈여겨봐주시기 바랍니다."

박 실장의 말을 마지막으로 회의는 끝이 났다.

회의를 마치고 각자 자기 근무 지역으로 돌아가는 형사들의 발걸음은 무겁기만 했다. 그러나 누구보다 발걸음이 무거운 사람은 서울시경 형사과장이었다.

시경으로 돌아간 그는 이 계장과 윤 계장을 불러 이 사건이 서울 서부를 중심으로 일어나고 있는 연쇄살인사건 중 하나라고 말했다. 또한 현재 알려진 사건만 최소 6건이며 앞으로 더 많은 사건이 드러나게 될지도 모른다는 것을 주지시키고는 외부에 알리지 않은 채 수사본부의 성격을 띤 공조 체제를 구축하라고 지시했다.

어떤 사건보다 우선순위로 두고 서울에 있는 모든 경찰력을 동원해서 하루빨리 해결하라는 과장의 말에, 둘은 묵묵히 입을 다물었다.

둘은 마지막 희생자인 이준희가 서울시경 강력계 소속인 강지훈 형사와 함께 있었다는 말은 하지 않았다. 강 형사와는 오전 내내 연락이 닿지 않았지만, 일단 확실한 증거가 나오기 전까지 그를 용의선상에 올릴 수는 없다고 생각했다.

강 형사를 범인으로 몰아붙이며 흥분했던 이 계장도 일단 강 형사의 신원을 확보한 뒤 보고를 올리자는 윤 계장의 의견에 동의했다. 섣불리 경찰 내부의 짓이라고 공표하는 것은 위험했다.

형사과장의 말을 들은 이 계장은 윤 계장의 의견을 따르길 잘했다는 생각이 들었다. 사건이 생각보다 너무 컸다. 확인되지 않은 사실들을 가지고 경솔하게 굴었다가는 큰일날 분위기였다.

22

시경에서 나오자마자 이동통신사에 들른 박 형사는 이준희의 통화 내역을 확인한 뒤 마른침을 삼켰다. 이미 짐작하고 있었지만 강 형사와 여러 차례 통화한 것으로 확인되었다.

마지막 전화는 11월 14일 밤. 이준희와 강 형사가 모텔에서 만난 날이었다.

발신인이 강 형사였다. 어떻게 이준희를 꼬셔냈는지 모르겠지만, 아무튼 그녀에게 연락한 뒤 그 모텔까지 데리고 간 게 틀림없다.

도대체 둘은 어떤 관계일까? 그날 무슨 일이 있었길래 여자는 목이 잘린 시체로 발견되고, 강 형사는 그 사실을 감추기 위해 필사적이었을까? 모든 것이 의문투성이였다.

통신사에서 나와 이준희의 집에 가려는데 양평경찰서에서 연락이 왔다.

머리를 잘랐다면 남은 부위가 어딘가에 있을 거라고 생각했다. 그렇다면 가장 쉽게 생각할 수 있는 것은 모텔, 아니면 모텔 주변이다.

박 형사는 전날 양평경찰서에 연락해 수사 협조를 요청했다. 모텔 주변은 물론, 양평군 전체를 샅샅이 뒤져 머리 없는 시신을 찾아달라고 했다. 특히 강둑이나 농로, 야산 등 시신을 유기할 만한 곳은 모두 확인해달라고 부탁했다.

처음엔 부족한 인원을 들며 난색을 보이던 양평경찰서도, 서울시경으로 여성의 머리가 배달되었다는 말에 기겁을 하며 소방서든 관공서든 사람들을 총동원해 찾겠다고 했다. 그렇게 협조 요청을 한 지 하루도 지나지 않아 시신을 찾았다고 연락이 온 것이다.

그는 이 계장에게 연락해 시신을 찾았다고 알리고 곧 현장으로 향했다.

시신이 발견된 곳은 국수역과 아산역 사이 구도로에서 벗어난 강둑이었다. 자동차에서 내려 주변을 둘러본 박 형사는 범인이 현장 지리에 익숙한 사람일 것이라고 추정했다. 늦은 밤 그 어둠 속에서 구도로를 달려 강둑을 찾아낸다는 것은 지리를 잘 아는 사람이 아니면 쉽지 않은 일이다.

강둑으로 내려가보니 이미 양평경찰서와 소방서에서 나와 시신을 인양한 뒤였다. 수풀에 걸려 강물로 떠내려가지는 않은 모양이었다.

박 형사는 혹시라도 증거가 더 있을지도 모른다는 생각에 수풀 근처까지 내려갔다. 강물이 찰랑찰랑하는 곳까지 가보았지만 별다른 것은 발견할 수 없었다. 고개를 돌려 강둑 위로 고개를 드는데 수면에서 뭔가 반짝거렸다. 처음엔 햇빛이 수면에 반사되는 줄 알았다. 하지만 곧 다시 보니 수풀 속에서 빛났다. 강물이 닿지 않는 곳이다.

박 형사는 물에 빠질 각오를 하고 조심스럽게 발을 내디디며 수풀을 헤쳤다. 수풀 사이에 있던 것은 손전등이었다. 손전등을 유심히 들여다보던 박 형사는 그 물건이 낯익다는 느낌을 받았다.

그것은 일반인들은 쓰지 않는 전문가용 손전등이었다. 메가맥스III. 경찰에게 지급되는 고출력 LED로 현장 감식에 많이 쓰이는 전등이다.

박 형사는 수건으로 조심스럽게 손전등을 감싸 들어올렸다. 이것으로 강 형사에게 불리한 증거가 하나 더 생긴 셈이었다.

박 형사의 보고는 이 계장과 다른 사람들을 더욱 우울하게 만들었다.

더이상 참지 못한 이 계장은 박 형사에게 강 형사의 집에 가보라고 했다. 어느새 오후 2시가 넘어가고 있었다. 박 형사가 가져온 손전등은 분석실로 옮겨졌다.

이 형사는 중앙 탁자 위에 손전등을 내려놓고 지문을 검출하기 위해 약품을 뒤지기 시작했다. 뒤에서 지켜보고 있던 지 검시관이 입을 열었다.

"왜 말하지 않았을까?"

"뭘요?"

"처음부터 택배 속 여자가 아는 사람이라고 말했으면 이렇게 오해받을 일은 없었을 거 아냐?"

"강 형사님을 철석같이 믿고 있네요."

"이 형사는 안 믿는다는 거야?"

"전 과학수사팀이에요. 추측이 아니라, 증거로만 말할 뿐이에요."

"그래서 지금 강 형사님이 범인일 수도 있다는 거야?"

"이상하잖아요, 범인이 아니라면 굳이 아는 여자라는 걸 숨길 이유도 없고 또 증거물인 CCTV를 지울 이유도 없잖아요?"

"……"

"예전에 읽었던 책 중에 미국 경찰 이야기가 있는데요. 비오는 날마다 살인사건이 일어나서 매번 새벽에 현장으로 나가야 하는 형사가 있었어요. 사건이 몇 건이나 터졌는데도 증거가 없어서 경찰들이 모두 지쳤죠. 그날도 자다가 전화를 받고 급하게 현장을 가는데 이상하게 사건 현장이 낯익은 거예요. 죽은 사람을 보기도 전에 흑인 여자라는 것도 알았고요."

"……어떻게?"

"다른 형사들에게 말은 못하고 집에 돌아왔는데, 아무래도 이상했죠. 처음 가보는 곳인데 왜 익숙할까, 어떻게 살해당한 여자의 얼굴까지 알고 있는 걸까? 근데 이상한 거예요. 집에 들어가는데 진흙 발자국이 죽 이어져 있는 거예요. 형사는 총

330

을 빼들고 그 발자국을 따라 집안으로 들어갔죠. 그리고 어떻게 됐는지 알아요?"

"……?"

"진흙 발자국이 옷장 앞에서 끝나 있었어요. 형사는 옷장을 열어보고 비로소 범인이 누군지 알게 되죠. ……거기에는 죽은 여자의 가방과 진흙이 잔뜩 묻은 자신의 장화가 들어 있었어요."

"……그거 소설이지?"

"아뇨. 실제 있었던 실화를 기록한 책이에요. 그 형사는 업무에서 오는 스트레스 때문에 살인을 저질렀다고 해요. 해리성 장애라고 하던가? 자신이 한 행동을 기억하지 못해서 결국 정신병원에 갔다고 했나? 아무튼 그 사건은 그렇게 끝났어요."

"지금 그 얘기는…… 강 형사님이 무의식중에 살인을 저지르고 자기 직장으로 택배를 보냈다는 얘기야?"

"그냥 그 형사 얘기가 생각나서 한 말이에요. 안 그럼 설명 안 되는 게 너무 많으니까."

말을 끝낸 이 형사는 묵묵히 손전등의 손잡이에 약품을 바르기 시작했다. 이 형사의 마음을 모르는 바는 아니지만 지 검시관은 자신의 직관을 믿는 편이다. 그녀의 마음속 나침반이 가리킨 건 강 형사가 아니었다.

23

늦은 점심을 먹고 사무실로 올라가기 위해 엘리베이터를 탄 유진은 아는 얼굴을 발견했다.

문이 열리자 지난번 치과에서 본 의사가 서 있었다. 유진이 엘리베이터에 올라타자 치과의사가 버튼을 눌러주었다.

"11층 맞죠?"

"……네."

그는 잠시 망설이다 유진을 돌아보며 말을 걸었다.

"저 혹시 지난번에 왜 절 찾으셨는지 물어봐도 될까요?"

치과의사의 말에 유진은 난감했다. 자신에게 메일을 보내오는 남자가 있는데, 그 남자가 자신의 주변 사람들을 죽이거나 다치게 하면서 신분을 감추려고 당신의 사진을 보냈더라, 이렇게 얘기할 수는 없는 일이었다.

잠시 어떻게 말해야 할까 고민하던 유진은 갑자기 고개를 들어 치과의사를 쳐다보았다.

"그 진료실 앞에 걸린 사진 말이에요. 바다에서 찍은…… 혹시 그 사진 파일 가지고 계세요?"

"네?"

생각지도 못했던 질문에 치과의사는 영문을 모르겠다는 표정이었다.

“제 친구가 인터넷에서 본 사진이랑 비슷해서요.”

“그래요? 사진 찍은 친구가 올렸나? 전 인화된 사진만 받은 거라 파일 같은 건 없는데요……”

“그래요?”

6층. 엘리베이터 문이 열렸다. 엘리베이터에서 내리던 치과의사는 문 앞에 잠시 멈춰 서서 뭔가 생각하더니 유진을 돌아보았다.

“괜찮으면 잠깐 제 사무실에 같이 가시겠어요?”

혹시라도 유진이 오해할까봐 치과의사는 서둘러 이유를 설명했다.

“제 사무실에 그 사진을 찍어준 사람 명함이 있을 것 같아서요.”

유진은 치과의사를 따라 사무실에 들러 명함을 받아왔다. 사무실로 올라온 유진은 방송 한 시간 전이라는 것을 확인하고 서둘러 분장실로 향했다.

스태프가 화장을 해주고 머리를 만져주는 동안 유진은 손에 든 명함을 계속 쳐다보았다. 화장이 끝나고 빈 회의실을 찾은 유진은 먼저 선주에게 전화를 걸었다.

“그 사람 전화번호를 알아냈어. 어떻게 해야 하지?”

치과의사에게서 수중사진을 찍은 사람 전화번호를 받아냈다는 말에 선주는 혀를 찼다.

"아직도 그 사람 일이니? 너 그러다 크게 당한다? 내가 그냥 잊어버리라고 했지?"

선주는 이제 그 사람 이야기는 듣는 것도 귀찮다는 반응이었다. 어쩌면 그녀로서는 당연한 반응이다. 이 선배의 일은 선주에게도 차마 이야기를 꺼낼 수가 없어 혼자 묻어두었다.

그 일도 〈오늘의 뉴스〉 앵커로 앉은 첫날 '선물'이란 말을 담은 축하 메일을 받은 게 전부다.

유진은 그 메일을 받고 이 선배의 사건이 그의 짓이라고 확신했지만, 그 사실을 다른 사람에게 이야기할 수는 없었다. 그가 정말 이 선배를 죽였는지도 확실하지 않을뿐더러 그가 방송국 가까이에 있다는 사실을 확인한 지금 섣불리 선주에게 얘기했다가 혹시라도 무슨 일이 생길까봐 두려웠다.

어디선가 그가 보고 있을지도 모른다는 생각에 유진은 주변 사람들에 대해서도 조심스러워졌다. 다영이나 이 선배 같은 일을 다시 당하지 않으려면 유진이 조심하는 수밖에 없었다.

선주와 통화를 끝내고 뉴스센터로 가던 유진은 갑자기 발길을 기자들이 있는 사무실로 돌렸다.

마침 사무실에는 문화부 기자가 자리를 지키고 있었다.

유진은 그에게 다가가 명함을 보여주며 수중사진 작가인데 취재를 좀 해줄 수 있느냐고 물었다. 무슨 일인지 묻는 기자에게 유진은 적당히 뉴스 중간에 들어갈 그림들과 영상이 필요해서 전화번호를 받았다고 둘러댔다. 기자는 별 의심 없이 알겠다며 전화번호를 받아 적었다.

기자에게 고맙다는 인사를 하고 유진은 서둘러 분장실로 향했다. 방송 시간이 얼마 남지 않아 의상을 갈아입고 다시 한번 원고를 체크할 생각이었다.

방송을 기다리며 원고를 보고 있던 유진에게 전화가 걸려왔다. 조금 전 만난 문화부 기자였다.

금방 통화를 했다며 잠시 후에 만나기로 약속을 잡았다고 했다. 이렇게 빨리 이야기가 진행될 줄 몰랐다고 하자, 기자는 낄낄 웃으며 일부러 기자실까지 와서 부탁하길래 급한 일인 줄 알았다고 했다.

"그리고 통화해보니까 바로 우리 건물에 있더라고. 그래서 아예 약속까지 잡은 거지."

기자의 말에 유진은 숨이 멎는 듯했다.

"우리 건물에 사무실이 있다고요?"

"그것도 사무실인가? 수중사진은 취미고 본업은 따로 있던데. 바리스타라고 하던가? 왜, 지하 아케이드에 '블루노트'라고 있지? 그 커피숍 주인이야."

기자는 등잔 밑이 어두웠다는 등 이런저런 농담을 몇 마디 했지만 유진의 귀에는 아무 소리도 들려오지 않았다.

주변에 있을 거라고는 생각했다. 하지만 직장 내의 일을 너무 자세히 알고 있어서 방송국 내부 사람이라고만 생각했다. 커피숍 주인이라는 말을 듣고서야 그가 그렇게 빨리 정보를 얻을 수 있었던 까닭을 알았다.

커피숍에 한 시간만 앉아 있어도 얼마나 많은 정보가 귀로 들어오는지는 유진도 경험한 일이다. 아마 방송국뿐만 아니라, 이 건물 안의 많은 비밀이 오가는 곳이 커피숍일 것이다.

'블루노트'라면 유진도 몇 번 가본 적 있다. 거기서 커피를 내리던 바리스타를 얼핏 본 기억도 있다. 하지만 그의 모습을 떠올리려 해도 아무것도 생각나지 않았다.

유진은 기자와 전화를 끊고 나서 뉴스센터 벽에 걸린 시계를 올려다보았다.

방송 시작 십오 분 전. 몇 번이나 망설이다 결국 뉴스센터를 나왔다. 뒤에서 한 피디가 부르는 소리가 들렸지만 무시했다.

커피숍 '블루노트'는 사진관이 없어지면서 생긴 가게다.

엘리베이터를 타고 아케이드가 있는 지하 1층으로 내려가는 동안 기억을 떠올려보니, 그곳이 오픈한 때가 늦은봄, 메일이 오기 시작한 시점과 엇비슷했다.

천 개의 퍼즐을 맞추는 것처럼 아득하던 일들이 조금씩 자리를 잡아가고 전체의 윤곽이 보이기 시작했다. 그러자 남은 퍼즐들은 스스로 자기 자리를 찾아가는 것처럼 느껴졌다.

엘리베이터에서 내려 커피숍까지 걸어가는 길이 멀게만 느껴졌다. 커피숍에 가까워질수록 그녀의 걸음이 느려졌다.

‘확인한 뒤에는 어떻게 하지?’

그것까지는 생각해보지 않았다. 지금은 단지 그의 얼굴을 확인하고 싶다는 마음뿐이었다. 어둠 속에 숨어 자신을 지켜보며 주위를 맴돌았던 그의 모습을 두 눈으로 분명히 확인하고 싶었다. 그리고 그를 만나 물어보고 싶었다. 도대체 왜 그런 일을 했느냐고.

커피숍 앞에 도착한 유진은 유리창 너머로 물끄러미 커피숍 실내를 바라보았다.

커피머신 너머 한 남자가 등을 보이고 서 있었다.

커피색과 어울리는 브라운 계열의 티셔츠를 입고 있었다. 아무리 떠올려보려 해도 잘 기억이 나지 않았던 이유를 알 수 있었다.

보호색.

그는 사람들 눈에 띄지 않는 색의 옷을 골라 입는다. 언제 시선을 돌려도 주목받지 않을 정도로 주변에 자신을 묻고 있다. 그뿐 아니라 눈에 띄지 않을 정도로 부드럽게 움직인다. 사람들이 그를 의식하지 않도록 최대한 주의하고 있다는 게 느껴졌다.

그것은 굳이 유진 때문이 아니라 오랜 세월 그의 몸에 익은 습관처럼 보였다. 그를 보고 있어도 의식할 수 없었던 것은 모두 그의 섬세한 노력이 만들어낸 결과였다.

잠시 후 남자가 커피잔을 들고 몸을 돌렸다. 그의 얼굴이 한눈에 들어왔다.

그의 섬세한 손동작만큼이나 차분하고 단정해 보이는 얼굴이었다. 차갑고 냉정한 얼굴을 상상했지만 오히려 부드럽고 연약해 보이는 인상이었다. 도저히 누군가의 등을 떠밀어 계단에서 떨어뜨리거나 목을 졸라 사람을 죽일 인상은 아니었다.

유진은 할말을 잊고 그의 얼굴을 쳐다보았다. 뭐라 설명할 수 없는 느낌이었다.

커피잔을 종업원에게 건네주던 그가 유진의 시선을 느꼈는지 고개를 들었다. 유진이 서 있는 모습을 보고도 놀라거나 하지 않았다. 마치 이곳에 유진이 오리라는 걸 미리 알았다는 듯 자연스러웠다.

오히려 당혹스러운 것은 유진이었다. 유진은 얼른 고개를 돌리고 발걸음을 옮겼다. 허둥지둥 복도를 지나 엘리베이터로 향했다.

그와 시선이 마주치는 순간 느낄 수 있었다.

그가 맞다. 바로 그가 하루도 빠짐없이 메일을 보내던 남자이고 이 선배를 죽인 사람이다. 그의 눈빛은 유진이 자신의 정체를 알고 확인하러 왔다는 것을 눈치챈 듯했다. 그럼에도 그의 시선에는 흔들림이 없었다.

어둡고 깊은 바닷속을 들여다보는 느낌이었다.

그에게서 느껴지는 차가움은 잔혹하고 무서운 종류의 차가움이 아니라, 가슴속까지 시려오는 서늘한 차가움이었다. 미움과 증오와 집착이 아니라, 아픔과 외로움과 상처가 느껴지는 냉기. 가슴속까지 얼어붙는 느낌이었다.

뉴스센터로 다시 돌아와 시끌벅적한 사람들의 목소리와 익숙한 일상의 소음을 듣고서야 마음이 놓였다. 꽁꽁 얼어붙었던 마음에 따뜻한 온기가 퍼지는 듯했다.

제작진은 뒤늦게 나타난 유진을 보자 안도의 한숨을 내쉬며 몇 마디 잔소리를 늘어놓았다.

유진이 카메라 앞에 앉자마자 곧바로 오프닝이 시작됐다. 유진은 평소와 다름없이 차분한 표정으로 방송을 시작했다.

기자들이 취재해온 뉴스를 들으면서 유진은 얼른 쉬는 시간이 왔으면 싶었다. 명함을 건네주던 형사의 크고 따뜻한 손이 생각났다. 그에게 받은 명함을 어디에 두었는지 생각하는 사이, 어느새 1부가 끝나가고 있었다.

24

주차장에 차를 세운 강 형사는 내리기 전 조수석에 놓인 서류봉투를 챙겼다. 그 안에는 범인이 남긴 핸드폰과 지난밤 통화한 내용이 담긴 녹음기가 들어 있었다.

차에서 내려 현관으로 들어가며 제 핸드폰을 열어보았다. 그제야 핸드폰이 꺼져 있다는 것을 알아차린 강 형사는 전원 버튼을 눌렀다. 부재중 전화가 스무 통이 넘게 와 있었다. 모두 사무실 번호였다. 가슴이 철렁했다. 또 무슨 일이 생긴 게 틀림없었다.

사무실 문을 열고 들어가자, 강력계 형사들과 이 계장이 그를 보고 놀란 표정으로 굳어버렸다. 이 계장은 황당하다는 듯 강 형사를 손가락으로 가리키며 제대로 말을 잇지 못했다.

"야, 강 형사 너…… 잡아."

강 형사는 방안의 분위기가 이상하다는 것을 한눈에 알았다. 이 계장의 한마디에 형사들이 일제히 강 형사를 향해 달려들었다. 그는 영문도 모른 채 형사들에게 팔을 붙잡혔다.

"왜, 왜 그래요?"

강 형사는 본능적으로 팔을 뿌리치며 그들과 몸싸움을 벌였다. 그 바람에 서류봉투가 바닥에 떨어졌다. 하지만 형사들은 아랑곳하지 않고 강 형사를 제압하기 위해 찍어 눌렀다. 강 형사는 거칠게 그들의 손을 뿌리치려고 했지만 여러 명이 한꺼번에 덮치니 이길 재간이 없었다.

소란스러운 소리를 듣고 분석실에서 지 검시관과 이 형사가 뛰어나왔다.

강 형사는 힘으로 밀어붙이는 동료들에게 거세게 저항하며 소리를 질렀다.

"도대체 왜 이러는 거냐고?"

"끌고 가."

강 형사는 쉽게 끌려가지 않았다. 그는 발로 다른 형사들을 걷어차며 풀려나기 위해 몸부림을 쳤다. 형사들을 헤치고 바닥에 떨어진 서류봉투를 줍기 위해 몸을 구부리는데 누군가 그의 명치를 무릎으로 올려 찼다.

강 형사는 그대로 바닥에 꼬꾸라졌다. 형사들은 잠잠해진 강 형사를 끌고 신문실로 들어갔다. 다른 부서 사람들이 무슨 일인가 싶어 나와봤지만, 누구도 입을 열지 않았다.

이 형사가 바닥에 떨어진 서류봉투를 주웠다.

형사들의 몸싸움으로 서류봉투는 더럽혀져 있었다. 이 형사는 봉투 안을 들여다보다가 고개를 돌려 지 검시관을 바라보았다. 그녀의 얼굴이 창백했다.

"괜찮아요?"

"……괜찮아."

하지만 그녀의 시선은 사무실 출입문에서 떨어질 줄을 몰랐다. 이미 형사들이 그를 살인범이라고 단정하고 있다는 것을 눈으로 확인했다. 불과 어제까지만 해도 동료였던 사람들이다.

지 검시관은 갑자기 한기가 들어 부르르 몸을 떨었다.

“이준희, 왜 죽였어?”

신문실에 앉은 강 형사는 어이가 없다는 표정으로 이 계장을 올려다보았다.

윤 계장과 다른 형사들까지 둘러서서 강 형사를 내려다보고 있었다. 모두 굳은 표정으로 강 형사에게 차가운 시선을 던졌다.

“지금 무슨 얘기를 하는 건지 하나도 모르겠네. 누가 알아듣게 얘기 좀 해주세요, 네?”

강 형사는 이 계장이 하는 말을 들었지만 그것이 무엇을 의미하는지 선뜻 와닿지 않았다. 그는 윤 계장을 쳐다보았다.

강 형사와 시선이 마주친 윤 계장은 안타까운 눈빛으로 그를 보다가 고개를 돌렸다. 강 형사는 그제야 범인이 노리는 게 뭔지 알 것 같았다.

놈은 그를 범인으로 만들려고 하고 있다. 어이가 없었다. 헛웃음이 절로 나와 바람 빠진 소리로 웃어댔다. 형사들이 황당하다는 표정으로 그를 바라보았다.

“지금 내가 이준희를 죽였다고 생각하시는 거예요? 생각해

보세요. 말이 안 되잖아요. 내가 죽였다면 왜 시체를 사무실로 보내겠어요?"

"그럼 왜 처음부터 아는 사람이라고 말하지 않았지? 태연하게 모텔에 다시 간 건 뭐야? 현장에 남은 증거물이 더 있을까 봐 확인하러 간 거 아냐?"

기가 막혔다.

이 계장이 손에 들고 있던 사진들을 내려놓았다. 모텔 CCTV에 찍힌 강 형사의 얼굴이었다. 다른 한 장은 사무실에 들어가는 그의 모습이었다.

"모텔에서 여자와 같이 있던 사진. 이걸 없애고 싶었던 거지. 그런데 거기서 없애지 못하고 결국 사무실에서 USB를 망가뜨렸지."

"내가 USB를 망가뜨려요?"

"여기 이렇게 증거가 있는데 아니라고 잡아뗄 거야?"

죽은 여자가 준희라는 것을 확인했을 때 충격으로 아무 생각도 하지 못했다.

준희는 모텔에서 나간 뒤 범인에게 붙잡혀 살해당했다. 불안에 떠는 그녀를 잡지 못하고 정아처럼 또 놈에게 목숨을 잃게 만들었다. 설마 이런 일이 다시 벌어질 거라고는 생각하지 못했다. 다른 생각을 할 틈이 없었다.

놈이 모텔에 있었다면 CCTV에 얼굴이 찍혔을 것이다. 그걸 확인해야 한다. 그는 오로지 그 생각뿐이었다. 그것이 이런 오해를 살지 몰랐다.

다음날엔 이미란 사건으로 시경에 들어올 시간이 없었다. 그사이 두번째 택배가 도착했고 강 형사는 준희에 대해 말할 두번째 기회도 놓치고 말았다.

자신이 준희와 함께 모텔에 있었다는 사실이 알려지면 당연히 수사에서 제외된다. 준희의 목뒤에 미키 마우스까지 그려 자기 앞으로 택배를 보낸 놈을 상대할 수 없게 될까봐 일단은 입을 다물었다. 나중에 기회가 되면 윤 계장에게 조용히 얘기할 생각이었다.

강 형사는 어떻게 해서든 놈을 찾아내는 게 우선이라고 생각했다. 자기 힘으로 놈을 잡고 싶었다. 하지만 그런 행동 하나하나가 범인이 파놓은 함정으로 점점 들어가는 꼴이 되고 말았다.

정말 범인은 그런 것까지 계산해서 함정을 파놓은 것일까?

문이 열리고 박 형사가 들어왔다. 그는 테이블 위에 뭔가를 내려놓았다.

증거수집용 비닐봉투 안에 핸드폰이 들어 있었다.

"뭐야?"

이 계장이 물었다. 박 형사는 비닐봉투를 열고 핸드폰을 꺼내 폴더를 펼쳤다. '준희'라는 이름이 화면에 떴다.

"죽은 이준희의 핸드폰입니다. 강 형사 차 안에서 발견됐습니다. 조수석 글러브박스 안에 들어 있었습니다."

어이없게도 또 웃음이 나왔다. 놈이 이렇게까지 자신의 영역을 침범하고 들어와 휘젓는 동안 아무것도 몰랐다는 게 한심하기만 했다. 귓가에 놈의 목소리가 들리는 듯했다.

'어때? 이래도 내가 우습게 보여?'

뻐기는 듯한 놈의 말투가 생생하게 들렸다.

그래, 그게 있었지. 놈이 아무리 많은 증거를 조작해놓았다고 해도 강 형사에게는 한 가지 결정적인 히든카드가 있다. 어젯밤 놈의 목소리를 녹음했다. 그 통화 내용을 들으면 오해는 간단히 풀린다. 놈이 쳐놓은 함정쯤은 쉽게 빠져나올 수 있다.

박 형사가 웃고 있는 강 형사의 멱살을 잡아 일으켜세웠다.

"웃어? 그렇게 많은 사람을 죽여놓고 지금 웃음이 나와?"

"많은 사람? 지금 많은 사람이라고 했어요?"

"그래, 지금까지 확인된 것만 해도 이준희까지 최소한 여섯 명이야. 그들 모두 같은 자리에 동일한 흉기로 맞은 상처가 있었어."

그는 정아가 첫번째라고 했다. 8년 전. 첫번째 살인. 확인된 것만 6명이라면 지난 8년 동안 얼마나 많은 살인을 저질렀다는 것일까? 강 형사는 자신도 모르게 으드득 이를 갈았다.

"놈은 8년 전부터 살인을 저질렀어요. 희생자가 몇 명일지는 아무도 모릅니다.”

강 형사는 박 형사의 멱살을 뿌리치며 소리를 질렀다.

박 형사가 잠시 멍한 눈으로 그를 쳐다보았다. 다른 형사들도 강 형사가 무슨 소리를 하나 싶은 표정이었다.

“어제 놈에게서 전화가 왔어요. 얼른 놈을 잡아야 해요. 지금 이러고 있을 시간이 없어요.”

그들은 갑작스러운 강 형사의 말에 그를 믿어야 할지 말아야 할지 어안이 벙벙해서 서로 시선만 주고받았다.

“아까 내가 가져온 서류봉투, 거기 놈이랑 통화한 내용이 녹음되어 있어요. 얼른 확인해보세요.”

다급하게 이야기했지만, 형사들은 쉽게 움직이지 못하고 머뭇거리고만 있었다.

윤 계장이 멍하니 서 있는 박 형사를 툭 쳤다.

“가서 확인해봐. 그리고 다들 좀 나가지. 숨 막혀서 살 수가 있나.”

박 형사는 하는 수 없다는 듯 강 형사를 노려보다가 방을 나갔다. 곁에서 지켜보던 형사들도 약속이나 한 듯 방을 나갔다.

“여긴 내가 지키고 있을 테니까 잠깐 바람 좀 쐬고 오시죠?”

윤 계장의 말에 이 계장도 나가고 방안에는 강 형사와 윤 계장 둘만 남았다.

강 형사는 좌우로 목을 돌리며 자리에 앉았다.

"담배 있어요?"

"끊어. 자식아, 몸에 안 좋은 걸……"

윤 계장은 의자를 끌어다 강 형사 앞에 놓고 마주앉았다.

"뭐가 어떻게 된 건지 처음부터 얘기 좀 해봐."

강 형사는 몇 개월 전 브레인스토밍으로 최정아 사건을 검색하던 순간부터 이야기하기 시작했다.

마포서에 들러 사건 현장을 찍은 사진에서 없어진 미키 마우스 인형을 확인하고 정아의 가족과 친구 준희를 만난 일, 갑작스럽게 준희의 연락을 받고 모텔로 찾아갔지만 홀연히 사라진 준희, 그리고 택배로 배달된 준희의 머리.

이야기를 들은 윤 계장이 낮은 한숨을 내쉬었다. 강 형사의 입장을 모르는 것은 아니었지만, 첫번째 택배를 열었을 때 그가 제대로만 이야기했더라면 하는 아쉬움이 있었다.

왜 그렇게 최정아 사건에 집착하는지 의아했던 윤 계장은 8년 동안 가져왔던 그의 죄책감을 좀더 좋은 결말로 끝맺지 못한 게 안타까웠다.

윤 계장은 그의 어깨를 쳐주고 방을 나가며 물이라도 가져다주겠다고 했다.

좁은 신문실에 앉아 있는 강 형사의 모습을 보자 지 검시관은 우울해졌다.

강 형사는 지 검시관이 들어온 것도 모른 채 골똘히 생각에 잠겨 있었다. 지 검시관이 탁자 위에 생수를 놓고 돌아서려는데, 강 형사가 그녀의 팔을 잡았다.

강 형사의 눈이 지 검시관을 뚫어져라 바라보고 있었다. 그에게 붙잡힌 팔이 아팠다.

"놔요. 아파요."

"내가 지금…… 당신 언니와 같은 상황이라면 내 말 믿겠어?"

그녀는 자신을 바라보는 강 형사의 눈을 들여다보며 그의 말이 진실인지 가늠해보았다. 그에게서는 수많은 여자를 죽이면서 희열을 느끼는 악마 같은 모습을 찾아볼 수 없었다. 그의 영혼은 상처 입었고 그 고통으로 몸부림치고 있었다.

언니는 뱃속의 아이를 잃고 많이 힘들어했었다. 아직 태어나지도 않은 아이. 조금만, 조금만 더, 그렇게 야근을 계속해오던 자기 잘못이라고 스스로를 질책했다.

지 검시관은 강 형사가 정아에게 가지는 죄책감이 무엇인지 느낄 수 있었다. 언니가 그랬던 것처럼 그 역시 순간의 방심으로 한 생명을 잃었다. 인생의 한순간, 돌아갈 수 있다면 어떻게든 바꿔놓고 싶은 한순간이 그를 고통스럽게 만들었다.

지 검시관은 강 형사의 팔을 바라보았다. 핏줄이 선 팔뚝과 자신을 꽉 움켜쥔 손이 그의 절박함을 느끼게 했다.

그녀는 가만히 강 형사의 팔을 잡았다.

"이거 놓고 얘기해요."

지 검시관의 말에 강 형사는 마지막 희망을 잃은 듯 그대로 의자에 털썩 주저앉았다. 지 검시관이 문을 열고 밖으로 나갔다.

강 형사는 암담했다. 이렇게 발목이 잡힌 상태로는 놈을 잡지 못한다. 아직도 놈은 밖에서 활개를 치고 있는데, 자신은 동료들의 손에 잡힌 채 놈이 비웃는 꼴을 구경이나 하고 있어야 한다니, 두 손으로 머리를 마구 쥐어뜯으며 힘껏 소리라도 지르고 싶었다.

그때 문이 열리고 지 검시관이 고개를 내밀었다.

그녀는 강 형사에게 조용히 하라며 손가락을 입술에 대고는 얼른 손짓했다. 강 형사의 생각과는 달리 밖의 정황을 염탐하러 나갔던 모양이었다. 그래도 자신을 믿어주는 사람이 있다는 게 눈물나게 고마웠다.

서류봉투에서 녹음기를 꺼내든 이 형사는 난감한 표정을 지었다.

"이거 힘들 거 같은데요? 이렇게 다 망가져서……"

디지털 녹음기는 형사들의 발에 밟혀 부서진 모양이었다. 잭을 끼우는 연결부위도 망가졌고 본체도 겉이 다 벗겨진 상태였다.

박 형사는 어떻게 해야 할지 몰라 옆에 서 있는 이 계장을 바라보았다.

"어떻게 하죠?"

박 형사의 질문에도 이 계장의 꾹 다문 입술은 열리지 않았다.

강 형사의 말이 사실이라면 하루라도 빨리 놈을 잡기 위해 수사력을 모아야 한다. 하지만 이 녹음기의 내용이 확인되지 않는 이상, 강 형사가 완전히 혐의를 벗었다고도 말할 수 없다. 더구나 그의 자동차에서 피해자의 핸드폰도 나온 상황이다. 어떤 판단도 섣불리 할 수 없다.

"같이 들어 있던 핸드폰은 괜찮은 거 같은데요."

"그럼 우선 이거 번호 확인하고 통화 내역 좀 뽑아봐."

"네."

박 형사는 핸드폰을 열었다. 다행히 배터리가 남아 있었다. 그는 자신의 번호를 찍고 통화 버튼을 눌렀다. 자신의 핸드폰에 전화번호가 떴다. 번호를 확인한 박 형사는 아무래도 이상한지 고개를 꺄우뚱하더니 주머니에서 종이를 꺼내 펼쳤다.

오전에 통신사에서 받아온 이준희의 통화 내역서였다.

"계장님."

"뭐야?"

"이 핸드폰, 이준희의 통화 내역서에 찍혀 있는 전화번홉니다."

"그럼 뭐야?"

"범인이 사용한 것인지, 아니면 강 형사가 두 개 다 사용한 것인지 알 수 없습니다."

한 가지 증거만 있으면 모르겠지만, 여러 가지 증거가 모두 강 형사를 지목하고 있었다. 아무리 검증 작업을 거쳐야 한다고는 하지만, 이 계장을 비롯한 강력계 형사들의 마음속에서 강 형사에 대한 의혹은 점점 확신으로 변해가고 있었다.

갑자기 형사 하나가 문을 박차고 들어오며 이 계장이 있는 곳으로 달려왔다.

"강 형사가 사라졌습니다."

"뭐야?"

이 계장과 형사들이 한꺼번에 우르르 사무실을 빠져나갔다. 형사들이 빠져나간 사무실은 굿판을 벌이다 멈춘 마당처럼 조용하기만 했다.

이 형사는 생각지도 못한 돌발 사태에 머리가 멍해졌다. 강 형사가 도망을 쳐? 이 형사는 머리를 흔들며 분석실로 걸음을 옮겼다. 그때 강 형사의 책상에서 전화벨이 울렸다. 혹시나 싶어 얼른 가서 전화를 받았다.

"네, 서울시경입니다."

전화를 받은 이 형사는 강 형사를 찾는 여자의 목소리를 들었다. 핸드폰으로 연락이 안 돼 사무실로 직접 전화를 한 것 같았다. 지금 강 형사가 회의중이라 직접 전화를 받을 수 없다고 둘러대고 용건과 전화번호를 남겨달라고 했다. 다른 손으론 전화번호를 적기 위해 메모지를 찾았다.

여자는 조심스럽게 자신의 이름을 말하고 전화번호를 알려주었다. WNN의 정유진이라고 했다. 용건은 따로 말하지 않았고, 다만 최대한 빨리 연락이 되었으면 한다고 했다. 전화를 끊은 뒤, 전화번호를 적은 메모를 쳐다보던 이 형사는 잠시 생각에 잠기더니 이내 메모를 주머니에 넣고 곧장 분석실로 향했다.

25

이 계장 앞에 불려나간 지 검시관은 고개를 제대로 못 들 만큼 이 계장의 잔소리를 들어야 했다.

이 계장은 잔뜩 화가 난 얼굴로 지 검시관을 노려보더니 차가운 목소리로 말했다.

"강 형사를 잡지 못하면 사표 쓸 각오를 하는 게 좋을 거야."

이 계장은 꼴도 보기 싫다는 듯 지 검시관에게서 고개를 돌린 다음 수화기를 들었다.

“기동대 연락해.”

기동대에 연락한다는 건 어떠한 일이 있어도 강 형사를 잡겠다는 의지이자, 이미 강 형사를 범인으로 생각한다는 뜻이다. 의혹을 품고 있는 것과 범인으로 생각하는 것은 다르다. 의혹을 풀 때까지 얌전히 기다리지 않고 도망친 그 순간, 강 형사는 모든 경찰의 적이 되어버린 것이다.

“뭐해, 볼일 더 남았어?”

이 계장의 거친 목소리에 움찔한 지 검시관은 얼른 분석실로 걸어가며 자기 행동이 과연 옳았는지 다시 한번 되짚어보았다.

언니 이야기를 알고 있는 강 형사가 자신의 아픈 곳을 건드려 동정심을 유발한 것은 아닌지, 언니 때문에 이성적인 판단이 흐려진 건 아닌지 불안했다. 하지만 믿고 싶었다. 아무도 믿어주지 않아도 자기만은 그를 믿어주고 싶었다. 만약 언니를 믿어주는 동료 한 사람만 있었다면, 언니는 죽지 않았을 것이다.

분석실에 들어오니 윤 계장이 컴퓨터 앞에 앉아 조용히 모니터를 바라보고 있었다. 밖의 요란한 소동 따위는 상관없다는 듯 너무나 차분한 표정으로 자기 일에 집중하는 모습이었다.

“강 형사가 범인이라면, 저 짐 싸야겠죠?”

컴퓨터 모니터를 담담한 표정으로 바라보던 윤 계장이 옆에

다가서는 지 검시관을 바라보다 머리를 긁적였다.

"많이 혼났지? 미안해. 괜히 나 때문에……"

"……그게 무슨 말씀이에요?"

"문을 열어놓고 자리를 비워줬는데도, 하여튼 꽉 막힌 놈이라니까."

"네? 그러니까……"

"난 지 검시관이 갈 때쯤이면 이미 달아났을 줄 알았지."

"계장님!"

"미안하다니까."

지 검시관은 그제야 왜 갑자기 윤 계장이 자기를 불러 그 방에 다녀오게 했는지 알 수 있었다.

"……강 형사님을 믿으시는 거죠?"

지 검시관은 왠지 든든한 아군을 만난 것 같아 잠시 서운했던 마음이 풀렸다.

윤 계장은 한쪽 눈을 찡긋하며 미소를 지었다. 그는 다시 모니터로 시선을 옮기고 뭔가 유심히 읽고 있었다.

"뭐하시는 거예요?"

모니터를 본 지 검시관은 윤 계장이 브레인스토밍으로 최정아 사건을 검색중이라는 걸 알았다. 지난여름부터 이따금 분석실에 앉아서 강 형사가 검색하던 사건이다. 지 검시관 역시 강 형사가 해결하지 못해 고심중이던 사건이라는 것을 알고 있었다.

물끄러미 모니터를 바라보며 생각에 잠겨 있던 윤 계장이 갑자기 고개를 앞으로 빼더니 안경을 고쳐 썼다. 증거물 추가 항목에 'NEW'라는 아이콘이 떠 있었다. 강 형사의 말에 의하면 8년 동안 새롭게 추가된 글이라고는 없던 사건이었다. 그런데 갑자기 누군가 그 사건에 새로운 증거물을 추가한 것이다.

증거물 추가 항목을 열어보니 새 증거물로 '미키 마우스'가 올라와 있었다.

'미키 마우스.'

화면을 보던 지 검시관의 눈이 놀라움으로 커졌다. 미키 마우스라면 준희의 목뒤에 있던 그림이다. 그게 어떻게 최정아 사건의 새 증거물이 된다는 것일까?

"계장님 이건……?"

"강 형사가 마지막으로 적어놓은 거 같군. 범인이 최정아를 죽이고 가져간 인형이라던데."

화면을 바라보던 윤 계장이 수정 버튼을 눌렀다. 그는 미키 마우스 앞에 새 수식어를 추가했다.

'붉은 장갑을 낀 미키 마우스.'

지 검시관은 윤 계장이 적은 내용을 보자 자기도 모르게 신음을 토해냈다. 갑자기 머리가 지끈거렸다. 붉은 장갑의 미키 마우스. 어디선가 본 기억이 있다. 그게 어디였더라?

택배가 도착하고 강 형사와 이 형사가 모텔에 다녀오던 날, 지 검시관은 누구에게도 말한 적 없는 언니의 이야기를 강 형사에게 털어놓았다. 왜 갑자기 그 이야기를 꺼냈는지 스스로 생각해도 의아했다. 검시관이 된 이유를 묻는 강 형사의 말은 지나가는 대화였다. 적당히 받아넘겨도 되는데, 왠지 그에게만은 이야기해야 할 것 같았다. 어쩌면 자기 안의 상처와 외로움을 그가 알아줬으면 하는 마음도 있었다.

오랫동안 마음에 묻고 있던 이야기를 꺼내고 나자 강 형사와 조금 더 이야기를 나누고 싶었다. 집 방향이 다른데도 굳이 태워달라고 한 것도 그 때문이었다. 그러나 강 형사는 들를 데가 있다며 그녀를 피했다. 그의 마음은 다른 곳에 있었다. 결국 엉뚱하게 이 형사의 자동차에 올라타게 되었다.

조수석에 앉아 안전벨트를 매고 고개를 돌렸을 때 강 형사의 얼굴이 보였다. 먼 곳을 바라보는 남자의 시선은 쓸쓸해 보였다.

"강 형사님 좋아하죠?"

이 형사가 물었다. 물끄러미 강 형사를 쳐다보고 있던 지 검시관은 얼른 시선을 돌렸다.

"좋아하지. 괜찮은 사람이잖아? 자긴 안 좋아해?"

급하게 말을 둘러댔다. 농담도 주고받는 가까운 동료 사이라도 이런 이야기를 하는 것은 어색했다.

아직 자신조차 이 감정이 무엇인지 모른다. 동료로서 가지는 친밀함이라고만 생각하고 있었다. 그때 지 검시관은 자신이 그를 동료가 아닌 조금 더 가까운 사이로 느끼고 있다는 것을 처음으로 깨달았다. 계속 그의 존재가 신경쓰였던 것을 왜 이제야 알았을까?

이 형사의 시선이 느껴지자 괜히 민망해진 지 검시관은 고개를 돌렸다. 어쩔 줄 몰라 괜히 글러브박스를 열어보기도 하고, 시디를 꺼내보기도 하며 딴청을 부렸다. 그때 가방 속에 넣어둔 핸드폰이 울렸다. 지 검시관은 허둥지둥 가방을 열어 핸드폰을 꺼내다가 바닥에 떨어뜨렸다. 좌석 아래로 손을 넣고 더듬더듬거리다가 열쇠고리를 발견했다. 열쇠고리라고는 하지만, 여러 개의 작은 인형에 열쇠를 매단 것 같았다.

"이건 뭐야?"

"아, 우리 딸애 장난감이에요. 계속 찾았는데 거기 있었네."

이 형사는 얼른 지 검시관에게서 인형들을 건네받아 주머니에 넣었다. 지 검시관은 핸드폰을 찾아 통화를 했다. 자잘한 심부름을 부탁하는 어머니의 전화였다.

정신이 든 지 검시관은 다급한 목소리로 물었다.

"이 형사 어디 갔어요?"

“일이 있다고 갔는데?”

“어서 찾아야 해요. 범인은 이 형사예요.”

“무슨 소리야?”

“그 미키 마우스, 붉은 장갑 낀 미키 마우스, 봤어요. 이 형사가 가지고 있다고요.”

그때 이 형사에게 건네주었던 열쇠고리에 매달린 인형은 분명 미키 마우스였다.

그것도 붉은 장갑을 낀 미키 마우스.

5장

누가 게임을 시작했느냐는
중요하지 않다.
중요한 것은
누가 끝내느냐 하는 것이다.

-존 우드

26

　이 형사는 전방의 자동차를 주시하며 도대체 어디서부터 일이 꼬이기 시작했는지 되짚어보았다.

　그는 완벽했다. 한 치의 오차도 없이 자신을 숨겨왔고, 누구도 자신의 가면을 벗겨내는 일은 없을 거라고 장담했다. 하지만 지금 다른 사람도 아닌 강 형사 때문에 자신의 가면이 벗겨질 위기에 처했다. 그것은 전혀 예상하지 못한 일이었다.

　분석실이 생기고 강 형사가 브레인스토밍 프로그램에 최정아 사건을 검색하는 것을 알았을 때, 그는 이 기막힌 우연을 운명이라고 생각했다.

그 아이에 대해 아는 사람을 만나다니, 더구나 담당 형사였
다니. 하마터면 알은척할 뻔했다. 정아가 어떤 모습으로 죽어
갔는지, 공포에 질린 눈빛과 마지막 숨소리가 어땠는지, 생명
이 꺼져가던 그 순간이 어떠했는지 이야기하고 싶었다. 자신
이 경험한 가장 강렬한 순간을 누구에게도 털어놓지 못한 채
살아가는 고통이 어떤 건지 아무도 모른다.

사건에 대해 알은척하자 강 형사의 눈동자가 반짝거리는 것
을 느꼈다. 그가 이 미해결 사건을 얼마나 풀고 싶어하는지 실
감했다. 온몸에 전율이 흘렀다. 그는 자신의 가면이 벗겨지지
않는 선에서 정아에 대해 물어보기 시작했다. 수사는 어느 정
도 진척이 있는지, 범인의 윤곽이 잡혔는지.

무엇 하나 변변한 대답을 하지 못하는 강 형사의 모습이 어
찌나 불쌍해 보이던지, 어깨라도 토닥여주고 싶었다. 그 앞에
서 자랑스럽게 가슴을 내밀고 자신이 얼마나 완벽했는지 알려
주고 싶었다.

잡힐 거라는 불안 같은 건 처음부터 없었다.

이미 8년이나 지난 일이고, 그동안 강 형사가 알아낸 것이라
곤 고작 정아의 주변을 기웃거리던 남자가 있었다는 것 정도
였다. 강 형사와 몇 번 이야기를 나누면서 자신과는 아무런 연
관성을 찾지 못할 것이라고 확신했다. 지금이라면 좀더 완벽
하게 저질렀을 테지만 첫 작품치고 나쁘지 않았다. 8년이 지난

지금도 그들은 자신의 그림자조차도 찾지 못하고 있다.

몇 개월 동안 멍하니 자신이 남긴 수사일지만 쳐다보고 있던 강 형사가 달라진 모습을 보인 것은 두어 달 전이다.

정아의 가족과 친구를 만난다고 했다. 어차피 그들과는 만난 적도 없다. 아무런 연결고리가 없으니 강 형사가 아무리 그들을 만나 발버둥을 쳐도 자신에게로 향하는 표지판을 찾기란 불가능하다. 그의 얼굴을 바라보며 끽끽 터져나오는 웃음을 참았던 게 한두 번이 아니다. 이봐, 넌 아무리 애써봐야 날 잡을 수 없어. 그렇게 자신만만했었다.

이미란의 사건이 터지던 날, 한순간 강 형사가 자신의 정체를 눈치챈 게 아닌가 싶었다.

"미키…… 마우스?"

잠에서 막 깨어난 강 형사가 자신을 쳐다보며 '미키 마우스'라고 했을 땐 등골이 오싹했다. 심장이 그대로 오그라드는 것 같았다. 자신의 정체를 알고 있으면서도 일부러 시치미를 떼고 있었나 싶기도 했다. 하마터면 그의 목을 조를 뻔했다.

꿈이라는 걸 알고 간신히 표정을 감출 수 있었지만 초조해지기 시작했다. 하필이면 인형들을 모아둔 열쇠고리를 잃어버린 뒤여서 그의 불안감은 더해졌다. 자신의 발밑이 조금씩 모래성처럼 허물어지고 있는 것은 아닌가 싶었다.

이대로 그를 내버려둬서는 안 된다. 자신에게 뻗어오는 줄기들을 잘라버릴 필요가 있다. 그가 미키 마우스의 존재에 대해 알고 있다는 것은 충격이었다.

이미 포기한 줄 알았다. 아니, 포기했어야 한다. 그렇게 실오라기 같은 증거조차 하나 없는 상황에서 계속 수사를 해나가겠다는 건 쓸데없는 고집일 뿐이다. 하지만 8년 만에 미키 마우스를 찾아냈다. 단순히 그것만 알아낸 것인지, 아니면 그가 놓친 또다른 것들을 강 형사가 찾아냈는지 확인할 필요가 있었다.

하루종일 분석실에 앉아 어떻게 해야 할지 계속 생각했다.

그의 수첩과 핸드폰을 엿보는 것은 어려운 일이 아니었다. 그의 수첩을 보고는 그렇게 불안에 떨었던 게 어이가 없을 정도였다.

지난 몇 달 동안 열심히 정아의 주변을 뒤져 알아낸 거라고는 그날 미키 마우스 인형이 없어졌다는 사실 하나, 그것뿐이었다. 그리고 그뒤로는 재조사를 포기한 듯 추가된 내용이 하나도 없었다. 막다른 골목에 다다르고서야 더이상 길이 없다는 것을 스스로 깨달은 모양이었다.

그동안의 불안과 초조함이 사라지자 갑자기 강가를 달리던 쥐새끼가 생각났다. 꼬리에 불을 달고 허겁지겁 도망가다 결국 물에 빠져 죽거나 불에 타죽었던 쥐새끼. 그 놀이가 얼마나 재밌었는지 기억났다.

그는 강 형사의 뒤에서 사악한 미소를 지으며 계획을 세우기 시작했다.

'어디 한번 꼬리에 불을 달고 힘껏 달려보라고.'

강 형사의 수첩에서 준희의 연락처를 알아내 전화를 걸었다. 강 형사 문제로 좀 만나자고 했다. 경찰이라는 말에 여자는 순순히 약속을 받아들였다. 만나기 전에는 어떻게 설득해야 할지 고심했지만, 막상 만나보니 그럴 필요가 전혀 없었다. 그렇지 않아도 강 형사에게 좋지 않은 감정을 품고 있었기에 그녀를 속이는 건 쉬웠다.

"8년이나 지난 지금 갑자기 정아를 핑계로 연락하는 게 이상하지 않았느냐"라는 말 한마디에 준희는 강 형사에 대한 불만을 이야기하기 시작했다. 정아가 죽기 전에 이상한 남자 때문에 경찰을 찾아가 도와달라고 한 적이 있는데, 강 형사가 정아의 말을 무시했다고 했다.

그는 그녀의 말을 들어주며 머릿속으로는 미리 짜놓은 시나리오를 수정했다. 그는 정아 같은 피해자가 또 있었다며, 지금 경찰이 그의 뒷조사를 하고 있다고 했다. 그중에 성폭행 피해자도 있다고 했더니, 준희는 충격을 받은 얼굴로 말을 잃었다.

혹시 정아에게 그런 이야기 못 들었느냐고 했더니, 여자는 고개를 저었다. 그리고 왜 그런 사람이 아직 경찰을 하고 있느냐고 따졌다.

그는 증거가 없어 강 형사를 잡아넣을 수 없다며 한숨을 내쉬었다. 그러곤 준희를 쳐다보며 은근히 운을 떼었다. 자신을 좀 도와줄 수 있느냐 물었다.

여자가 망설이자 그는 또다른 미끼를 던졌다. 어쩌면 정아를 죽인 건 강 형사일지도 모른다고 했다. 그날 밤의 알리바이가 없다고, 정아에게 못할 짓을 해놓고 나중에 정아가 그 일을 말할까봐 그런 짓을 한 게 아닌지 의심스럽다며.

애기를 들은 준희는 눈물을 흘리며 강 형사를 잡아넣기 위해서라면 뭐든지 하겠다고 했다. 친구의 죽음에 그런 비밀이 있다는 것을 알게 된 여자는 친구를 위해 복수를 하겠다고 했다. 결국 여자는 그가 짜놓은 시나리오대로 움직였다.

강 형사에게 전화해서 모텔로 부르기만 하면 나머지는 전부 경찰이 알아서 할 거라고 안심시켰다. 그런 살인자와 한 공간에 있어야 한다는 게 무섭다고 했지만 경찰들이 지켜보고 있다고, 강 형사가 눈치채지 못하면 그럴 일은 없으니 염려하지 말라고 했다.

강 형사가 눈치채지 못하게 해달라는 말에, 여자는 이 형사에 대한 이야기는 단 한 마디도 하지 않았다. 사람을 의심할 줄 모르는 단순한 성격이 결국 자신을 죽음으로 몰아넣었다.

준희의 핸드폰은 다음날 모텔에 다녀온 뒤 강 형사의 자동차를 청소해주며 글러브박스에 넣어두었다.

택배 상자에서 나온 여자의 머리에 기겁하던 강 형사를 보며 얼마나 통쾌했는지 모른다. 주위를 돌아보며 불안에 떠는 꼴이라니, 그것은 그동안 그가 즐겼던 사냥과는 또다른 재미가 있었다.

이 형사는 주머니에 손을 집어넣고 손끝에 전해지는 감촉을 느끼며 물건들이 품은 추억을 더듬어보았다.

"지가 열나 똑똑한 줄 알지만 사실은 머리가 돈 사이코에다가 변태 자식이지. 있는 대로 폼은 잡고 싶지만 결국 할리우드 영화나 흉내내는 또라이 새끼야."

"그래, 그렇게라도 자기 안의 의문을 잠재우고 싶은 거겠지. 그런데 왜 그렇게까지 자신의 행위를 합리화하려는지 생각해본 적 있어? 넌 그래봐야 결국 이 사회에 적응하지 못하는 쓰레기일 뿐이야. 그 분노를 타인에게 분풀이하는 것뿐이지. 제대로 사랑받고 사회에서 인정받고 사는 사람이라면 그런 짓은 하지 않아."

"넌 자신을 대단하다고 생각하는 모양이지. 표범? 현실을 말해줄까? 넌 어둠 속에 숨어서 힘없고 연약한 열일곱 살짜리 여자애를 죽인 것뿐이야. 겁에 질려 어쩔 줄 모르는 아이를 죽여놓고 잘났다고 떠들어? 겨우 그런 걸로 인간이 어쩌고 본성이 어쩌고 떠들어?"

"어릴 때부터 사랑받지 못하고 자랐겠지. 가족한테도 사랑받은 적이 없어서 넌 사랑이라는 게 뭔지도 모르는 거야. 그래서 자신을 사랑하는 게, 남을 사랑하는 게 뭔지도 모르지. 자신이 대단한 존재라고 떠벌리지만, 솔직히 말해봐. 넌 알고 있잖아? 자신이 얼마나 끔찍한 괴물인지, 악취 풍기는 흉측한 그 얼굴을 넌 알고 있잖아?"

"시끄러!"

그는 강 형사가 바로 옆에 있기라도 한 것처럼 버럭 소리를 질렀다.

여자들에게서 가져온 기념품들을 만지며 그들과 함께했던 순간을 떠올릴 때면 짜릿했는데, 지금은 조금도 즐겁지가 않다. 놈이 했던 말이 계속 그의 머릿속을 맴돌았다. 아무리 도리질을 해도 놈의 목소리가 떠나지 않았다.

그의 손끝에 동그란 머리와 인형의 둥근 얼굴이 느껴졌다. 미키 마우스, 정아. 나의 첫사랑.

사이코, 또라이라고? 웃기지 마. 넌 아직도 나를 몰라. 내가 어떤 놈인지 보여주지.

강 형사가 도망쳤다는 소식은 정말 실망스러웠다. 완벽한 올가미를 만들었다고 생각했는데 미꾸라지처럼 빠져나갔다. 멍청한 놈들 같으니라고. 하지만 아직 그를 잡을 미끼가 하나 있다.

내가 이 미끼를 보여주면 그는 다시 모습을 보일 것이다.

이 형사는 그 생각으로 다시 기분이 좋아졌다.

전방에 WNN 빌딩이 보였다. 서서히 속도를 줄이고 인도 쪽으로 차를 대면서 주위를 살피니 여자가 보였다. 그는 얼른 여자의 이름을 불렀다.

"정유진씨?"

여자가 그를 돌아보며 고개를 갸우뚱거렸다. 아마도 강 형사가 자신을 만나러 올 거라고 생각했겠지.

"강 형사님이 지금 좀 바빠서요. 대신 모시러 왔습니다."

여자는 아무런 의심도 하지 않고 자동차에 올라탔다.

그는 다시 즐거워졌다. 생각지도 않은 선물이었다. 기운이 솟았다.

여자의 얼굴을 돌아보는 순간 그의 머릿속에 다시 즐거운 상상이 시작되었다.

강 형사의 눈앞에서 자신이 정아의 마지막 순간을 어떻게 즐겼는지 보여줘야겠다는 생각이 들었다. 놈이 그렇게 궁금해하던 순간일 테니. 그리고 다음은 너의 순서겠지.

이 형사의 시선을 느꼈는지 여자가 그를 돌아보았다. 그는 여자를 향해 미소를 지어 보였다.

온 신경이 그 순간을 기다리며 힘차게 요동치기 시작했다.

27

막상 자동차를 타고 도망쳤지만 갈 곳이 없었다.

어쩌면 또 잘못된 선택을 한 것이 아닌가 하는 생각이 들었다.

아무리 의심을 받아도 하나씩 증거물들을 확인하다보면 방법이 있을 것이다. 이 계장을 설득해서 자신의 결백을 밝혔어야 했나 싶었다.

처음엔 그저 정아의 사건을 해결하고 마음의 짐을 덜고 싶었을 뿐이다. 그런데 왜 이렇게까지 일이 커졌는지, 기가 막혔다.

놈은 강 형사의 모든 것을 알고 있었다. 그렇지 않다면 이렇게 완벽하게 자신을 함정으로 몰아넣을 수 없다. 그런데도 자신은 놈에 대해 아무것도 모른다는 게 억울하고 분했다.

그에 대해 알 수 있는 것이라고는 지난밤 통화를 하면서 얻은 게 전부다.

놈은 전형적인 쾌락형 살인자다.

과대망상의 사이코패스. 스스로 희생자들의 목숨을 쥐고 있다는 사실에 도취해 자신을 신의 경지에 올려놓는다. 신이 인간의 운명을 농락하듯 자신은 인간의 목숨을 좌우하고 있다고 생각한다.

강 형사는 몇 번이나 반복해서 들었던 통화 내용을 떠올리며 새로운 사실이 없는지 생각했다. 정아가 첫 희생자라고 했다. 어쩌면 그때 놈을 잡았더라면 지난 8년간의 연쇄살인을 막을 수 있었을지도 모른다. 정아의 친구 준희까지 죽게 만든 짐은 아마 평생 짊어지게 될 것이다. 하지만 문제는 지금이다. 아직도 놈은 잡히지 않고 있다.

문득 강 형사는 다시 한번 모텔 쪽으로 가봐야겠다는 생각이 들었다.

최정아 사건은 최악의 조건이었다. 목격자도 없고, 증거물도 쏟아지는 비 때문에 쓸려가버리거나 훼손되었다. 하지만 준희의 경우는 다르다. 모텔 주변을 샅샅이 뒤진다면 새로운 증거물을 찾아낼 수 있을 것이다.

목적도 없이 그저 핸들이 이끄는 대로 운전하던 강 형사는 이정표를 보고 강변북로 쪽으로 방향을 틀었다. 우선 갈 곳이 정해졌다는 사실만으로도 암담하던 기분이 한결 나아졌다.

다시 그날의 일을 떠올려보았다.

모텔로 가는 길은 주변에 인가도 없는 한산한 도로였다. 지나는 버스도 없을 것 같은 곳에 준희는 어떻게 갔을까? 택시를 탔거나 아니면 누군가 태워줬을지도 모른다. 하지만 역시 택시보다는 누군가가 준희를 태웠다는 게 자연스럽다.

밤 11시가 넘은 시각, 준희는 누군가의 문자를 받고 밖으로 나가 그대로 사라졌다. 누군가 밖에서 그녀를 기다리고 있었다는 얘기다.

택배가 다음날 점심에 배달된 점을 볼 때 차를 태워준 사람이 준희를 살해했을 가능성이 높다.

퇴근길의 강변도로는 주차장이나 다를 바가 없었다. 조급한 마음으로 얼마나 더 가야 하는지 이정표를 확인하던 강 형사의 눈이 번쩍 뜨였다.

머리 위를 지나가는 이정표와 단속 카메라를 보자 군포 지역에서 강호순을 잡았을 때 형사들이 썼던 방법이 생각났다.

군포 여대생 실종사건으로 시작된 수사는 국도변을 따라 집으로 가던 여대생의 행적이 확인되면서 본격화되었다. 국도변에서 갑자기 사라졌다면, 그곳에서 누군가 그녀를 태운 것이다. 간단한 추리였지만, 형사들은 여대생이 실종된 시각, 국도를 지난 수백 대의 자동차 번호를 입수해 일일이 대조했다. 그 와중에 자신의 자동차를 불태워버린 강호순이 의심 대상에 올랐고, 결국 그가 군포 지역의 수많은 실종사건과 관련이 있다는 걸 밝혀냈다.

우선 14일 밤 모텔 주변 도로를 지나다녔던 자동차를 확인하는 작업이 우선되어야 한다. 준희가 언제 그곳으로 들어갔는지는 모르지만 나온 시간은 알고 있다. 우선 그 시간대를 확인해서 자동차를 추적하면 될 것이다.

캄캄하기만 했던 어둠 속에서 반딧불이라도 발견한 느낌이었다. 강 형사는 그 빛으로 길을 찾을 수 있기를 빌었다.

강 형사는 이 형사에게 전화를 걸었다.

"……형, 어디예요? 지금 난리 났어요."

강 형사는 잠시 망설이다 사실대로 얘기했다.

"지금 그 모텔로 가고 있어. 범인을 잡을 방법이 생각났거든."

"그래요? 잘됐네."

"지금 그리로 와. 다른 형사들한테는 알리지 말고."

"알았어요."

성수대교를 지나면서 어느새 날이 완전히 저물었다.

강 형사는 계속 울리는 핸드폰을 애써 무시하고 있었다. 전화벨이 끊어지면 수신번호를 확인했다. 지 검시관이 몇 번이나 전화를 했다. 전화를 받을까 하는 생각도 있었지만 그렇지 않아도 자신 때문에 곤란한 일을 겪지 않을까 싶어 더이상 신세를 지고 싶지 않았다.

아예 핸드폰을 꺼놓으려고 버튼을 누르려는데 다시 벨이 울렸다. 이번엔 윤 계장이었다. 잠시 망설이다 하는 수 없이 전화를 받았다.

"지훈아, 지금 어디야?"

"얘기해봐야 계장님만 피곤해져요."

"범인이 누군지 알았어."

"네?"

강 형사는 자신도 모르게 급브레이크를 밟을 뻔했다.

"잡았어요?"

"아니, 도망쳤어."

"도망치다니, 그럼 잡았다가 놓쳤단 말이에요?"

"범인은…… 이 형사야!"

"네? 누구라고요?"

"이 형사라고, 이신우. 그 자식이 범인이었어."

강 형사는 자신의 귀를 의심했다. 머릿 속 한쪽에서 말도 안 된다며 심하게 도리질을 치고 있었지만 다른 쪽에선 그동안 이 형사와 있었던 일들이 빠르게 지나갔다. 놈이 강 형사에 대해 그렇게 속속들이 알 수 있었다는 것도 비로소 이해가 됐다.

"……알았어요."

강 형사는 뭐라고 더 이야기하는 윤 계장의 목소리를 듣고도 그대로 전화를 끊었다. 멍해져서 아무 생각도 할 수가 없었다. 머릿속이 텅 빈 것 같았다.

같이 사건 현장에 나가고, 함께 밥을 먹고, 같이 웃고 떠들던 이 형사가 바로 그놈이라고?

낄낄거리던 놈의 목소리가 들리는 것 같았다. 미칠 것 같았다.

강 형사는 힘껏 고함을 질러대며 핸들을 내리쳤다. 그대로 벽에 머리라도 박고 싶은 심정이었다. 아무리 소리를 질러대고 주먹질을 해도 흥분이 가라앉지 않았다.

앞서가던 자동차가 멈추고 운전자가 내리더니 강 형사에게 다가왔다. 계속 경적을 울려대는 강 형사 때문에 화가 난 것 같았다.

강 형사는 그제야 자신이 얼마나 경적을 울려대고 있었는지 깨닫고 크게 심호흡을 했다.

지금 흥분하는 건 아무런 도움도 안 된다. 우선 놈을 잡는 게 급선무다. 그렇게 생각하자 조금 진정이 되었다.

운전자가 다가와 창문을 두드렸다.

강 형사는 말없이 창문을 열고 차 지붕 위에 경광등을 부착했다.

운전자는 유리창 앞에 붙은 경찰 마크를 보더니 뭐라 말도 못하고 그대로 자기 차로 돌아갔다. 앞차는 금방 옆 차선으로 자리를 비켜줬다.

정체는 잠실대교를 지나서야 풀렸다. 강 형사는 힘껏 액셀을 밟아 남양주로 향했다.

28

모텔에 도착한 강 형사는 가까운 산길에 주차했다.

자동차 트렁크를 열어 비상 타이어가 들어 있는 안쪽 문을 열었다. 타이어 사이에 놓아둔 검은 천 뭉치를 꺼냈다. 검은 천을 펼치자 권총이 보였다. 강 형사는 권총의 손잡이를 잡아 보았다. 권총은 한 손에 들어왔다.

신고되지 않은 총기였다.

놈에게 전화를 받은 다음날 아침, 강 형사는 사무실에 가기 전 마포서에 들러 홍 팀장을 찾았다. 그는 범인이 자신에게 걸어온 싸움에 대해 이야기하고 홍 팀장에게 도움을 요청했다. 오랫동안 함께 생활하다보면 상대방의 비밀까지도 알기 마련이다.

홍 팀장이 개인 총기를 가지고 있다는 걸 알고 있었지만 신경쓰지 않았었다. 그가 그 총을 어디에서 구했는지, 왜 가지고 있는지 모르지만 그건 그의 사정이라고 생각했다. 마치 자신이 정아의 일을 혼자 간직하고 있었던 것처럼.

총을 달라고 하자 처음엔 거절했다. 하지만 강 형사가 범인과 통화한 녹음 내용을 들려주자 그는 아무 말도 하지 않고 강 형사를 데리고 나왔다.

그는 강 형사를 데리고 자기 집까지 가서 총을 건네주었다. 그리고 이렇게만 말했다.

"이건 내가 모르는 일이다. 난 그런 총 알지도 못하고, 본 적도 없다."

홍 팀장도 강 형사만큼이나 이 사건이 끝나길 바라는 표정이었다.

강 형사는 허공을 향해 총을 겨누며 자세를 잡아보다가 얼른 뒤춤에 총을 숨겼다.

이제 놈이 오는 것만 기다리면 된다.

하지만 이 형사는 쉽게 나타나지 않았다. 기다림은 지루했다.

그는 자동차에 앉아 첫 희생자인 정아, 그리고 마지막 희생자인 준희를 생각했다. 두 사람의 죽음은 자신에게 책임이 있다. 처음 정아를 만났을 때 제대로 보호해줬더라면 정아뿐 아니라 준희도 살아 있을 것이다. 무심코 한 행동이 나비효과처럼 너무나 많은 바람을 불러왔다.

생각해보면 그를 살인마로 만든 것도 자신인지 모른다. 그가 정아를 죽이지만 않았다면 살인에 대해 그렇게 집착했을까? 결국 이 모든 것을 끝내는 게 자신의 몫 같았다.

운명이란 참 이상하다는 생각이 들었다. 그렇게 멀리 떨어져 있는 각각의 사람들이 이렇게 얽히게 될 줄 누가 생각이나 했을까?

멀리서 도로 위를 달려오는 불빛이 보였다. 혹시나 싶어 자동차에서 나왔지만 불빛의 정체는 자동차가 아니라 오토바이였다. 다시 자동차로 돌아가려는데 전화가 울렸다. 이 형사였다.

"어디야? 왜 안 와?"

"형님이 이쪽으로 좀 오셔야겠는데요?"

"무슨 소리야?"

"내가 지금 누구랑 같이 있거든요."

"……그게 무슨 소리야? 누구랑 같이 있다니?"

"정유진이라고 하던가? 그 방송국 앵커 말이에요."

피가 거꾸로 솟는 것 같았다.

"너무 늦게 오면 시체로 만나게 될지도 모르겠는데?"

놈의 목소리가 변했다. 알고 있었다. 강 형사가 이미 눈치챘다는 것을 알면서 시치미를 떼고 있던 것이다. 주먹에 힘이 들어갔다.

이럴 수는 없다, 이럴 수는.

어떻게 놈이 정유진과 함께 있는지 알 수 없지만 그녀마저 놈에게 희생되게 할 수는 없다. 하나도 아니고 둘이나 잃었다. 8년 동안이나 그를 잠 못 이루게 했던 아픈 상처를 다시 만들 수는 없다.

결국 놈이 시키는 대로 자동차를 몰고 갔다.

모텔 근처의 도로를 지나 터널로 접어들다가 길을 놓칠 뻔했다. 중부내륙고속도로와 주변 신도로를 잇는 길이 생기면서 예전의 도로는 아무도 다니지 않는 모양이었다.

이 형사가 가르쳐준 도로를 지나 강둑 쪽으로 달리니 어둠 속에 희미하게 자동차 윤곽이 보였다. 그쪽도 강 형사의 차를 발견했는지 친절하게도 불빛을 깜빡여주었다. 기다려. 거기가 네 무덤이 될 줄 알아라.

강 형사는 천천히 이 형사의 자동차 앞에 차를 세웠다. 일부러 불빛을 비추어봤지만 자동차 안에는 이 형사밖에 없었다.

자동차에 타고 있던 이 형사가 눈부시다는 듯 짜증을 내며 손을 흔들었다. 강 형사는 헤드라이트를 끄고 자동차에서 내렸다. 그러자 이 형사도 자동차에서 내렸다. 걸음을 옮기려 하자, 이 형사가 손을 들어 걸음을 멈추게 했다.

"웃기지? 우리가 이렇게 만날 줄은 몰랐는데 말이야."

"여자 어딨어?"

"글쎄, 어디 있을까?"

강 형사는 말문이 막혔다. 또다시 게임이 시작된 모양이다.

"도대체 이따위 짓을 왜 하는 거야?"

"여자를 살리고 싶으면 손들어."

그러곤 이 형사는 강 형사의 말을 무시한 채 묵직하고 긴 쇠막대를 들고 다가왔다.

"여자 어디 있냐고?"

"시간 끌면 여잔 죽어."

강 형사는 이 형사를 노려보다가 뒤춤에서 권총을 꺼냈다.

"어디 있는지 말해!"

이 형사는 권총을 보고도 놀라지 않았다. 오히려 한쪽 입술을 올리며 웃고 있었다.

"날 쏘겠다고? 그럼 여잔 영영 못 찾지. 그럼 네가 구하지 못한 세번째 여자가 되는 건가?"

이 형사는 낄낄거리며 강 형사에게 거침없이 다가왔다. 그의 발치 앞을 겨누고 총을 쐈다. 하지만 놈은 멈추지 않았다.

"여기가 어딘지 얘기해줄까? 여기가 바로 준희, 그 여자의 머리를 자른 곳이야."

놈이 눈을 희번덕거리며 다가왔다.

"미친 새끼."

강 형사가 그에게 총을 겨눈 순간, 이 형사가 몸을 날려 강 형사의 머리를 후려쳤다. 총알이 이 형사의 어깨를 스치고 지나갔다.

쇠막대에 머리를 맞은 강 형사는 비틀거리며 그 자리에 주저앉았다. 총이 바닥에 떨어졌다. 이 형사가 다가와 발로 총을 멀찌감치 차버렸다.

"이런 걸로 날 죽이려고?"

이 형사가 비틀거리는 강 형사에게 다가갔다. 총알이 스친 어깨가 쓰려왔다. 그는 강 형사를 향해 힘껏 쇠막대를 휘둘렀지만 그대로 나뒹굴었다. 배에 강한 통증이 느껴졌다. 강 형사가 몸을 피하며 이 형사의 복부에 주먹을 날린 것이다.

강 형사는 바닥에 뒹구는 이 형사에게 달려들어 마구 발길질을 했다. 이 형사는 몸을 잔뜩 움츠린 채 두 팔로 얼굴을 감쌌다.

강 형사는 발길질을 멈추고 거친 숨을 내쉬다 놈의 멱살을 잡아 끌어올렸다.

"말해. 어디 있는지 말해!"

이 형사는 입가의 피를 훑더니 빙긋 웃으며 또다시 강 형사를 약올렸다.

"이미 죽었는지도 모르지."

그의 멱살을 쥐고 흔들던 강 형사는 갑자기 옆구리에서 뻐근한 통증을 느꼈다. 놈의 손에 칼이 들려 있었다. 강 형사는 믿기지 않는 듯 자신의 옆구리를 만져보았다. 따뜻하고 끈적이는 액체가 손에 묻어나왔다. 놈의 멱살을 쥐고 있던 주먹에서 힘이 빠져나갔다.

이 형사는 한쪽 바지에 칼날을 쓰윽 닦더니 다시 강 형사를 겨눴다.

멀리서 경찰의 사이렌이 울렸다.

칼을 들고 있던 이 형사는 잠시 망설이다가 강 형사를 밀어버리고 자동차에 올라탔다. 시동을 건 이 형사는 차를 후진하더니 곧바로 강 형사를 향해 돌진했다. 간신히 정신을 차린 강 형사는 재빨리 한쪽으로 몸을 피했다.

이 형사의 자동차는 빠르게 어둠 속으로 사라졌다.

강 형사는 어떻게 해서든 정신을 차리려고 머리를 흔들었다. 이대로 놈을 놓칠 수 없다. 그러면 또 한 목숨이 위험해진다. 이번엔 자신이 죽더라도 놈을 막아야 한다. 그는 옷을 들어 옆구리를 보았다. 피가 벌컥벌컥 흘러나오고 있었다. 자동차 안을 뒤져 수건으로 상처를 막고 그 위에 허리띠를 졸라맸다. 강 형사도 얼른 자동차 시동을 걸고 놈의 뒤를 따랐다.

구도로를 빠져나와 고읍 교차로 쪽으로 방향을 틀던 이 형사는 갑자기 옆으로 달려든 자동차와 그대로 충돌했다. 그 바람에 차량은 공사중인 교량으로 밀려나 부딪쳤다. 순간 목이 꺾이고 좌석이 찌그러지면서 다리가 끼였다. 가슴이 뻐근해서 정신을 차릴 수가 없었다. 얼마나 시간이 지났을까. 겨우 정신을 차리고 눈을 떠보니 두 손이 묶인 여자가 교량 쪽으로 뛰어가는 모습이 보였다. 사고로 트렁크가 열린 모양이었다.

이 형사는 두 팔로 힘껏 좌석을 뒤로 밀고 끼여 있던 다리를 빼냈다. 발을 움직여보니 멀쩡했다. 자동차 문을 열려고 했지만 꿈쩍도 하지 않았다. 눈앞의 여자가 자꾸만 멀어지더니 이제는 어둠 속으로 사라져 보이지 않았다.

여자를 놓칠 수 없다. 이 형사는 두 다리로 힘껏 문을 밀었다. 겨우 문이 열렸다. 그는 황급히 어둠 속으로 달려가기 시작했다. 여자는 손이 묶인 채 뛰어가고 있었다. 멀리 가지 못했을 것이다. 조금 달려가니 여자가 땅바닥에서 몸을 일으켜

세우려고 하는 모습이 보였다. 급하게 도망치느라 다리가 꼬여 넘어진 듯했다. 이 형사는 얼른 달려가 여자의 머리를 잡아챘다. 여자의 입에 붙인 테이프가 반쯤 떨어져 있었다. 트렁크 안에서 꽤 발버둥을 친 모양이었다.

이 형사는 유진의 팔을 잡아끌며 자동차가 있는 쪽으로 갔다.

그때 어디선가 나타난 남자가 이 형사에게 달려들었다. 남자의 기습에 이 형사는 유진의 손을 놓쳐버렸다. 두 남자가 뒤엉켜 거칠게 몸싸움을 하기 시작했다. 유진은 기회를 놓치지 않고 달리기 시작했다. 그때 등뒤로 뭔가 첨벙 하고 물에 빠지는 소리가 들렸다.

놀란 유진은 걸음을 멈추고 뒤를 돌아보았다. 한 남자가 다리 난간을 붙잡고 웅크리고 있었다. 빛이라고는 멀리 있는 자동차 불빛뿐이라서 그의 모습이 잘 보이지 않았다. 남자는 몸싸움을 하다 부상을 입은 듯했다. 체구로 봐서는 자신을 트렁크에 가둔 남자는 아니었다.

유진은 그 남자가 자신을 구했다는 것을 깨닫고 조심스럽게 그에게 다가갔다. 남자는 간신히 난간을 붙잡고 일어났다. 어디선가 본 듯한 모습이었다. 그가 천천히 유진에게 걸어왔다. 유진은 눈을 찡그리고 그의 모습을 보려고 했다.

그는 커피숍 남자였다.

유진은 주춤주춤 뒤로 물러났다. 그가 어떻게 여기까지 왔을까?

남자는 유진에게 팔을 내밀며 다가왔다. 유진은 허겁지겁 뒤로 물러나 다시 달리기 시작했다. 갑자기 유진의 눈앞이 자동차 불빛으로 가득찼다. 유진은 그대로 눈을 감고 주저앉았다. 자동차는 유진을 지나 남자에게로 달려들었다.

남자가 자동차를 피하려다 난간에 부딪쳐 균형을 잃었다. 몸이 기우뚱하더니 그대로 강물로 떨어졌다.

자동차에서 내린 강 형사가 난간에 기대 아래를 내려다보다가 얼른 유진에게 다가왔다.

"괜찮아요?"

강 형사가 유진에게 손을 내밀었다.

유진은 자신에게 손 내미는 사람이 강 형사라는 것을 알고 겨우 안도의 한숨을 내쉬었다. 손을 내밀어 그의 손을 꼭 잡았다. 처음에 쥐었을 때처럼 크고 따뜻한 손이었다.

29

11월의 차가운 물이 그의 온몸을 강타했다.

떨어지면서 받은 충격은 온몸으로 스며들어 뼛속까지 극심한 고통을 안겨주었다.

그는 미처 손을 휘저어볼 겨를도 없이 흐르는 강물에 휩쓸려갔다. 발밑에서 소용돌이치는 물살이 그의 발목을 잡아당겼다. 그는 헝겊 인형처럼 아무런 저항도 하지 못한 채 아래로 빨려들어갔다.

두 눈이 터질 듯 아팠다. 숨이 막혔고 폐를 찌르는 고통이 가슴을 찢어놓았다. 하지만 무엇보다 아픈 건 자신을 보고 주춤거리며 뒤로 도망치던 유진의 모습이었다.

그는 유진의 손목에 묶인 끈을 풀어주려고 한 것뿐이었다. 처음 봤을 때부터 보호해줘야겠다는 생각밖에 없었다.

육체를 가르는 고통 속에서 오히려 머리는 맑아지기 시작했다. 어두운 의식의 저편, 여기저기 흩어져 있던 기억의 퍼즐들이 갑자기 빠른 속도로 제자리를 찾아갔다. 애써 한쪽으로 치워놓았던 과거의 한 조각이 선명하게 그의 의식 속으로 들어왔다.

어머니에 대한 기억이 봉인되어 있던 이유도 알 것 같았다.

어머니가 자신을 죽이려고 했다는 사실은 어린 그로서 받아들이기 힘든 일이었을 것이다. 아니, 어머니의 손을 뿌리치고 혼자만 살아났다는 사실이 더 끔찍했는지도 모른다. 한 가지를 지워버리기 위해 그는 다른 많은 기억을 같이 묻어버렸다. 기억해봐야 흉터처럼 그에게 아픔과 상처로만 남을 기억들이었다.

무능력하고 나약한 자신을 폭력으로 감추려고 했던 아버지. 그런 아버지에게 한없이 당하고 살다가 결국 스스로 생을 마감한 어머니.

그 집에 다시 돌아가 살게 되면서 어머니처럼 되지 않겠다고 결심했다.

조금만 더 커라, 조금만 더 힘이 세지면 그때 당신의 주먹을 막고 그동안 내가 받았던 고통을 그대로 되돌려줄 것이다. 그리고 1년이 되지 않아 그는 늘 마음속으로 다짐해왔던 자신의 주문처럼 결국 아버지의 주먹을 막아냈다. 다시는 자신을 건드릴 수 없게 만들어버렸다.

새로 들인 여자와 술에 취해 자고 있는 아버지의 방에 몰래 들어가 자물쇠를 채운 뒤, 방에 불을 지르고 작은 창문으로 도망쳐나왔다.

불은 빠른 시간에 집을 삼켜버렸다. 활활 타오르는 집을 바라보며 언덕 공터에서 열쇠를 집어던졌다. 아버지와 아버지의 여자를 죽게 만들었지만 죄책감 따위는 없었다. 그런 감정을 느낄 만한 인간을 죽인 것도 아니니까. 하지만 여자가 데려온 아이를 두고 온 것은 마음에 걸렸다.

집에 불을 지르라고 알려준 것은 그 아이였다.

"다 태워버려. 여기서 도망쳐. 안 그럼 오빠도 죽일 거야."

그 아이는 집에 온 날부터 그를 오빠라고 불렀다.

짐승처럼 쇠줄에 묶여 골방에 갇혀 있는 그에게 물과 음식을 가져다주는 게 그 아이의 일이었다.

"오빠는 뭘 잘못했는데? 엄마는 오빠가 나쁜 짓을 해서 벌받는 거래."

그는 아무 말 없이 그 아이를 노려보기만 했다.

한참 동안 말을 걸어도 대답하지 않는 그를 보다가 결국 삐진 얼굴로 나가버리면, 그는 비로소 아이가 가져온 음식과 물을 먹었다. 아이는 심심했는지 어른들의 눈을 피해 자주 그를 들여다봤다. 그러다 들키는 날에는 묶여 있는 그가 매를 맞았다. 그는 더이상 오지 말라고 고함을 질렀다. 여자아이는 겁에 질려 울음을 터뜨렸다.

어느 날 밤, 여자아이가 다시 숨어들었다. 아이가 목에 감고 있던 쇠줄을 풀어줬다.

"불태워, 다 잠들었어. 모두 태워버려."

여자아이는 눈을 반짝이며 그의 손을 잡아끌었다.

텔레비전에서 유진을 봤을 때 그는 그 아이가 유진이라고 생각했다. 둘은 쌍둥이같이 닮았다. 아니, 어쩌면 그 아이가 자라 유진이 되었는지도 모른다. 만약 그 불속에서 살아남았다면.

차갑고 어두운 강물 저 아래로 희미한 물체가 다가오는 것이 보였다.

그는 눈을 크게 뜨고 어두운 물속을 주시했다.

희미한 물체가 서서히 윤곽을 드러냈다. 어머니가 손을 내밀고 있었다.

남자는 어머니의 손을 잡기 위해 팔을 뻗었다. 손에 닿을 듯 가까이 있던 어머니의 손이 아래로 멀어지기 시작했다. 그는 어머니의 손을 잡기 위해 발을 움직여 헤엄쳤다.

터질 듯하던 가슴의 통증도, 온몸에 스며들던 고통도 사라지고 없었다.

그는 어머니의 손을 찾기 위해 어둠 속으로 손을 내밀었다. 이번에는 어머니의 손을 뿌리치지 않으리라 마음먹었다.

강바닥으로 내려간 그의 눈앞에 그를 부르는 어머니의 손이 보였다. 그는 힘껏 자맥질해 어머니의 손을 잡았다. 희고 부드러운 손이 거기 있었다. 그제야 아주 오랫동안 어머니가 자신을 기다렸다는 것을 깨달았다. 그는 어머니의 팔에 얼굴을 묻었다.

"괜찮아, 이제 다 괜찮을 거야."

몸이 서서히 아래로, 아래로 내려가는 것을 느낄 수 있었다.

어머니의 손을 잡고 강바닥에 닿은 그는 비로소 안도의 한숨을 내쉬었다.

그의 폐 속에 남아 있는 지상의 마지막 공기였다.

30

남자의 시신은 폐쇄된 다리 기둥 아래에서 발견되었다.

유진의 증언에 따라 남자는 그녀를 따라다니던 스토커라는 것이 밝혀졌다. 그의 집을 수색한 강 형사와 서 형사는 이미란 사건에 대한 증거들을 확보하고 수사를 종결지었다.

서울시경 회의실에서 '서울 서부 연쇄살인사건'에 대한 브리핑이 있었다.

강 형사는 이신우가 저지른 첫번째 사건에 대해 브리핑하기 시작했다. 그뒤로 서부 5개 경찰서에서 사건 개요에 대한 발표가 이어졌지만, 회의 분위기는 어둡기만 했다. 참석자들 모두의 머릿속에는 '과연 이신우가 몇 명을 죽였느냐'라는 의문이 있었지만 그 누구도 입 밖에 내지 못했다. 앞으로 얼마나 더 많은 희생자가 밝혀질지는 죽은 이신우만이 알 것이다.

브리핑이 끝나고 서울경찰청장의 대국민 사과가 있었다.

앵커 정유진은 대국민 사과문을 발표하는 서울경찰청의 모습을 모니터로 보고 있었다. 하지만 그녀의 시선은 정면의 경찰청장이 아니라 한쪽 구석에 멍하니 서 있는 강 형사에게로 향했다. 화면이 바뀌자 유진은 자세를 바로 하고 다음 뉴스를 진행했다.

'이신우는 과연 누구인가?'라는 꼭지와 연쇄살인범이 속출하게 된 우리 사회의 문제점에 대한 기사가 이어졌다.

에필로그

이른아침의 항구는 새벽 작업을 끝내고 돌아오는 고깃배들의 고동 소리와 갈매기 소리로 가득했다.

친구들과 콘도에서 하룻밤을 묵은 여자는 낯선 곳이어서 그런지 잠에서 일찍 깨어났다.

항구를 구경하고 등대가 세워진 방파제를 향해 걸어가던 여자는 낚싯줄을 드리운 남자를 발견하고 가까이 다가갔다. 호기심이 발동했다.

"얼마나 잡았어요?"

여자는 친근한 태도로 남자에게 말을 걸었다.

남자는 호기심어린 여자의 얼굴을 보더니 미소를 지었다.

"한번 볼래?"

남자는 자리에서 일어나 어망을 들어 보였다. 그 바람에 남자의 주머니에서 열쇠꾸러미가 떨어졌다.

여자는 얼른 바닥에 떨어진 열쇠꾸러미를 주워 남자에게 건네주었다.

"어, 이건 미키 마우스가 빨간 장갑을 끼고 있네?"

여자는 열쇠꾸러미에 매달린 인형을 보더니 중얼거렸다. 이상하게도 열쇠꾸러미에는 열쇠보다도 인형이 더 많이 매달려 있었다.

남자는 여자의 눈을 보더니 웃으며 말했다.

"난 인형 모으는 게 취미거든. 이 미키 마우스가 처음이지. 이게 얼마나 특별한 건지 얘기해줄까?"

남자는 여자의 손을 잡아끌며 미소를 지었다. 여자는 최면에라도 걸린 듯 남자의 미소를 보며 그의 손을 잡았다.

작가의 말

〈서미애 컬렉션〉을 작업하면서 예전에 쓴 작품을 다시 읽어볼 때마다 그때의 기억들이 하나둘 떠오르네요.

인형의 정원은 저의 첫 장편소설입니다. 1994년 신춘문예로 데뷔를 했지만, 장편소설을 쓰기까지는 꽤 시간이 걸렸습니다. 드라마와 영화 시나리오를 쓰면서 10여 년의 시간을 보내는 동안 간간이 단편소설을 쓰다가 2008년에야 첫 장편소설을 완성했습니다.

이 소설의 배경이 되는 서울경찰청은 2007년 'KBS 과학 다큐 다빈치 프로젝트'라는 프로그램의 〈과학수사 보고서: 사체를 말하다〉라는 코너를 하면서 취재했던 곳 중 하나입니다.

경찰청과 서울경찰청, 신월동 시절의 국립과학수사연구소, 일선 경찰서, 지방청의 과학수사팀, 의과대학 법의학과 등 우리나라 과학수사와 관련된 거의 모든 곳에서 다양한 분야의 전문가들을 만났습니다.

그 당시 새로 생긴 검시관 제도를 소개하기 위해 과학수사팀에 근무하고 있는 검시관을 취재하면서 서울경찰청 내부를 자세히 볼 기회가 있었습니다. CSI의 인기로 우리나라 경찰청에도 현장증거분석실이 생기고, 범죄행동분석을 담당하는 전문요원과 프로파일러를 키우는 시스템도 이때 생겨났고, 막 연수를 끝낸 요원들이 사건 현장에 투입되던 시기입니다.

2000년대 초중반 연달아 일어난 유영철과 정남규, 강호순 등이 벌인 연쇄살인사건이 아마도 과학수사의 현대화가 필요하다는 사회적 공감대를 불러왔던 것 같습니다.

아는 다큐멘터리 피디로부터 과학수사 관련 프로그램을 같이 만들지 않겠냐는 제안을 받았을 때, 선뜻 그 프로그램을 하겠다고 한 이유는 하나였습니다. 대한민국의 내로라하는 과학수사의 최고 전문가를 만날 좋은 기회라고 생각했기 때문입니다. 작가 개인의 신분이라면 취재요청도 어려운 기관의 관계자들이 방송국 카메라 앞에서는 기꺼이 현장의 이야기를 들려주었습니다. 예상대로 전국을 다니며 과학수사의 각 분야에서 활동하는 과학수사요원들, 전문가들을 만나면서 지금은 누구나 당연하게 생각하는 기관이나 수사 방식이 처음에 어떻게 만들어지고 자리를 잡았는지 지켜보는 것은 추리작가로서 너무나 큰 행운이었습니다. 그렇게 취재하며 생생하게 들은 이야기들이 이 소설의 기초가 되었습니다.

실제 유영철이 저지른 암매장 현장 발굴을 했던 마포경찰서의 형사, 유영철의 초기 범행인 구기동과 서초동 사건을 맡았던 서대문 경찰서의 형사, 유영철에게 희생된 피해자의 부검을 담당했던 국과수 부검의 등 다양한 분들을 만나 들었던 이야기들이 이 작품 속의 현장감 있는 분위기를 만들어주었습니다.

다시 읽어보니 지금도 생생하게 그 시절 우리의 삶이 보입니다. 한편으로는 지난 17년 동안 얼마나 많은 변화가 생겼는지 느낄 수 있었습니다. 소설은 그 시대의 공기를 그대로 간직하고 있다는 생각이 듭니다. 책이 나오고 첫 독자로 이 소설을 읽던 때가 떠올랐습니다. 지금 다시 읽으니 현장의 생생함이 담긴 덕분에 꽤 괜찮은 작품이 되었구나 하는 생각도 듭니다. 그때도 그리고 지금도, 현장에서 수많은 사건을 담당하는 경찰과 과학수사 관련 전문가들에게 감사의 인사를 드립니다.

세상은 변했지만 저는 여전히 소설을 쓰고 있습니다. 변함

없이 추리소설, 그중에서도 인간의 어두운 내면을 들여다보는 심리 스릴러를 쓰고 있습니다. 아마도 저의 탐구는 글쓰기를 그만두는 날까지 계속될 것 같습니다.

저의 긴 탐구의 시간을 돌아볼 수 있게 〈서미애 컬렉션〉을 기획하고 출간해주시는 문학동네 엘릭시르에 감사를 드립니다. 아울러 긴 시간 동안 전업작가로 살아갈 수 있게 해주신 독자분들에게도 감사를 드립니다.

『인형의 정원』을 다시 읽으며 과거 독자들의 리뷰도 확인할 기회가 있었습니다. 많은 분들이 '믿고 보는 서미애'라는 수식을 달아주셔서 다시 한번 열심히 써야겠다는 마음을 다졌습니다.

감사합니다.

2025년 겨울
서미애

서미애 컬렉션 4

인형의 정원

초판 인쇄 2025년 12월 22일
초판 발행 2026년 1월 26일

지은이 서미애

책임편집 한나래 | **편집** 김혜정 | **외주교정** 유혜림
표지디자인 이혜진 | **본문디자인** 최미영
저작권 박지영 형소진 주은수 오서영 조경은
마케팅 정민호 서지화 한민아 이민경 왕지경 정유진 한경화 정경주 김혜원 김예진 이서진
브랜딩 함유지 김은솔 박민재 이송이 박다솔 조다현 김하연 이준희
제작 강신은 김동욱 이순호 | **제작처** 천광인쇄사

펴낸곳 (주)문학동네 | **펴낸이** 김소영
출판등록 1993년 10월 22일 제2003-000045호

주소 10881 경기도 파주시 회동길 210
대표전화 031-955-8888 | **팩스** 031-955-8855 | **전자우편** elixir@munhak.com
인스타그램 @elixir_mystery | **X(트위터)** @elixir_mystery

ISBN 979-11-416-1464-5 04810
       979-11-416-0725-8 (세트)

엘릭시르는 출판그룹 문학동네의 장르문학 브랜드입니다.
이 책의 판권은 지은이와 엘릭시르에 있습니다.
이 책 내용의 전부 또는 일부를 재사용하려면 반드시 양측의 서면 동의를 받아야 합니다.

잘못된 책은 구입하신 서점에서 교환해드립니다.
기타 교환 문의 031)955-2661, 3580

www.munhak.com